ALPHAPOLIS
WEB CITY SINCE 2000

じい様が行く 7
『いのちだいじに』異世界ゆるり旅

A L P H A L I G H T

蛍石
Hotaruishi

アルファライト文庫

セイタロウ
日本で茶園を経営していたじい様。年の功と神様から貰《もら》った超スキルを引っさげ、異世界で旅に出る。
トウトウミイル
カタシオラの街に来た半人半蜘蛛の少年。編《あ》み物が得意。
親分
チュンズメという巨大雀《すずめ》のまとめ役。旅館を営《いとな》んでいる。
ルーチェ
正体《しょうたい》はブライトスライムという魔族。セイタロウの孫娘《まごむすめ》として一緒に旅に出る。

主な登場人物

カブラ
セイタロウに育てられたマンドラゴラ。通常の個体より大きく、喋《しゃべ》りが流暢《りゅうちょう》。
ナスティ
セイタロウの旅に加わったエキドナ種の女性。のんびりした口調《くちょう》で話すが、芯《しん》は強い。
フィナ
ドルマ村の長《おさ》で、ナスティの母親。見た目がとても若い。

旅の中で巡り合った人々

セイタロウの旅の仲間

❖ロッツァ ………………… ソニードタートルという種族の巨大亀モンスター。

❖クリム♂ ………………… 赤い子熊のモンスター。

❖ルージュ♀ ………………… 赤い子熊のモンスター。

❖バルバル ………………… ナスティの従魔《じゅうま》になったバルクスライム。

❖ジンザ♂ ………………… 番《つが》いの紅蓮ウルフ。

❖レンウ♀ ………………… 番いの紅蓮《ぐれん》ウルフ。

ローデンヴァルト時計店

❖イェルク♂ ………………… 時計店の主人。地球のドイツ出身。

❖ユーリア♀ ………………… イェルクの妻。

商業都市カタシオラ

❖クーハクート・
　オーサロンド♂………… 好々《こうこう》爺《や》然《ぜん》とした貴族。

❖ツーンピルカ♂ ………… 商業ギルドマスター。大柄で禿頭《とくとう》のエルフ。

❖マックス♂ ………………… 商業ギルドのコーヒー、紅茶仕入れ担当。

❖クラウス♂ ………………… 商業ギルドのレシピ管理担当。

❖シロルティア♀ ………… 商業ギルドの飲食店関係担当。

❖マル♂ ………………… 商業ギルド見習いの少年。

❖カッサンテ♀ ………………… 商業ギルド見習いの少女。

❖ズッパズィート♀ ………… 冒険者ギルド管理官。

❖デュカク♂ ………………… 冒険者ギルドマスター。魔法に秀《ひい》でた影人族。

❖カナ＝ナ♀ &
　カナ＝ワ♀ ………………… 影人族の姉妹。冒険者。

❖ドン・ブランコ♂………… 冒険者パーティ『野犬』のボス。

《 1　試作料理と庭先稽古《けいこ》 》

日本での生を終えた儂《わし》――アサオ・セイタロウが、異世界フィロソフに転生してから、それなりの月日が経《た》った。いくつもの街を旅して出会いを重《かさ》ね、他種族の家族が出来るほどじゃからな。中でも、この港街カタシオラには今までの街より長めに滞在《たいざい》しておるわい。だもんでいろいろな催《もよお》しに参加しとる。

つい先日は、冒険者たちと一緒に武闘会を開催《かいさい》したんじゃ。そこでは、儂にちょっかいをかけてくる輩《やから》たちを捕《つか》まえたりもしたのぅ。

「やぁ！　とぉ！」

威勢《いせい》の良い声が庭先から響《ひび》いとる。

儂は今、厨房《ちゅうぼう》で料理を試作しておる。先の武闘会では、各試合の勝利者と最多勝の子に儂が景品を与えてな。希望する料理の食べ放題としたのが奮起《ふんき》に繋《つな》がったそうで、冒険者の女の子が頑張《がんば》って最多勝を手にしたんじゃよ。その子から、いくつか食べたい食材の名を出されたもんで、儂は厨房から離《はな》れられん。

儂が料理する間、ルーチェたちは暇《ひま》になると思って、先頃武闘会で手合わせした狼獣人の子に相手を頼《たの》んだんじゃよ。その時にあげたにぎり飯の『礼』を払ってもらう感じかの。年齢的には狼獣人の子というよりは、彼と言ったほうが正しいんじゃが、子犬っぽいイメージが離れないから子と言うしかないわい。

そんな二人が寒空の下、朝から稽古をしとるでな。庭からルーチェの声が聞こえるのはそういうわけじゃ。

「当たんないよー」

隙《すき》を見て反撃する狼獣人の子の拳《こぶし》を、ルーチェが避《よ》けたみたいじゃな。身体《からだ》に当たる音がせんから、どちらの攻撃も一切当たっておらんのじゃろ。

外に視線を向ければ、ルーチェは少々苛《いら》ついておった。なんとか回避《かいひ》している自分と違い、彼には紙一重《かみひとえ》で躱《かわ》されておるからのぅ。直感と感情に任《まか》せたルーチェの動きは、先読みや誘導がしやすいようじゃ。

「……雑」

狼獣人の子にぺしんと頭を叩かれて、ルーチェが更《さら》に冷静さを欠いていく。

大振りな右ストレートを放つが避けられ、何のひねりもない回し蹴《げ》りは受け止められた。蹴《け》り足を引き戻したルーチェは、脛《すね》へ向かって前蹴りを出すが躱される。続けざまに放った左中段蹴りは難《なん》なく払われ、休む間を与えずに叩き込んだ右上段蹴りも足を掴《つか》まれるだけじゃった。

「……雑」

蹴り足を押し返されて、二度も同じことを言われとる。

「ムキーッ！」

小細工《こざいく》なしの低空ドロップキックを繰《く》り出したルーチェじゃったが、軽く流され軌道《きどう》を逸《そ》らされる。狼獣人の子からかなり離れてしまったぞ。

「アサオさん、手が止まってる」

気になってルーチェたちを見ていた儂を、海エルフのルルナルーが咎《とが》めよる。儂の後ろで餅《もち》を搗《つ》いとる海リザードマンのマルシュも頷《うなず》いておるわい。従業員である二人に注意されるとは、儂もこちらに集中せんとな。

意識を厨房へ戻し、再度料理を始める。まず手始めの餅料理じゃが、とりあえず餅をそのまま使うからみ餅やあんころ餅は問題なさそうじゃ。あとは鍋物《なべもの》に入れてもいいし、うどんなどに載《の》せるのもいいじゃろ。

先日作って【無限収納《インベントリ》】へ仕舞っておいた餅は、揚《あ》げ餅やかき餅にして味付けをしとる。音と香りで皆の注目を集めたらしく、いつの間にやら庭先にいた子供らが儂のほうを向いておるよ。

最近は、働いてくれとる奥さん方の子供や、翼人《よくじん》の子供のワイエレを始めとした『お子様手伝い隊』が集まりよってな。今はルーチェたちの稽古を見学してたんじゃよ。

店のお手伝いの他に、普段からナスティと魔法の練習もしとるし、ロッツァと追いかけっこもしておった。追いかけっこには子熊のクリムや紅蓮《ぐれん》ウルフのジンザたちも参加しとる。

ワイエレたちは子供じゃからか、伸《の》びしろが大きいんじゃと。ナスティが嬉々《きき》として教えてくれたんじゃが、やりすぎておらんかのぅ……親御《おやご》さんたちからの苦情は来ておらんから大丈夫じゃと思うが、正直《しょうじき》分からん。

そんな子供たちじゃが、今は儂の作る揚げ餅に注目しておるよ。あまり遅《おそ》くなると昼ごはんを食べられなくなるし、そろそろおやつにしておいたほうが無難《ぶなん》かの。

子供らに声をかけようと思った矢先に、狼獣人の子が立ち尽《つ》くし、ルーチェの前蹴りを腹に浴《あ》びておった。

「……腹減《へ》った」

ダメージはないらしく、空腹《くうふく》で動けなくなっただけのようじゃ。声が普通に出とるから、ルーチェの蹴りは当たらず寸止めされておるのかもしれん。顔を上げて鼻を動かす狼獣人の子は、ルーチェに引き摺《ず》られて戻ってきた。

「じいじ、おやつ？」

子供らの作る人垣《ひとがき》を割り、ルーチェが庭から顔を覗《のぞ》かせて聞いてくる。

「そうじゃよ。適度な休みは必要じゃからな。皆でおやつにするんじゃが……」

「じゃが？」

言葉を止めた儂に、ワイエレが首を傾《かし》げた。

「ちょいとおやつの量をかけた遊びはどうじゃ？」

「何するの？」

目を輝かせる子供たちを代表して、犬耳の男の子が手を挙《あ》げて質問する。

「じゃんけんするだけじゃ。一発勝負で、もらえる量を勝ち、負け、あいこで変えるなんてどうじゃろ？　儂に勝ったら三皿、あいこで二皿、負けると一皿かの」

儂は言いながら【無限収納《インベントリ》】から果実ゼリーときんつばを取り出して並べていく。さっき作った揚げ餅も一緒に並べて、今日は三種類を選べるようにした。

「違うのを選んでもいいの？」

「もちろんじゃ。三個全部同じでも、別でも構わんよ。それに皆で分けるのもダメじゃないから、負けやあいこでも相談すれば……」

「全部食べられる！」

質問してきた子はいいこと尽《づ》くめだと気が付いたみたいじゃな。一瞬、負けた時のことを考えて悲しそうな顔をしとったのにのぅ。今は犬耳がぴんと立ち、尻尾が揺《ゆ》れておる。

ワイエレは羽根を羽ばたかせ、宙を舞っておるよ。

「それじゃやろうか。皆、出す手は決めたかの？　じゃんけん――」

「「「ポン！」」」

頭の上に翳《かざ》した拳を、儂は変えることなくそのままにした。子供たちの大半がパーで勝ち、残りもほとんどあいこじゃった。負けは三人だけじゃが、手分けして一皿ずつ選べば全種類食べられるな。それにほとんどの子は、一皿も食べれば満腹《まんぷく》になるからのぅ。残ったら、それはお土産《みやげ》じゃよ。

子供らを見ていたら儂の両脇が突《つ》かれた。顔を向ければ、マルシュとルルナルーが二人してチョキで儂に負けておる。

「一皿……」

マルシュが悲しそうな顔をしとる。

「……ボクもだよ」

何かを訴《うった》えかけるように儂を見上げるルルナルー。

「私も」

声に顔を戻せば、正面《しょうめん》にルーチェと狼獣人の子がおった。

「……一皿と言ったが、盛《も》る量を決めておらんじゃろ？　それなら、ルーチェはどうする？」

しょぼんとしていたルーチェたちの瞳《ひとみ》に光が戻る。

「いっぱい盛る！」

「そうじゃな。儂が出したゼリーは見本じゃから、好きなだけ盛るといい」

テーブルに載るゼリーの大丸鉢、大皿に三角錐《さんかくすい》の形で盛られたきんつば、油切り皿に載せられたまま置かれる揚げたての揚げ餅。それぞれのおやつの前に木製の小鉢《こばち》を並べたら、あとは好きなだけ盛る。いつもの店と変わらんな。

おやつに群《むら》がる子供たちを儂とルルナルー、マルシュが眺《なが》めておる。ルルナルーたちには、子供たちに先を譲《ゆず》るくらいの余裕はあるみたいじゃよ……いや、さっきのやり取りは、ルーチェや子供たちに気付かせる為《ため》にわざとやったのかもしれん。儂の両隣《りょうどなり》で笑顔を見せておるからのぅ。

子供たちが取り終わり、大人組の番になっても狼獣人の子は動かんかった。全員がよそい終わったらやっと動いたんじゃが、その行動は儂の予想を超《こ》えていたわい。なんとまだたくさん残っていたきんつばの大皿を抱《かか》えたんじゃ。一皿には違いないが……「その手があったか！」と悔《くや》しそうな顔をするルーチェと、すまし顔の狼獣人の子。その差が面《おも》白《しろ》く、思わず儂は吹き出してしまったぞ。

「そういえば、お前さんの名前を教わっておらんな」

狼獣人の子は、抱えた大皿から小気味よいリズムで、きんつばを口へ運《はこ》んでおる。ほんの何噛《か》みかで呑《の》み込んどるかと思ったが、高速でしっかり咀嚼《そしゃく》しとるよ。冒険者のメリーナやその旦那《だんな》で塩職人のトトリトーナと同じで、異常なくらいの速さじゃ。ひょいぱく

ひょいぱくと、食べる手が止まらんわい。

「……カレムニーカルム＝ズウェングリー＝ライセラス」

途中で手を止め、ぽそりと告《つ》げてくれたが、一度では覚えられんくらい長い名じゃった。

「すまん。儂には覚えられんかった。ステータスを見てもいいか？　あとあだ名みたいなもんはありゃせんかのぅ」

彼は一度首を傾げたが、それだけで何も言わん。好きにしろってことなんじゃろ……儂はそうだと判断した。

「《鑑定《エヴァルア》》」

いろいろな数値が並んでおり、先ほど聞いた長い名前と一緒に種族の名が青狼族《せいろうぞく》と書かれておる。書かれた数字だけならルーチェのほうが遥《はる》かに上じゃな。ただ、如何《いかん》せん踏《ふ》んだ場数の差が計《はか》り知れん。数字だけで優劣《ゆうれつ》が決まらんお手本みたいになっとるわい。

「名前なんだったの？」

「カレムニー……カルム……ズウェングリー……ライセラスじゃよ」

儂がステータスに書かれた名前を指で追いつつ伝えたら、ルーチェが渋《しぶ》い顔をする。

「……うん。長くて覚えらんないや。何て呼べばいいの？」

ルーチェはにこっと笑顔を見せると、本人に声をかけた。

「……何でもいい」

「じゃあ、ムニさんで」

悩《なや》む素振《そぶ》りも見せんかった狼獣人じゃが、それでもルーチェの付けた呼び名には驚《おどろ》きを隠《かく》せんようじゃ。口へ運ぶきんつばが宙で止まっておるからの。

「……それでいい」

何か言おうとしたのに呑み込んだ狼獣人ムニじゃった。「何でもいい」と言ってしまった手前、断《ことわ》るのは違うと思ったんじゃろな。少しばかり遠くを見るような目をしとるのは、そんな理由からだと思うぞ。

「食べたらまたやるよ、ムニさん」

「食べてすぐはダメ。出ちゃうから……ちゃんと休んで、それからならいい」

きんつばをまた食べ始めたムニが、ここに来て初めて即答しよった。

助け舟の欲しいルーチェがこちらへ振り向くが、儂の答えだって変わらんぞ。

「せっかく作って、美味《おい》しく食べてもらえたのに、戻されたら悲しいのぅ」

「休みます！」

儂の答えを聞いたルーチェは、子供らの輪《わ》に戻っていった。それを見届けたムニが頷いておる。残るきんつばはあと二つ。儂へ大皿を渡すと、今までのように素早く咀嚼せず、両手に持ったきんつばをじっくり噛みしめておった。実に大事そうに食べとるよ。きんつばを愛《いと》おしみつつ、なくなることを悲しみつつって感じかのぅ。

「アサオさん、この後は何作るの？　ボクたちのやることまだある？」

揚げ餅を頬張《ほおば》るルルナルーが、儂の隣《となり》に立って聞いてきた。マルシュはまだ椅子《いす》に座り、ゼリーを楽しんでおる。

「まだ試作する料理はあるぞ。そのまま儂らの昼ごはんと夜ごはんになると思うがの」

「やる」

ごくりと喉《のど》を鳴らしたマルシュが立ち上がり、厨房へ先回りしよった。

まだおやつを食べ続ける子供たちをムニとルーチェに任せ、儂らは再び厨房に籠《こ》もるとしよう。

肉料理で頼まれたのは、「肉と野菜を美味しく食べたい」じゃよ。ぱっと思いついた料理は、煮込《にこ》みと炒《いた》め物なんじゃが、それらはいつも店で何かしら並べておるからのぅ。

あまり作っておらんものとなると蒸《む》し料理か……肉と野菜の重ね蒸しなら手間は少なく、豪華《ごうか》な見栄《みば》えになるな。それに、蒸すことで余分な脂《あぶら》が落ちるからたくさん食べられる。寒い季節にあつあつの蒸し料理は温まるしの。タレを何種類か用意すれば、飽《あ》きも来難《きにく》いじゃろ。

葉野菜、根菜《こんさい》類、香味野菜を刻《きざ》んで蒸籠《せいろう》に段々に重ね、薄切り肉で表面を覆《おお》えば仕込みは終わりじゃ。とりあえず昼ごはんに向けて蒸籠の三段重ねをルルナルーたちとたくさん作る。包丁の扱《あつか》いに慣れてきたマルシュが刻む野菜は、大きさや厚《あつ》さがかなり揃《そろ》っておってな。非常に使いやすいんじゃよ。

ルルナルーは色味や野菜の配置に気を配《くば》って、綺麗《きれい》な盛り付けをしてくれとる。得意なことを伸ばすだけでなく、不得手《ふえて》や未経験のことにも挑戦しとるからの。二人とも上達したわい。

魚料理も蒸し料理を作るつもりじゃ。脂がのった魚――ジャナガシラのハラワタを取り除《のぞ》き、ネギ、ショウガ、ニンニクと一緒に酒を振りかけ、大皿ごと蒸し上げる。仕上げに煙《けむり》が出るくらい熱した油をかけ、香りと音を楽しむ予定じゃよ。これは夜ごはんにするから、仕込みだけして【無限収納《インベントリ》】行きじゃ。

これだけ作っておるが、何を出すかは決めておらん。というのも、あの最多勝の嬢《じょう》ちゃんは希望の食材を言っただけでな。しかも「美味しい料理をお任せで！」で締《し》めよったんじゃ。一番自由で、一番困る注文なんじゃが、最多勝の景品じゃからのぅ。儂もできる限り頑張らんと。

どれか一品に絞《しぼ》らず、全部作ってコース料理みたいにするか……そうすると食べきれんな。いや、ルーチェやロッツァを基準《きじゅん》に考えちゃいかん。全部を食べきる必要はないんじゃ。少しずついろんな料理を食べたがる子も日本におったじゃろ。

取り分けてやれば、残っても土産にできるし、料理が無駄《むだ》になることはないな。まだ時間はあるんじゃ。他の者にも聞いてみて、それから決めたって遅くないはずじゃ。

子供たちは帰ったが、ムニは残ったので昼も夜も一緒に食べた。ルルナルーとマルシュもな。重ね蒸しは、肉と野菜の種類を変えて作ったんじゃが、どれも好評を博《はく》したわい。好みの組み合わせを探《さが》すのが楽しいんじゃと。

ジャナガシラの大皿蒸しは、ロッツァとクリムが大興奮《だいこうふん》じゃったよ。素材自体の旨味《うまみ》を存分に味わえると喜んでおった。熱々油でやる最後の仕上げも楽しいと言ってくれたし、大皿に残った汁まで飲み干《ほ》しておったよ。

《 2 苦手《にがて》というより経験値不足 》

料理の試作に目途《めど》が付いた今日は、のんびり休日を過ごしておる。湯呑みを傾《かたむ》けて、ハーブティーでゆっくり喉を潤《うるお》す。店で働いてくれとる奥さん二人が来とるので、一緒にティータイム中じゃ。

「……アサオさんにも苦手な料理があるのね」

儂と同じ物を口にした翼人の奥さんが、顔を顰《しか》めてそうこぼしよった。

「そりゃそうじゃ。今まで作っていたのは、儂や子供が好きだったり、高い頻度《ひんど》で作ったりしていた料理ばかりじゃからな」

儂もまたひと口飲むが、美味しくないのぅ。

「私がやってあげるわよ」

背の高い奥さんが、手際《てぎわ》良く急須《きゅうす》に葉を詰《つ》めて湯を注ぐ。ちゃちゃっと適当にやっておるんじゃが、色合いも香りも儂のものより数段上じゃよ。

「ハーブの選ぶ基準はどうなっとるんじゃ？」

「んー、適当？　なんとなくで選ぶだけだからね」

急須でひと蒸らししてから注がれたハーブティーが、爽《さわ》やかな香りを周囲に広げた。

「飲む機会も、淹《い》れる機会もあまりなくてな。それでどうにも上手《うま》くいかんのじゃよ」

「紅茶のほうが普通はないわよ。コーヒーも紅茶も高級品なのよ？」

翼人の奥さんが湯呑みを傾け、口直しをしとる。その左手にはパウンドケーキが摘《つ》まれておった。木の実やドライフルーツをふんだんに使ったケーキじゃ。砂糖《さとう》を減らしても美味しくできるように改良を重ねた結果、なんとか出来上がった一品じゃよ。木の実や果実は砂糖より遥かに安くてな。奥さんたちが切り盛りする予定の菓子店の主力商品になるじゃろ。

その菓子店も、良い物件が見つかったと言っておった。それはドイツ出身のローデンヴァルト夫妻の住む家と我《わ》が家の間なんじゃ。そこには儂と同じくらいの年齢の女性が一人暮《ぐ》らしをしとるんじゃが、母屋《おもや》の他に離れもある屋敷でな。「若い子たちの集まる場所にして」と離れを提供してくれたそうじゃ。

その心意気《こころいき》に感銘《かんめい》を受けたのか、ローデンヴァルト夫妻の夫で時計職人でもあるイェルクが率先《そっせん》して離れの改装《かいそう》、改築《かいちく》をしておる。奥さんのユーリアも非常に協力的じゃよ。とはいえ主に腕を振るうのは街の大工たち。そちらも注文の少ない冬場に仕事をもらえてありがたいと言ってくれとるそうじゃ。

自分たちの職場となる改築現場に交代で顔を出す奥さんたちは、自作のクッキーなどを休憩《きゅうけい》時間に差し入れとるが、それは宣伝活動の一環《いっかん》じゃからな……抜け目がないわい。現場で食べてもらえればきっと気に入る。その場で食べなくても、持ち帰ってくれれば家で話題になる……いや、子供や奥さんを購買層の中心と考えるなら、お土産《みやげ》にしてもらったほうが効果的かもしれん。

そして、現場を見た帰りに我が家へ寄った翼人の奥さんと、背の高い奥さんにハーブティーを出したんじゃがな。予想通りダメ出しされてしまったんじゃよ。

「儂にハーブティーを教えてくれんか?」

「いいわよ。と言っても、さっき見せた通りの適当なやり方なんだけどね」

カタシオラに来るまでに摘んだり、集めたりした生のハーブをテーブルに並べてある。奥さんたちは種類や量を変えて、それをまた急須へ入れた。二人が選んだものはほとんどかぶっておらん。湯を注ぎ、それぞれを味見したが、香りからしてまったくの別物じゃった。

「私は香りだけ覚えてるの」

「気持ちが落ち着くとか、眠《ねむ》りやすくなるとかあるから、私はそっちを考えてるかな」

背の高い奥さんと翼人の奥さんは、それぞれが押さえている選び方の要点を教えてくれる。

「ふむ。やはり経験が大事か。儂も数をこなさんとダメそうじゃ」

儂が答えると、二人して頷いた。

「アサオさんが私たちに教える時と同じね」

翼人の奥さんが、うんうんと力強く首を縦《たて》に振っておる。

その後、何度か試《ため》したんじゃが、いまいち美味いものにはならんかった。ハーブティーだけで腹がたぷたぷになってしまったから、今日の修業《しゅぎょう》は終わりじゃよ。そこからはまた菓子店の料理の試作になった。

儂の店で出すものは、魔道具や魔法があるから温かくても冷たくても問題ない。しかし奥さんたちの店にはそんなものを備《そな》えておらん。となると、基本は常温ばかりになるからのぅ。保存のことも考えるとやはり焼き菓子が主力商品となる。あとは揚げたドーナツなどもか。なので今日はそちらを主に作っていくことになったんじゃ。

ドーナツは形と大きさを変え、それに伴《ともな》って味を少しばかり変化させた。チョコを使えればいいが、あれは砂糖なんて目じゃないくらいの高級品じゃからのぅ、店には出せん。というわけで、レモンやオレンジで作ったピールを有効活用じゃよ。甘みと香りが豊かで、見栄えもする。これを使わん手はないでな。

様々な果実のジャムも同じ理由から多用しておるよ。果実の甘みと旨味が強いから、砂糖の使用量を抑《おさ》えられて一石二鳥《いっせきにちょう》になっとる。

見栄えついでに、砂糖を薬研《やげん》で磨《す》り潰《つぶ》して粉糖《ふんとう》に仕立てた。白い粉糖が塗《まぶ》されたドーナツは、それだけで興味を引くようじゃよ。奥さんたちの食いつきが良かったからのぅ。

クッキーもドーナツと同じ要領《ようりょう》でいくつも作ってみた。子供たちに試食してもらったが、非常にいい笑顔じゃったな。多少好みの差はあれど、どれも好評で良かったわい。

あと、お菓子ならば塩味も欲しいじゃろ。主力はポテチになるじゃろが、揚げ餅もかき餅はいけると思うんじゃ。もち米は市場で手に入るからのぅ。ポテチにしたって、食材はジャガイモに限らんでいいはずじゃ。サツマイモやニンジン、ゴボウで作れば、見た目も食感も変わる。どれもそれなりに売れると思うんじゃよ。

温度を楽しむ菓子は儂の店で出せばいいし、土産の菓子を希望されたら奥さんたちの店に行ってもらうって売り方もできる。双方で宣伝し合えば良い関係になるじゃろ。

「しかし、店が出来たら、こっちの手伝いをする時間は取れんか……」

「え？　やるわよ？」

儂が呟《つぶや》いたのを、翼人の奥さんは聞き逃さん。

「辞《や》めたほうがいいですか？」

心配そうにするのは背の高い奥さんじゃ。

「続けてくれると嬉《うれ》しいが、無理させるようならまずいからのぅ」

「全員が店に出てるわけじゃないもの。大丈夫よ」

二人の口ぶりじゃと、辞めさせるほうがダメなようじゃな。

「それなら続けてもらおうかの。菓子の店に専念《せんねん》したい者もおるじゃろうから、一度話してみんとな」

「そうね。そうしてもらえるとありがたいわ」

話をしながらも、儂らは菓子の試作を続ける。その香りに釣《つ》られた子供らが、何巡目かの列を作っておった。夕飯が食べられなくなると困るから、適当なところで試食はお終《しま》いじゃ。残念そうな子供らには、少しばかり土産に持たせてやったんじゃが……これも宣伝かの？　皆が笑顔じゃからまぁいいじゃろ。

《　3　狼獣人のムニ　》

儂への礼は済んだはずなんじゃが、ムニはそこそこ頻繁《ひんぱん》に店へ顔を出すようになった。しかもルーチェやクリム、ルージュの師匠《ししょう》になってくれとってのぅ。なので儂は、その指導代として食事を作っておるんじゃ。どう考えても儂らのほうが得してると思うんじゃが、ムニは食事以外は受け取ってくれんでな。仕方なくこの形で落ち着かせたんじゃよ。

店が休みの今日も、ムニは我が家に来ており、家族のほとんどが砂浜に出ておる。ムニの指導のもと、ルーチェたちが鍛錬《たんれん》をし、儂は昼ごはんの準備でな。

主菜の食材は、ロッツァが獲《と》りに行ってくれとる。狙《ねら》うは大きい魚なんじゃと。以前ムニに出した刺身は、受け付けてもらえんかったからのぅ。ロッツァとしては、ムニに再度挑戦してほしいらしいが、無理強《じ》いはせんよ。

火を通した魚なら喜んでおったから、煮魚か焼き魚じゃ。他に食べられん食材を聞いたが、よく分からんと言われてな……今までは食べたことのあるものや、確実に食べられるものだけを口にしていたんじゃと。なので、それ以外の食材や料理の判断ができんそうじゃ。

タマネギやチョコは、紅蓮ウルフのジンザたちにあげても問題なかったが、ムニも同じか分からん……じゃからほんの少し口にさせてみた。すると、満面の笑《え》みで耳と尻尾を振っておったよ。鑑定《かんてい》しても変化は見られんし、本当のようじゃ。これからも初めての食材は、ほんの少しだけ齧《かじ》らせて様子を見るしかあるまい。

ロッツァが希望した魚の大皿蒸しを準備したいが、魚が届かんことには何もできん。なので、クリムたちが集めた貝を使って、儂は今カレーを仕込んでおる。タマネギを炒め、炙《あぶ》った魚のアラと水を注ぎ、貝を煮てるんじゃ。十分も煮れば良いダシがとれたわい。事前に調合しておいた香辛料と塩で味を調《ととの》えれば完成じゃな。

庭を見たら、ムニを含めた全員がなぜかそわそわしておった。カレーの香りで、腹が刺激されたんじゃろか？　注意力が散漫《さんまん》になり、動きが緩慢《かんまん》になったところをナスティに叱《しか》られておるわい。

寒さが苦手なバルクスライムのバルバルと、生まれたばかりのマンドラゴラであるカブラは儂の手伝いじゃよ。バルバルはテーブルの上で待機して、野菜屑《くず》が出るのを待ってくれとる。カブラはいつもの座布団で浮いておるわい。

「おとん、水いるか？」

「今はいらん……いや、寸胴鍋《ずんどうなべ》に注いでおいてくれるか？　トン汁も作れば、皆が温まれるじゃろうからな」

「あいよー」

カブラは寸胴鍋の真上に留《とど》まり、《浄水《ウォータ》》を注ぐ。儂に背を向けて水を垂《た》れ流す様は、用を足《た》しているようで、見た目がよろしくないのぅ……間違いはないし、ただ角度が悪いだけと分かってるんじゃがな。

「カブラ、水を注ぐ時は儂に顔を向けて頼む」

「？？？　分かったー」

水を注ぎながら答えたカブラが、素直に寸胴鍋の後ろ側《がわ》へ移動してくれた。

バルバルが身体を震《ふる》わせ、儂に野菜屑をせがんでくる。木材や樹皮《じゅひ》だけでなく、野菜の皮を食《しょく》すのが最近のお気に入りでな。皮付きの野菜を渡せば、皮だけを溶《と》かしてくれたりもするんじゃが……食べ物を口に含んでから出すのが気になってのぅ。なので儂が皮を剥《む》き、それをバルバルが処理する形にしとるんじゃよ。

バルバルにとっては食事で、儂にしてみればゴミを出さずにすむからの。双方に利がある良い関係じゃろ？　その分、野菜屑でダシをとることはなくなってしまったがのぅ。

そうこうする間にロッツァが獲物《えもの》を背に乗せて帰宅した。今日は小振《こぶ》りなアルバ――マグロに似た魔物が一匹じゃったよ。1メートルに満たない小物は、アイテムバッグに仕舞ってくれとる。獲ったその場で血抜きをしてくれるロッツァには感謝じゃな。寒風吹きすさぶ海を泳いできとるから、鮮度《せんど》も落ちとらん。

受け取ったアルバを解体していたら、兜《かぶと》焼きを希望されたので、その仕込みも併《あわ》せて開始じゃ。と言っても、焼き場と燻製《くんせい》用の角箱を用意するくらいじゃがな。直火《じかび》だけでは作れんから、角箱を使って蒸し焼きにすれば、美味しく食べられるじゃろ。

儂ら用に柵取《さくど》ったアルバを刺身に仕上げ、ムニにはハラカワ辺りの塩焼きじゃよ。ついでに皮目もかの。小振りじゃから脂のりがあまり良くなかったが、ハラカワや皮目はそれなりに脂があってな。

あと、尾肉は炊《た》いておる。醤油《しょうゆ》、酒、砂糖、ショウガのみを使うんじゃ。濃《こ》い味付けはあまり好まんが、薄味だとぼんやりしてしまうからのぅ。ここだけはしっかり目に調味料を使っておる。

ロッツァに渡されたアイテムバッグに入っていたのは、オコゼのような見てくれの悪い魚じゃったよ。日本での知識じゃが、この手の見た目が悪い魚は、非常に美味いものが多かった。なのでこやつにも期待しとる。ヒレや棘《とげ》に気を付けながら鑑定し、捌《さば》いたらあとは蒸すだけじゃ。

料理が仕上がったらムニやルーチェが戻ってきた。皆で食べておると、ムニの動きが止まる。左手にカレーライスの皿を持ち、右手に持ったスプーンは口に収まっておるな。皿を置き、スプーンを口から抜いたムニが、なみなみと注がれとる水差しを傾けた。全部飲み干さんばかりの勢いじゃった。

「……痛い」

組手でも言わなかった台詞《せりふ》を、ムニが口にする。香りは平気でも、辛みが無理なようじゃ。今度作る時は甘口カレーにしてやるかの。果実とタマネギをたっぷり使えばできるじゃろ。

あと、オコゼの大皿蒸しには手も伸ばさん。種から育てたパクチを添《そ》えたら、そっちもダメだったみたいでな。こっちは香りから受け付けんそうじゃ。そんな理由からパクチを盛ってない大皿蒸しに専念しておるよ。

カレーにもパクチが入っていると伝えたが、こちらは気付かんかったらしい。辛くさえなければ美味しいと言うておったぞ。他の香辛料に隠れてしまったからかのぅ。食べられるものだけ食べる、で問題ありゃせん。

《 4 最多勝の記念に 》

ついに最多勝の賞品を振る舞う今日、儂は料理を作りまくっておる。希望された「肉と野菜」、「魚」、「甘味《かんみ》」はひと通り、それなりの量を準備しとるよ。どれを希望されるか分からんからのぅ。全部を味見させて、一番気に入ったものをおかわりさせる予定なんじゃ。ちなみに今日は店を休みにしてある。他の客がいたら、気になってしまうかもしれんでな。

今、家に残っているのはルーチェとカブラ、バルバルくらいじゃ。紅蓮ウルフの番《つが》いであるジンザとレンウはローデンヴァルト時計店へ行っておるし、ロッツァはクリムとルージュを連《つ》れて沖へ行っとる。ナスティは兄のヘミナーのもとへ、散歩がてら行きよった。

ひと通り料理が出来上がり、あと少しで昼になるかという時間に、遠くから声が聞こえた。そちらを見れば、豆粒くらいの何かがおった。

「アサオさーん！」

元気に駆《か》けてきた栗色の髪の女冒険者は、手を振りながら儂の目の前まで来よった。息を切らせ、肩を上下させておるが、特に疲れてはいないようじゃ。

「来ました！」

額《ひたい》の汗を拭《ぬぐ》うと、彼女はにこっと笑う。気温は低くても日射《ひざ》しがたっぷりじゃからな。駆けてきたこともあるし、少しばかり汗をかいたんじゃろ。武器や防具は持たず、とても薄手《うすで》の服装じゃよ。冬なので見てるこっちのほうが寒く思えるわい。

「いらっしゃい。いろいろ作ったから、まずは味見をしてくれ。その後気に入ったのを注文するんじゃぞ。無理に全部食べなくてもいいし、なんなら持ち帰りも――」

「分かりました！　全力で食べて、お土産ももらいます！」

気を付けの姿勢から右手を挙げて、白い歯に陽光を反射させておる。若い子は遠慮《えんりょ》なぞせんでいい。

厨房に案内して、並べてある料理を見せたら目を輝かせておった。

「ひ、ひ、一人で食べていいんですか？　こんなに？」

「構わんぞ」

料理を説明しつつ味見してもらうと、ひと口毎《ごと》に頬《ほお》を押さえておるよ。目を細め、しっかり味わうのも忘れん。野菜、肉、魚、甘味と進んでいったんじゃが、一番気に入ったのは餅料理じゃった。

「他のも美味しいんですよ？　でも、食べたことなくて、次いつ食べられるか分からないとなると……モチですね、やっぱり」

腕を組み、悩みに悩んだ挙句《あげく》の結果じゃからの。餅料理をいろいろ追加してやらんとな。

「あと、一人で食べるの寂《さび》しいんですけど……」

「それじゃ、私も一緒に食べるー」

おずおずと小さく手を挙げて話す女の子に、ルーチェが儂の背に負《お》ぶさりながら答えた。ルージュの指定席のようになっとるから、ルーチェが乗るのは珍《めずら》しいのぅ。

「普段一緒に組んでる仲間はおらんのか？　いたら誘っても良かったんじゃが……」

「そう言ってもらえるかもと思って、あっちで待ってます」

彼女が指さした先には、女の子が二人。草むらから頭を出してこちらを覗いておった。恐る恐る様子を窺《うかが》っていたようじゃな。儂は戸を開けて声をかける。

「こっちにおいで。一緒に食べるといい」

儂の手招《てまね》きに驚き、目を見開いておる。二人で顔を見合わせておったが、先に店内へ入っていた女の子を指し示せば、納得してくれたようじゃ。服に付いた葉を落としてこちらへ小走りで近寄ってくる。

「……いいんですか？」

「折角《せっかく》のご馳走《ちそう》じゃからな。一人で食べきれる量ではないし、食事は皆で楽しくじゃろ」

焦《こ》げ茶色の髪をおかっぱにしとる子が聞いてきたので、儂は即答してやる。もう一人の子はおさげじゃな。儂に木札を差し出してきよった。

「これでお願いします」

先日の模擬戦《もぎせん》で、一勝以上した者がもらえる木札じゃった。この子らも参加してたんじゃな。代金として受け取ってやると、安心したのか胸を撫《な》で下《お》ろしておった。

二人はルーチェと一緒に食卓へ着く。女三人寄れば姦《かしま》しいと言うが、四人いても静かなもんじゃ。

並べてある料理を食べてくれとる間に、儂は餅の料理じゃよ。

先日、マルシュに搗《つ》いてもらった餅を【無限収納《インベントリ》】から取り出し、適当な大きさに切り分ける。軽く焦げ目が付くくらい焼いて、ぜんざい、からみ餅、磯辺《いそべ》餅を仕立てた。焼く前の餅にあんこをからめて、あんころ餅にもしてあるぞ。

あとは、《乾燥《シーズン》》をかけた餅を薄く切り、ダシを張った鍋で餅シャブじゃ。勿論《もちろん》餅以外の具材も入ってるでな。肉と野菜も美味く煮えてるはずじゃよ。

ルーチェは慣れたから問題なかったんじゃが、冒険者三人は箸《はし》を使えんかった。なので、ルーチェがしゃぶしゃぶして取り分けておる。ルーチェを羨《うらや》ましそうに見る三人にトングを渡せば、喜んでしゃぶしゃぶし始めた。

「じいじ、これうどん入れてもいいの？」

「いいぞ。もう〆《しめ》るのか？」

皿に盛ったうどんを持っていくと、ルーチェは首を横に振る。

「あとで雑炊《ぞうすい》にするよ。先にうどんを食べたかったんだ」

儂から受け取ったうどんを、ルーチェが鍋へ流し入れる。ダシの中で泳がせたうどんが温まれば、冒険者たちの椀《わん》へルーチェがとり分けておった。うどんは掬《すく》いにくいからの。不慣れな者では、頑張って摘まんでいる間にぐでんぐでんにのびてしまうかもしれんしな。

のびのびのうどんは腹に優《やさ》しい感じで、実は儂は嫌いじゃないんじゃよ。ただ、全員が全員それを受け入れてくれるか分からん。現にルーチェやロッツァは、のびたうどんを嫌っておる。それもあって、皆の分を率先《そっせん》してよそっているんじゃろう。

薬研で磨り潰した一味唐辛子《いちみとうがらし》を【無限収納《インベントリ》】から取り出し、テーブルへ置いて儂は厨房へ戻る。

儂の後ろからは、ルーチェたちの喜ぶ声が響いておる。一味をかけすぎたらしい一人から聞こえるのは悲鳴じゃがな。

現在進行形で食事をしとるルーチェや、昼を自前で何とかすると言っていたナスティは問題ない。今から作るのは儂とロッツァたちの昼ごはんじゃ。

まずは寸胴鍋にダシを半分くらい注ぎ、切った鶏肉、ダイコン、ニンジン、キノコを入れてひと煮たち。根菜が柔《やわ》らかくなり、鶏肉に火が通ったら味付けして汁の完成じゃ。塩味、醤油味、味噌《みそ》味と三種類の汁を作り上げた。あとはロッツァたちが帰ってきたら餅を焼いて……

「ただいま」

噂《うわさ》をすれば影なんじゃろか？　儂が餅を焼く支度《したく》を始めたらロッツァが帰ってきよった。

クリムが大きな網袋《あみぶくろ》を背負《せお》い、ルージュは籠《かご》を抱えておる。クリムたちが持つ網や籠は微《かす》かに揺れておるから、中身はきっと生きた海産物のはずじゃ。生き物を仕舞えんロッツァのアイテムボックスには、既《すで》に死んでおる獲物を仕舞っているんじゃろうて。

ロッツァたちは、全身びっしょり濡《ぬ》れていて、足元には大きな水溜《みずた》まりができておった。ルージュとクリムは、ロッツァの首から飛び降りると、生け簀《いす》に駆けて行って網袋と籠を沈《しず》めよる。それからまたとてとて走り、儂の前に戻ってきた。

「おかえり、まずは《清浄《クリーン》》と」

ロッツァたちに魔法をかけたら、身体に付いていた藻屑《もくず》などが取れていく。

「《乾燥《シーズン》》じゃ」

クリムとルージュの赤い毛がみるみる乾《かわ》いていく……んじゃが、海水に浸《つ》かったせいで、いつものふわふわな毛とは程遠《ほどとお》い、ギシギシごわごわな感じになってしまいよった。

「こりゃ、綺麗に流さんとダメじゃな」

盥《たらい》を二つ【無限収納《インベントリ》】から取り出して、《浄水《ウォータ》》と《加熱《ヒート》》でお湯を張る。クリムとルージュを別々の盥に入れると、二匹は全身で浸かって温まりよった。盥の中で小刻《こきざ》みに身体を揺らし、塩や砂を落としているみたいじゃ。二匹を《浮遊《フロート》》で浮かべてから盥を傾け、湯を全部流す。二度、三度と湯を変えてやれば、二匹は綺麗になった。その後、再び

《乾燥《シーズン》》をかければ、ふわふわで手触《てざわ》り滑《なめ》らかないつもの赤毛になってくれたわい。

儂が二匹の相手をする間に、ロッツァは自分で水浴びを済ませ、身綺麗になっておった。魔法があまり得意でなかったロッツァも、だいぶ慣れてくれたようじゃ。

「アサオ殿《どの》、我も湯を浴びたい。頼めるか?」

湯の準備をする間に、ロッツァには少しばかり砂浜に近寄ってもらう。儂は湯をなみなみと張った二つの盥に《浮遊《フロート》》をかけ、ロッツァの真上に持ち上げた。それを傾けて甲羅《こうら》と頭に湯を浴びせてやれば、ロッツァは気持ちよさそうに目を細めおる。再び湯を浴びようとクリムたちが飛び出そうとしたので、慌《あわ》てて捕まえたわい。折角乾かしたのに、元も子もなくなってしまうからのぅ。

クリムたちは少し残念そうにしておった。それでも儂に抱えられたからか、大人《おとな》しく儂へ抱《だ》きついてきよる。

二匹を庭の隅《すみ》へ下ろし、儂は厨房へ。その帰りしな、ひそひそ声が耳に入る。

「あれ、できる?」

「無理。何回魔法を使ったと思ってるのよ」

おかっぱとおさげの子じゃった。どうやら儂が連続して使った魔法のことを話しておるようじゃ。

「お爺さんが使ってた魔法は、難《むずか》しくないんでしょ?」

「そうだけど、無理。無詠唱《むえいしょう》で連発なんて無理」

二人の会話に混ざらず、最多勝の子はあんころ餅を、そしてルーチェは磯辺餅を食べておった。厨房に置いていたきな粉《こ》も、いつの間にやらルーチェに持ち出されたらしく、テーブルの上に並んでおるわい。

通りがかりに、きな粉に合う糖蜜《とうみつ》を【無限収納《インベントリ》】から取り出してルーチェへ渡し、

「仲良く食べるんじゃぞ」

一言告げてから、儂は寸胴鍋の前へ移動する。

四人はきな粉餅にたらりと糖蜜を垂らすと、「おぉぉぉぉぉーーーー」と歓声を上げておった。新《あら》たな甘味の登場で、魔法のことなどどうでも良くなったようじゃ。

餅を焼く間に儂は、刻んだ葉野菜を寸胴鍋に入れてもうひと煮たちさせる。沸騰《ふっとう》させると風味が飛んでしまうでな。火加減は慎重《しんちょう》に見ておるよ。

少しばかり焦げ目を付けた餅を椀に仕込み、汁《し》をかけてからロッツァたちのところへ持っていく。冷えた身体に温かさが染み渡るらしく、ロッツァは深く長い息を吐いとった。

クリムとルージュは、餅を引き伸ばしながら食べておる。ロッツァたちは、おかわりを含めて五杯平《たい》らげてお昼ごはんを終えた。

ルーチェと冒険者三人は、ロッツァたちの食事が終わってからも食べ続けとった。ロッツァたちへ出した雑煮《ぞうに》も食べておるよ。ルーチェはまだしも、他の三人はその身体のどこ

に入るのかと思ったんじゃが、適宜《てきぎ》休憩を入れておったわい。雑煮も三種類をそれぞれ一杯ずつ持ってきて、交換しながら食べとったな。そうでもせんと、腹が破裂《はれつ》するはずじゃからのぅ。

日が暮《く》れる頃、食べきれなかった甘味をたくさん持って、冒険者三人組は帰ったのじゃった。

《 5　ぷかぷか 》

バイキングが休みの今日は、隠居《いんきょ》貴族のクーハクートと八百屋《やおや》の親父さんが訪ねてきた。新たな食材も見つからんから、料理の試作もなくてのぅ。儂は暇を持て余して、座布団で宙に浮かんでのんびりしておったんじゃよ。

「店を開いても、休んでも会うんじゃな」

「そう嘆《なげ》かんでも良かろう。少しばかり聞きたいことがあってな」

「俺もだ。あ、マンドラゴラのことじゃないぞ」

思わずぽろりとこぼれた儂の台詞に、二人は苦笑《にがわら》いを浮かべながら答えよる。

今日はナスティがルーチェとカブラを連れて買い物に出掛けておるし、ロッツァはクリムとルージュを供にして、漁をしとるはずじゃ。なので、家に残っておるのは、儂とバルバル。あとは庭先で日向《ひなた》ぼっこをしとるレンウとジンザだけじゃよ。

「で、聞きたいこととは何じゃ？」

親父さんが腰を押さえながら一歩下がったので、儂は先にクーハクートに話を振ってみる。

「うむ。姪《めい》が懐妊《かいにん》したそうでな。祝いの品を贈《おく》ろうと思うのだよ。それで、アサオ殿の故郷では何を贈るのか聞いてみようと思って来たのだ」

「儂の田舎《いなか》だと、懐妊の時は祝いの言葉くらいで、他は何もせんぞ。無事に産まれてから、赤子が使う物と一緒に祝い金を贈るくらいじゃな」

「そうなのか？」

クーハクートは驚く。後ろにいる親父さんも似た顔をしとる。

「気分の良い話ではないが、流れてしまうかもしれんし、死産《しざん》になるやもしれん。なのに赤子の物を贈るのは、親に酷《こく》じゃろ？　それに祝いの品が、妊婦《にんぷ》の心労に繋がったら本末転倒《ほんまつてんとう》じゃ。周囲の期待が大きいと、精神的に応えるでな」

儂の説明に素直に頷くクーハクート。思うところがあるのか、親父さんも神妙《しんみょう》な顔つきになっておる。

「めでたいことじゃから、準備しておくのは悪くないんじゃ。ただ、それを知らせず、気《け》取《ど》られずにやらんとな」

「うぅむ、難しいのだな」

「儂の田舎の風習じゃから、クーハクートは気にせんでもいいじゃろ」

「違う土地柄《がら》の仕来《しきた》りを知れたのは良かった。考え方がいろいろあるのだな」

クーハクートは腕を組みながらうんうん唸《うな》る。そして、いきなり話を変えた。

「でだ。アサオ殿の乗るそれはなんだ？」

「座布団じゃよ。うちの家族は皆使っておるぞ？」

儂が指さす先には、ふわりと浮く座布団に乗っかったバルバルがおった。座布団から落ちることもなく、いつも通りぷるぷる震えておる。

最近、森の樹木《じゅもく》を主食にしとるせいでか、少しばかり色が濃くなってきとるんじゃよ。《鑑定《エヴァルア》》を使って観察しとるから、健康上の問題がないのは分かっとるんで、好きにさせとるがの。ここ数日は、食後に座布団で浮くのがお気に入りのようじゃ。

番いの紅蓮ウルフ――レンウとジンザも、ぷかぷか浮きながら日向ぼっこしとる。

「これは使えるか……？　アサオさん、これはどこで手に入れたんだい？」

ぼそりと呟いた親父さんが、儂の乗る座布団を指さしながら聞いてくる。さっきまでと打って変わって、今度はクーハクートが黙《だま》る番らしく、バルバルの乗る座布団をじっくり観察しとる。

「座布団は仕立て屋に頼んだんじゃ。組み紐《ひも》や宝石は儂が付けたり、ナスティに頼んだりしたがのぅ」

「付与《ふよ》もやってもらえたのか？」

「それは儂が自分でやったぞ」

儂が即答すれば、親父さんはまた黙ってしまった。少しの間の後、意を決したように口を開く。

「手押し車にも付与できないかな？　代金は野菜でしか払えないかもなんだが……」

「構わんぞ？　ただ、直接付与して失敗したら手押し車が壊《こわ》れるからのぅ……何か適当な素材は……」

神妙《しんみょう》な面持《おもも》ちの親父さんに返事をしたそばから、儂は【無限収納《インベントリ》】を確認する。親父さんはなぜか間抜《まぬ》けな顔をしとったよ。

「手押し車に合うものとなると、宝石より骨や木じゃろな。余りまくってるヌイソンバの骨なんてどうじゃ？」

「はっ！　いやいやいや、頼んでおいてなんだけど、アサオさん、そう簡単に受けちゃダメだろ」

慌てふためき、手も頭もぶんぶん振る親父さん。その後ろでクーハクートが笑っておるぞ。

「アサオ殿にとっては造作《ぞうさ》もないことなのだろう」

「いや、それでも――」

「いらんか？」

「欲しい！　って違う！」

クーハクートと儂を交互に見ながら返事しとる親父さんは、混乱状態から抜け出せんみたいじゃ。まぁどんな状態だろうと言質《げんち》がとれたんじゃから、儂としてはちょちょいと作るだけじゃよ。

ヌイソンバの大腿骨《だいたいこつ》を一本【無限収納《インベントリ》】から取り出し、

「《付与《アディション》》、《浮遊《フロート》》」

実験したらぽっきり折れてしまう。もう一本取り出し、籠める魔力を弱めて同じことをしたら、今度は折れずに上手くいった。

「ほれ、これを付ければいけると思うぞ。お代は葉野菜を籠一杯に頼めるかの？」

「……」

素直に受け取ってくれた親父さんは、何も言わず困り顔じゃ。

「私たちはアサオ殿の厚意《こうい》に感謝するのが正解だよ。な？」

「そうじゃ、そうじゃ。儂は気まぐれでやっただけじゃからな。それで野菜をもらえる儂は、得しとるじゃろ」

クーハクートに言われ、儂が笑いかければ、親父さんはやっと頷いてくれる。

「ありがとう」

深々と頭を下げる親父さんじゃが、なかなか姿勢を戻さん。

「あ、腰をやったんじゃろ。それで《浮遊《フロート》》が欲しかったのか？　《快癒《ヒールオール》》」

親父さんの腰を治《なお》し、姿勢を戻させる。

「助かった。仕事柄仕方ないんだが、どうにも歳《とし》かね……」

「儂より若いのにそんなことを言うんじゃない」

「そうだそうだ。畑仕事はせんが、年齢は私たちのほうが上なのだぞ」

上機嫌《じょうきげん》で笑いながら、クーハクートが親父さんをからかっておった。親父さんは苦笑いを浮かべるだけじゃ。

「で、クーハクートはどうしたいんじゃ？」

ひとしきり三人で笑った後、儂はクーハクートへ視線と話を戻す。

「うむ。ものは相談だが、浮かぶ籠はできないだろうか？」

「どんな意匠《いしょう》が好みか儂は分からんからのぅ。籠や付与する為の宝石は用意してもらわんとじゃが、他の魔法も付与したら、安全安心な籠を作れるかもしれんな」

顎髭《あごひげ》を弄《いじ》りながら答える儂に、クーハクートの目が輝いておった。

「よし！　ならばこの世にたった一つしかない、特別なものにしようではないか！　材料を揃える時間を考えると……早速動かなければいかん！　アサオ殿、私は行くぞ！」

老人とは思えんくらいの足取りで走り去るクーハクート。

「……相変《あいか》わらず騒《さわ》がしい奴じゃ」

「隠居したとはいえ、さすがオーサロンド家の先代様だな。やることが早い」

呆《あき》れる儂に対して、感心する親父さん。随分《ずいぶん》な温度差を感じるわい。

用事の済んだ親父さんはヌイソンバの骨を持って、足取り軽く帰っていく。残った儂は、レンウやジンザと共に日向ぼっこに勤《いそ》しむのじゃった。

《 6 遅い店 》

『当店は料理の提供に時間がかかります。お急ぎの方はご遠慮くださると幸いです』

ナスティと一緒に商業ギルドへコーヒー等の卸《おろ》しに行った後、いつもと違う通りを歩いて帰っていると、そんな看板が目に付いた。

「随分と強気な店ですね～」

「儂は正直な店と思ったぞ？　素直すぎるとも言えるがのぅ」

小さな料理店は、ひっそりと目立たぬ所に立っておる。高級店のように、入口からして客を選ぶ造《つく》りにはなっとらん。どちらかと言えば庶民的《しょみんてき》な雰囲気《ふんいき》の店じゃ。

「昼には早いが、入ってみんか？　のんびりするいい機会じゃろ」

「そうですね～。急ぐ用事はありませんから～、入ってみましょうか～」

店内は外見から予想していたよりも広い間取りで、大柄なナスティも十分ゆったりできる広さになっとった。

それなのに置かれたテーブルは四つのみ。それぞれに椅子が二脚だけと贅沢《ぜいたく》に間合《まあ》いをとっておる。隣の席の客を気にすることもなさそうじゃ……今は儂らしかおらんがの。

「あら、いらっしゃい。お食事？　それともお酒かしら？」

雀《すずめ》のような顔をした女の人が店の奥から出てくる。儂より小さな背丈《せたけ》で、少しばかりふっくらしとるか。それでも太っているとは感じん。纏《まと》う空気も穏《おだ》やかなものじゃ。

「ゆっくり食事をしようかと思ってな。酒も楽しめるなら少しだけ飲もうかのぅ」

「はいはい。お食事は肉の煮込みと焼き野菜のどちらが好み？　お酒は蜂蜜酒《はちみつしゅ》とワインだけよ？」

カウンターテーブルへ手を掛け、のんびり話す雀さん。置かれた手は羽毛に覆われておる。話している間に手のひらも見られたが、そちらは普通に儂と同じ手をしておった。甲の部分が羽毛に包まれているだけで、モミジ——鶏足のような感じにはなっておらん。

「焼き野菜が気になるのぅ」

「私は煮込みがいいです～」

「それじゃ料理を始めるから、ゆっくりしてて」

雀さんはまた奥へ姿を消そうとしたが、思い出したように顔だけこちらへ戻し、

「お酒は好きなほうを飲んでて。そっちの棚《たな》にはチーズとパン、木の実があるから、のん

びり楽しんで」

儂から見て右側の棚を指さし、笑顔を見せたら引っ込んでしまった。酒は左側に並んでおる。

「……やる気は感じんが、流れる空気は良いもんじゃ」

「ですね〜。鳥人《ちょうじん》はせっかちさんが多いのに〜、珍しい方だと思いますよ〜」

儂に同意しつつ、ナスティは左の棚へ向かっておった。雀さんが消えた辺りに大樽と小樽が一つずつ寝ておる。ナスティは右手に持つ陶器《とうき》のカップを、傾けた小樽から出てきた黄金《こがね》色の蜂蜜酒で満たしていく。とろみのあるそれは、注がれるそばから香りを周囲へ広げよった。

小樽を戻し、大樽の栓《せん》を抜くと今度は赤ワインが飛び出す。それをこぼすことなくカップに受けるナスティ。蜂蜜酒の甘い香りを上書《うわが》きするかのように、ブドウの爽《さわ》やかな匂いが漂《ただよ》った。儂へ振り向いたナスティは、満面の笑みを見せておるよ。

つまみとなるチーズとパンを、儂が適当に切って皿に盛る。木の実はクルミ、アーモンド、カシューナッツが並べられておった。見本の一粒は、どれも儂の拳ぐらいの大きさがあったが、実際にはひと口大に砕《くだ》かれておる。軽く煎《い》られたクルミたちはワインと相性《あいしょう》が良く、くいくい進んでしまったわい。片《かた》やチーズは塩気《しおけ》が強くて、蜂蜜酒の甘さを引き立たせよる。塩味と甘味が交互に来るんじゃ……終わらんよ。

暫《しばら》く酒を楽しんでいた儂らの鼻を、作りかけの料理の香りが擽《くすぐ》る。料理への期待が高まった儂とナスティは、その香りだけで酒を飲むほどじゃて。

雀さんが、持ってきた両手鍋を儂らのテーブルへ置いていく。備え付けられた食器棚から、フォークと深皿を二組用意してくれた。儂らの前で蓋《ふた》を開けてくれた鍋の中身は、ナスティが頼んだ煮込み料理じゃったよ。

「鹿肉の煮込み。ナイフで切らなくても食べられるわよ」

店内全てに広がる香味野菜と肉の香り。ついでに醤油の匂いも広がっておる。

「ショウユって木の実で味を調えてるの。美味しいわよ」

にこりと微笑《ほほえ》んだ雀さんは、また奥へ戻って行った。

「醤油が受け入れられていますね～」

「良い傾向じゃろ。これだけ上等な匂いをさせとるんじゃ、美味いに違いない」

それぞれの皿に取り分けた儂らは、まず鹿肉にフォークを伸ばすが、ほろほろの肉は刺せんかった。なのでこれ以上崩《くず》れる前に掬い、口へ運ぶ。醤油の香りをまとった鹿肉が、口の中で解《ほど》けていく。柔らかいのに、肉を噛んだ食感はしっかり残っとった。噛むほどに野菜の旨味まで溢《あふ》れ出してきよる。一緒に煮込まれたジャガイモとニンジンは煮崩《にくず》れておるが、まだまだ旨味をその身に蓄《たくわ》えておったよ。タマネギはほとんど溶けてしまったようじゃ。その甘みが鍋の中の食材に染み込んで、姿は見えなくても自己主張しておるわい。

ワインで口の中の脂を流すと、また儂らは両手鍋へ手を伸ばしてしまう。最後の一滴《ひとしずく》まで皿に盛ったら、雀さんが顔を出した。

「お口に合ったようで何よりね。はい、これが焼き野菜。とろとろあつあつだから気を付けて」

大皿を置き、替わりに両手鍋を下げてくれる。大皿に載せられた野菜から、盛大《せいだい》に湯気《ゆげ》が立ち上っておった。

「野菜が美味しいから、塩だけで十分美味しいわよ」

雀さんにはそう言われたんじゃが、まずは野菜自体の旨味を感じたくてな。ナガネギ、タマネギをひと口大に切ったら、そのまま口へ運んだ。目を閉じ、口の中に神経を集中させると、とろける食感にネギの香り……その後を甘みが追いかけてきよった。ほんの少しだけ塩を振り、またタマネギを齧ると、今度は最初から甘みが襲《おそ》ってきよる。

ふと目の前に視線を向けたら、ナスティが頬を押さえて微笑んでおった。

その後は酒を飲むのも忘れ、一心不乱《いっしんふらん》に野菜を貪《むさぼ》る。一息ついた時には、大皿はほぼ空《から》になっておったわい。野菜の甘みと旨味を引き出す為に、余計なことをしとらんのじゃろな。胡椒《こしょう》なども使っておらんしのぅ。

「遅くてごめんなさいね。楽しめた？」

「美味しかったです～」

「酒も料理も大満足じゃよ。遅いのではなく、ゆったりじゃから気にならんしな」

十分すぎるほどの飲食をした儂らは、代金を払って店をあとにする。

のんびり歩いて帰宅した儂とナスティを待っていたのは、庭先でバーベキューをする大勢の姿じゃった。腹が減ったので、自分たちでできる食事の準備をしたんじゃと。料理の試作に来ていた奥さんたちや、何かと理由を付けて顔を出すメイドさんがおるから心配してなかったんじゃが……いつの間にか食材を持ち込んでの宴会になっていたそうじゃ。

昼間から酒を飲んだ儂らと、宴会をしていたルーチェたち……似た者家族かのぅ。

無理な飲み食いと、食材を無駄にするようなことはせんように注意して、儂は家の中へ入る。扉を開けた先の居間には、マンドラゴラに化けた風の女神《めがみ》や、変装した火の男神と少年姿の水の男神が待っておった。ついでに髪を黒く染めた主神《しゅしん》イスリールまでも来ておるよ。さすがにばれる危険性を考慮《こうりょ》して、中で待っていたらしい……

しかも大した用事はなく、儂の料理目当てに来たんじゃと。それだけの為に無茶をするのぅ。

「来ないという選択は――」

「拒否《きょひ》します！」

胸を張るマンドラゴラが威勢良く答えよる。マンドラゴラでなく、本来の口調《くちょう》が出とるぞ。

地の女神がおらんのは、あっちで留守番《るすばん》だからなんじゃと。土産をたくさん持ち帰ると約束したら、渋々《しぶしぶ》ながら引き受けてくれたそうじゃよ。

儂は適当に炒め物や煮物を作り、イスリールたちへ振る舞う。

「甘味を気に入った配下の者が多くて……」

とイスリールに言われてな。クッキーやきんつばを大量に渡しておいたわい。一番人気《にんき》はかりんとうみたいで、それも大盤《おおばん》振《ぶ》る舞いじゃ。

「何かあれば言ってください！　僕たちはセイタロウさんの味方ですからね！」

儂への手土産として、一枚の護符《ごふ》を置いて帰ったイスリールは、満面の笑みじゃったよ。両手で抱えられる限界ぎりぎりのお菓子を抱きしめておったがな。

イスリールたちが帰ると、やっと外の喧騒《けんそう》が聞こえてくる。ルーチェたちは、まだまだ食べ続けるようじゃ。野太い声や、甲高《かんだか》い声も聞こえておるが、どれもこれも楽しそうじゃった。

《 7　硬《かた》くなったパン 》

今日はいつものパン屋へ仕入れに行く。行き慣れた店じゃし、他に寄る予定もないから儂一人で来たんじゃが、パン屋の奥さんにちょいと相談されてな。

「売れ残りのパンを食べるのも飽きたわ……アサオさん、何かいい手はないかしら？」

山のような売れ残りを出しとるわけでもないし、経営に問題はないようじゃ。丸パンが小さな籠一つ分に、角パンが三斤、あとは小振りな黒パンが数個。

パンは主食とはいえ、硬くなったものや、風味の落ちたものじゃからのぅ。夫婦二人では食べきれんか……それでも無駄にしないようにと、毎日自分たちで食べ続けてるからこその愚痴《ぐち》なんじゃろ。

「普段の食べ方が分からんが、トーストにするのや溶かしたチーズを載せるのじゃダメか？」

「トースト？」

ありゃ？　トーストも食べんのか。となるとそこから教えてやるべきじゃな。

「こんな感じに表面を焼くんじゃよ」

儂は小さな小さな《火球《ファイアーボール》》を浮かべ、適当に半分に割った黒パンを炙り出す。焦げないように注意しながら焼き目を付けると、パン屋の中は小麦の焼ける香りに包まれた。少しばかり酸味《さんみ》のある黒パンの香りは、口の中を唾液《だえき》で溢れかえさせるのには十分じゃ。

「焼き立てのパンとはまた違うんじゃ。バターや蜂蜜、ジャムなどを付けるともっと美味しくなるぞ」

奥さんに話しながら儂はジャムを挟《はさ》んで渡す。受け取ってそのまま齧った奥さんは、鼻から抜ける黒パンと果実の香りに驚いたようじゃ。ジャム自体が、酸味と甘みを強めにしとるからの。黒パンとの相性は抜群《ばつぐん》に良いと思ってな。

「勿論、売れ残りでなく、当日焼き上げたパンで作っても美味いもんじゃて。どれ、あとはチーズを載せて炙るか」

宙に浮かべたままの《火球《ファイアーボール》》にチーズを載せた丸パンをかざす。あまり大きなチーズを載せると危険じゃからのぅ。少し小さいかな？　くらいの欠片《かけら》で十分じゃよ。溶けて広がったチーズが、ふつふつし出したら完成じゃ。

「良い匂いだ……」

パン屋の奥にある調理場から旦那さんが顔を出してきた。その途端《とたん》、チーズの香りを思いっきり鼻から胸いっぱいに吸い込んでおる。

店内で《火球《ファイアーボール》》を使って調理しとる儂を咎めるでもなく、チーズ丸パンを味見し出す。

「ニンニクを擦り付けて、オイルを垂らして焼くのも美味いぞ」

「それいいわね……でも、今やると店の中がニンニク臭《しゅう》に包まれるわ……」

こればかりは作らずにレシピだけ教えた。しかし奥さんは残念そうに、とても悔しそうにパンを見つめとる。

いつも通り仕入れもできたし、相談にも応えられたので、気分良く帰れるわい。帰り際に、

「また相談を聞いてくれるかな？」

と言われたので、快く答えておいた。

数日後。夕方にパン屋を訪ねると、嬉しそうな顔をした奥さんがいた。賄《まかな》いがてらにジャムパンを食べていたら、それに興味を示したお客さんたちが「食べたい」の大合唱だったそうじゃ。

早速翌日から売り出したら好評で、売れ残りがほとんど出なくなったんじゃと。逆にいくつかのパンは、売り切れが出るほどだったらしい。ジャムの作り方も直接教えたし、レシピは公開してあるからの。砂糖を使うといえども、入れる量を加減すれば十分採算《さいさん》がとれるはずじゃて。その辺りは、パン屋を経営しとる夫婦なら問題ないはずじゃからな。

教えただけのニンニクパンは、まだ納得の出来に仕上がっていないそうじゃ。今日はそれを実際に教えてほしいと呼ばれたんじゃよ。時間的にも晩ごはんの支度に丁度《ちょうど》良いからの。一緒に作れば、どちらの家も晩ごはんの支度の手間が省《はぶ》けるじゃろ。そう思って引き受けたわけじゃ。

あえて硬くなったパンを使ってニンニクを擦り付け、オイルをたらり。それを少しばかり炙れば完成じゃて。ついでにバターと刻んだニンニク、パセリを混ぜたものも作った。これさえあればトーストに載せるだけで、簡単にできるからの。

さて、あとはどうするか。

「パンの焼き窯《がま》はまだ温かいかのぅ？」

儂の問いに、奥さんは旦那さんへ視線を送る。何に使うのか疑問に思っているんじゃろうが、旦那さんはとりあえず頷いてくれた。

ほとんど出なくなったとはいえ、それでも売れ残りは出るからの。再利用して食べ尽くしたいんじゃよ。

角パンを長細く切り、溶かしバターを塗《ぬ》ったら砂糖を塗す。それをまた焼き窯に並べたら終わりじゃ。注意する点は、焦げないように様子を見ながら、硬さと色味を確認していくくらいかの。こちらも甘いだけで終わりじゃ味気《あじけ》なくてな。先に仕込んだニンニクバターを塗ったものも一緒に並べてある……これ、匂いが移るかもしれんな。

慌ててニンニクを使ったものだけは、窯から取り出したが、若干《じゃっかん》、匂いが残ってしまったわい。出来上がった後で風魔法と《清浄《クリーン》》で後始末せんといかん。明日の営業に影響が出たらまずいんじゃ。

二種類のラスクを作ってもまだ丸パンが残っとる。儂の持つ丸パンは昨日の売れ残りらしく、表面を叩くとコツコツと音が出るほど硬くなってしまっておった。

儂はそれをおろし金ですりおろし、パン粉を作る。これだけでは粗挽《あらび》きかのぅ。薬研も使って、極小《ごくしょう》のパン粉を作れば、料理によって使い分けが可能になるぞ。その辺りも説明しながら一緒に作っていくと、旦那さんも奥さんも感心しておったよ。

開いた魚や、適当な大きさに切った肉。あとは下処理を済ませた根菜などにもパン粉を塗して揚げていく。このまま食べても十分おかずになるし、今日の売れ残りのパンで挟めばサンドイッチやバーガーになるじゃろ。

自分たちで食べる以外に、店で売り出したって構わん。街外《まちはず》れの商店街ではもうやっておるから、こっちでも来客が見込めると思うんじゃよ。広いカタシオラでバーガーを扱う店が一軒では、満足に食べられんと思うしのぅ。難しいことは分からんから、商業ギルドに相談してもらうことにしとこうか。

なんだかんだと三人で作っていたら、外は真っ暗じゃった。時間的にはまだそんなに経っていないんじゃがな……日暮れが早いのも冬の証《あかし》かの。

帰宅した儂を待ち受けていたのは、腹で大合唱する家族じゃったよ。

《 8 ヘミナーと一緒に男ばかりでお出掛け 》

そろそろカタシオラを出ようかと思う今日この頃。行き先の目星を付ける為に、それぞれで情報収集をしとる。とはいえ、寒い冬の間に旅立つつもりはなくてな。暖《あたた》かくなったらというくらいのゆるい予定じゃよ。

その上で、まだ儂が訪ねていない場所があったのを思い出してのぅ。前回、ナスティたち女性陣だけで訪ねたドルマ村じゃや。

ヘミナーから料理指導を頼まれたのをこれ幸いと、儂はちゃっちゃと訪ねることを決めた。料理の他に畑の改善なども相談されておるし、現地を見んことには答えられんからな。なので今、ヘミナーと一緒に村へ向かっておる。同行者は男ばかりで、ロッツァ、クリムにカブラじゃ。カブラの雌雄《しゆう》は分からんが、一応男性陣ってことにしておいた。

残った女性たちは、甘味祭りを連日開催するつもりらしい。元々、その企画をいつやろうか相談してたんじゃと。そんな時に、都合良く儂の外出が重なったんじゃよ。だもんで数日、家を空《あ》けても問題ありゃせん……のじゃが、ロッツァが走りたがってのぅ。好きに走らせる為、今はロッツァの曳《ひ》く幌馬車《ほろばしゃ》に皆で乗っておる。

カタシオラを朝出て、今は太陽が天辺《てっぺん》を過ぎたくらい。ナスティの話によれば、普通に歩いて二、三日かかる距離《きょり》らしいから、この勢いだとすぐ着いてしまうんじゃないかのぅ……

「……おかしい。この速度はおかしい。もうドルマ村が見えるではないか……」

儂の隣に座り、ロッツァ越《ご》しに正面の景色を見ているヘミナーが、ぶつぶつ呟いておった。幌馬車の後方へ勢い良く流れていく木々に、カブラは感嘆《かんたん》の声を上げておるよ。

「ロッツァはん早いなー。びゅんびゅん景色が変わるで」

そんなカブラが落ちないよう、そっと後ろで身体を抱えてくれているのはクリムじゃ。いつもの座布団も持ち込んでおるが、さすがに馬車の中では乗っておらんからのぅ。

「アサオ殿、村の手前に何かいるぞ」

儂を振り返ることなくロッツァが知らせてくれた。《索敵《レコナ》》に反応は出ておらんから、きっと魔物ではないんじゃろ。焦点《しょうてん》の定まっていない顔のヘミナーを突《つつ》き、意識を現実に戻させてそれを確認させる。

「あれは……イワノバネだな。誰かの使いで来たのだろう」

茶色いごつごつした土塊《つちくれ》が身体を捩《よ》じりながら進んでおった。時折飛び跳《は》ねておるのは、なんじゃろか？

「よく分かっていないのだ。移動時間を減らす工夫ではないか、と我らは考えている」

ヘミナーと話している間に、ロッツァがイワノバネを追い越《こ》し、あっという間に後方へ置き去りにした。かと思ったらイワノバネが大きく空へ舞い上がり、ロッツァの少し後ろに着地する。

「ビューンって迫《せま》ってきたで！　ビューンて、えらい迫力《はくりょく》やー！」

興奮気味に儂へ報告するカブラは、手足をばたつかせておった。

「クリムはん、凄《すご》かったな！　茶色いのがドスンって降ってくるんやから！」

自分を抱えるクリムにまで同意を求めておる。無言で頷くクリムも、目が輝いておったよ。

随分近くに見えるようになったドルマ村は、門を固く閉ざしていた。その門前に胸当てや兜で完全武装したエキドナが五人。柵の内側の二棟の櫓《やぐら》には弓矢を構えた者も見える。一人のエキドナが声を上げた。

「止まれー!!」

土埃《つちぼこり》を巻き上げながら走っていたロッツァが急激《きゅうげき》に速度を落として、村の左側からゆっくり門の前を目指す。

耳に入った声にヘミナーが慌てて顔を出した。それでも声の主を見つけられんかったようで、ロッツァの背へ上がりよる。

「客人を連れてきた！　敵ではないぞ！」

大きく手を振り、身体を揺らし、声を上げて門番へ合図を出したヘミナー。

「もう少し手前で速度を緩《ゆる》めるべきだったか。すまぬ」

「言うのが遅かった儂のせいじゃよ。今度から気を付けるとしような」

ロッツァと儂がそんな会話をしていたのは、村まであと50メートルくらいのところじゃった。ロッツァはもう走っておらず、ゆったり歩いとる。

「ヘミナルキンカが、何故《なぜ》ソニードタートルといる？」

「客人の家族だ。丁重《ていちょう》なもてなしを頼む。ナスティアーナの仲間でもあるからな」

ロッツァの背から下りたヘミナーが、止まれと叫んだ者とは別のエキドナに答えておる。髪がほとんど白くなっとるから、たぶん年配だと思うんじゃよ。それに、他のエキドナは構えを解かず、何も話さん。警戒《けいかい》する役目の者と違い、年配のエキドナはヘミナーと話しとるから渉外《しょうがい》担当か。それか、位《くらい》が一番高いかのどっちかじゃな。

儂が馬車から下りると、カブラは儂の頭へ飛び移った。クリムも真似《まね》して儂の背へ飛びかかる。軽くない衝撃《しょうげき》に、儂も思わずたたらを踏んだぞ。

「ふむ。ヒトらしき者と、キングクリムゾンの幼体……あとはマンドラゴラか？　随分太いようだが――」

「太《ふと》ないわい！　ちょっとだけぽっちゃりなだけや！」

エキドナの言葉に、カブラが儂の頭を抱えながら吠《ほ》えておる。

「おとんも言うたってー！　ウチ太ってへんやろー！」

「いや、カブラは太いじゃろ」

「なんやて⁉」

即答した儂に、カブラは衝撃を受けて仰《の》け反《ぞ》ったようじゃ。全身を使ったリアクションのせいで、儂の首が引っ張られておる。途中で止まったのは、きっとクリムが支えてくれたからじゃろ。

「もういいか？　私は補佐長のメシナだ。ナスティアーナが世話になった」

カブラの行動を最後まで見守っていた年配のエキドナが名乗ってくれた。

「儂はアサオ・セイタロウ。ソニードタートルがロッツァで、頭の上のマンドラゴラがカブラ。背に乗っているのはクリムじゃ。前に来たルーチェは儂の孫《まご》でな。こちらこそ世話になったじゃろ」

一人ずつ指さしながら名を教えていく。負ぶさっているクリムを紹介する時は、儂の身体を捻《ひね》りながらじゃ。

「私も街で世話になったのだ。改めて礼を」

年配のエキドナ――メシナの隣に並んだヘミナーは、先日もしていたように、右拳を左胸に当てながら頭を下げた。背後に並ぶエキドナたちからどよめきが起きる。

「ヌシが礼を執《と》る相手か……村長《むらおさ》に伝えよ。今から行くとな」

メシナが声をかけると、背後に並んでいたエキドナが一斉に動きよった。

二人がかりで門を開け、滑《すべ》り込むように入っていった二人が村の奥へ向かっていく。櫓の上で弓矢を構えていた者も、頭を下げておった。

「では、案内しよう。ついてまいれ」

後を追おうと足を浮かせたら、地面が揺れる。イワノバネが儂らの背後に着地したところじゃった。

儂らの背後に着地したイワノバネは、硬そうな見た目と裏腹《うらはら》に、ばいんばいんと揺れておる。近くで見れば土というより岩そのもので、ロッツァの二倍はあるかと思える大きな図体《ずうたい》じゃよ。揺れているのに、スライムのような柔らかさは見受けられんな。

へミナーが手を差し出すと、イワノバネの胴体らしきものが開いた。その中にあったのは、一辺一尺くらいの四角い木箱じゃ。蓋を開ければ、文《ふみ》と金貨が入っておった。

「ノ村からワインの注文書だ。後ほど代金分のワインを樽で渡そう」

儂が覗いているのに気付いたからか、へミナーが教えてくれる。

「それまで待っててくれ」

へミナーがイワノバネをぽんと叩けば、開いた部分が閉じていった。そのまま門の近くへ動き出す。

「……邪魔《じゃま》だ」

突然くぐもった声が聞こえたと思えば、イワノバネが横倒しに転《ころ》がりよった。表面の岩がいくつも剥《は》がれてしまう。イワノバネのいた場所には、赤黒いローブを身に着けた者がいた。

儂は殴《なぐ》りかからんと距離を詰めるへミナーの首根っこを掴み、後方へ投げ飛ばす。「ぐげっ!!」と首が締まって苦しそうな声を上げておったが、きっと大丈夫なはずじゃ。

儂の動きを見て、ロッツァが門まで下がる。クリムとカブラも連れて行ってくれたな……門を開けたエキドナ二人が臨戦《りんせん》態勢で槍《やり》を構え、櫓におるエキドナも弓に矢を番《つが》えておった。

「お前さん……大角《おおづの》のところで会ったじゃろ?」

無言のままローブの者が儂へ向き直る。

「……消えろ」

一言だけ口にしたら、黒い槍を飛ばしてきた。儂は村を強めの《結界《バリア》》で囲い、自身には《加速《クイック》》じゃ。儂を掠《かす》めていった黒い槍が《結界《バリア》》に当たり、中空で留まる。前回と同じで、この黒い魔法に《結界《バリア》》を貫くだけの威力《いりょく》はないようじゃ。

儂はローブの者の向きを変える為、ぐるりと回りながら黒い槍を避ける。流れ弾は《結界《バリア》》が守ってくれておる。効果がないのが分かっても、奴は黒い槍を撃《う》ち出すことをやめん。

「《岩壁《ストーンウォール》》」

ローブの真下から壁《かべ》を突き上げる。宙に浮かべたので無防備になってくれたわい。ならば追い打ちじゃな。

「《風刃《ウィンドエッジ》》」

その身に纏う赤黒いローブを切り裂《さ》いたが、本体にダメージはなさそうじゃ……どうにも手ごたえがないわい。

しかも、切り裂いた隙間《すきま》から見えるはずの胴体がありゃせん。代わりにそこから幾本《いくほん》もの腕が伸びてきた。儂と距離があるので到底《とうてい》届かんが、本当の狙いは別だったんじゃな。

青い石をいくつも投げてきよる。

「転移石の乱れ打ちとは……随分と羽振《はぶ》りの良さそうなことで結構じゃ」

避けた儂が着地する時を狙って石が投げられた。儂の回避が間に合わないと踏んで、命中を確信したんじゃろ。僅《わず》かに見える口元が、にやけておった。

「甘いのぅ」

転移石は儂の身体に当たる直前で消えていく。呆気《あっけ》に取られつつもローブの者は、青い転移石を投げ続けるが、一つも当たりゃせん。全て【無限収納《インベントリ》】の中じゃよ。

ムキになって何個も何個も投げてくれておるが、儂の【無限収納《インベントリ》】に溜まるのみ。ついには弾《たま》切《ぎ》れになったようで、幾本も生《は》えた腕が空《くう》を切った。

「たくさんのお土産をもらって申し訳ないわい。これは儂からのお礼じゃ、受け取ってくれ」

ローブの者の頭付近を《結界《バリア》》で囲い、《浄水《ウォータ》》を注ぐ。以前、ダンジョンで大蛇を溺《でき》死《し》させたのと同じ手法じゃ。

すると、ジュルルルルルルッと凄い音をさせて、水が消えていく。奴が吸い込んでおるのじゃ。儂も負けじと注ぎ続け、五分もしたら吸水速度が落ち出した。

……そろそろ決着かと思った矢先、ローブの者は姿を消してしまった。

残った物は、赤黒いローブの切れ端《はし》のみ。証拠《しょうこ》を確保するべく、それを鑑定したら、どうにも不思議な素材のようじゃ。呪いも毒なども書かれてなかったが、この世の物ではな

いと出とったからの。ローブの切れ端も【無限収納《インベントリ》】へ片付け、村の門まで戻る。村にかけていた《結界《バリア》》を解いたら、

「おとん、もったいないやろー。なんであんなのに水くれてるんやー」

カブラが怒っておった。門の周囲にいたエキドナは、構えを解かずに辺りを警戒し続けておる。

「無事で何よりだ。あれは何なのだろうな」

カブラの態度に困り顔のロッツァが、儂を労《ねぎら》ってくれた。ロッツァの疑問に同意しているらしいクリムは、腕を組みながら首を捻っておる。

ヘミナーは儂に掴まれた首周りを気にしておった。門に向かって片手を上げて合図をしたら、エキドナ二人が構えを解いて村の中へ入っていく。

皆に答える前に儂は、倒れたままのイワノバネを見る。剥がれてしまった石や岩は戻っておらん。自力で起き上がれないのか、それとも起き上がるだけの元気がないのか……どっちか分からんから、とりあえず回復じゃな。

「《快癒《ヒールオール》》」

儂の魔法を浴びたイワノバネが震えよる。すると周囲に転がっていた石などがイワノバネの身体へ戻り、貼《は》り付いていった。イワノバネは身体を捻り、大きく跳び上がると綺麗に着地し、先ほどまでのようにばいんばいんとその身を揺らす。

「嬉しいみたいやな」

「うむ。怪我《けが》が治り、アサオ殿に感謝の意を示しているのかもしれん」

カブラとロッツァが、イワノバネの動きを翻訳《ほんやく》してくれた。たぶん大きく外れてはおらんじゃろ。儂もそんな気がするからの。

イワノバネが身体を少し捩じっては、飛び跳ねるのを繰り返しとる。その動きで儂の周囲を回っておるが……近距離で跳んでるのに振動を感じん。

「歓喜《かんき》の舞を披露《ひろう》するとは……十五年ぶりに見たぞ……」

ヘミナーが驚いた顔のまま、声を洩《も》らしておった。

それから儂らは、ヘミナーと一緒に村の中へ入っていった。イワノバネは村に入らず、門の前で待機らしい。先に行っていたメシナが、門から10メートルほどのところで無言で頭を下げて待っておった。顔を上げるとじっと儂を見おる。

「村を守ってもらい感謝する」

「いや、儂への客だったようでな。こっちが迷惑《めいわく》をかけてしまったわい。すまんかった」

謝罪《しゃざい》の弁と共に儂が深々と頭を垂《こうべ》れれば、メシナの笑い声が頭上から聞こえた。

「そうだとしても、村が守られたのは事実だ」

盛大に笑われた後、そう告げられる。彼は広げた手のひらを水平に振り、首を横に振った。

「まずは長《おさ》に会ってもらおう。詳《くわ》しい話はその後だ」

メシナに連れられた先は、村の最奥《さいおう》。木材と石材を巧《たく》みに使った大きな平屋《ひらや》じゃ。ここまでの通りに立っていた家よりかなり大きいが、造りに差は見られんかったのぅ。屋根の色が、青や白、黒と色とりどりだったくらいか。今、儂の目の前にある長の屋敷の屋根は、赤い色をしとる。

「村長、客人をお連れした」

扉の前でメシナが声をかけた。

「うむ。入れ」

儂の想像より、遥かに若い声が返ってくる。扉の両脇に立つエキドナが開けてくれたので、儂らは中へ歩を進めた。開け放たれた扉は、かなりの大きさでな。なんとロッツァが何の問題もなく通れたんじゃ。身体の大きなエキドナの家なら、ロッツァでも室内におれるのか……もし家を建《た》てる時があるなら参考にせんといかんな。

室内は、部屋というより「謁見《えっけん》の間」と言いたくなるほど、広々としておった。正面に敷《し》かれた真《ま》っ赤《か》な布の上に、これまた真っ赤な身体をしたエキドナがとぐろを巻いて座っておる。

身体は大きく見えるが、メシナの孫かと思うくらい若い子じゃ。その手前に先ほど門のそばにいて、先に報告へ行ったエキドナが二人控《ひか》えておった。

「母上、アサオ殿です」

「うむ。顔見せ、大儀《たいぎ》」

ヘミナーの言葉に控えのエキドナが右手を持ち上げ、花びらを撒《ま》き散《ち》らす。香りも広がったので、室内が甘い感じになってしまった。その状況が楽しいのか、エキドナの長はナスティより幼い声で、ころころ笑っておる。村長でヘミナーの母……この子がナスティの母親とはのぅ。

「今はカタシオラに居《きょ》を構えておるが、ナスティと旅しとるアサオじゃよ。先日は孫のルーチェとルージュが世話になったようで、ありがとの」

儂から長への軽い挨拶《あいさつ》に、控えていたエキドナが得物《えもの》に手をかけた。それをメシナとヘミナーが手で制しておる。

「村を守ってくれた客人に、ヌシらで敵《かな》うか？」

「ナスティアーナからも守ってくれるのだぞ」

村全体のことを言うメシナと、個人的なことを引き合いに出すヘミナー。いや、戦士長でもあるヘミナーが、妹に全く太刀打《たちう》ちできないことを暴露《ばくろ》されても、皆が反応に困るじゃろ。

長は儂に興味を示したらしく、尋《たず》ねてくる。

「先ほどの魔法は、アサオがやったのか？」

「そうじゃよ。村に何かあったら大変じゃろ？　それで村ごと《結界《バリア》》で囲ったんじゃ」

指を軽く振り、試しとばかりにヘミナーの身体を《結界《バリア》》で包む。それを見ていた長は、またころころと笑い出した。

「凄腕《すごうで》の魔法使いか。娘を安心して任せられるな」

「いや、儂は少しだけ魔法が得意な商人じゃよ」

「なんと。それほどの腕前で商人か。世界は広いのだな」

長は少しばかり目を見開いたが、それ以外何も変わらん。座ったまま姿勢を崩さんし、ころころ笑い続けとる。

ロッツァ、クリム、カブラの紹介をしたら、

「皆、客人に無体《むたい》を働くでないぞ」

とだけ言ってくれた。その言葉を聞いたエキドナ二人が、室内から出ていった。終始《しゅうし》、儂らを目で追っていたが、長の言葉で納得してくれたんじゃろか？

「……さて、ここにいるのは、家族だけになったな」

長が周囲を見回してから口を開く。ん？　メシナも家族なのか？

「孫が世話になったな」

メシナの言葉に、長とヘミナーが二人して笑っておる。

「……祖父《そふ》？」

「そうなる」

ぽつりと漏《も》れた儂の問いに頷くメシナは、してやったりとばかりの笑顔じゃよ。ロッツァとカブラも驚いとるらしく、ぽかんと口を開けておった。クリムは儂の背中で舟を漕《こ》いどるよ。

「アサオを驚かす為に、最初に出す情報を減らした甲斐《かい》があったな」

少女のように笑う長は、両の拳を握《にぎ》って喜んでおった。ヘミナーも嬉しいようで、頬が緩みっぱなしじゃ。

「見た目だけでは分からんもんじゃな」

「そうだな。我も驚いた」

「ウチもやー。ナスティはんも、お祖父《じい》さんがおるって教えてくれたらえぇのになー」

ロッツァとカブラは笑っておる。

「さて、笑うのはここまでだ。先ほど攻撃をしかけてきた者についてだが……」

言葉を止め、メシナが儂らを一人ずつ見ていく。儂はヘミナーをちらりと見たが、首を横に振っておった。ここからは知らん情報らしい。

「三幻人《さんげんじん》の一人ではないかと思う」

メシナの言葉に、ごくりとカブラが喉を鳴らす。

「まさか……そんなはずないやろ……」

「カブラの知っとる者なのか?」

「いや知らんで。なんとなく乗っただけや」

どこで覚えたのか、カブラは話に乗っかってボケおった。緊迫《きんぱく》していた空気が霧散《むさん》する。

メシナとヘミナーは上体を反《そ》らし、倒れんばかりじゃ。長は腹を抱えて笑っとる。

「……おしおきじゃ」

「おふぉん、ごふぇん」

カブラを抱え、その口を親指でむにーっと引き伸ばす。しっかり話せんから、微妙《びみょう》な言葉になっとるが、謝罪の弁を述べとると思う。その姿を見た皆が笑っておる。笑い声に驚いた背中のクリムがびくりと震え、目を覚《さ》ましたようじゃ。それもまた面白かったようで、盛大な笑い声が室内に響くのじゃった。

「その三幻人とはなんなんじゃ?」

カブラの口から指を離し、メシナに聞いてみた。伸びた口元を戻そうと、カブラは頬を押さえておる。その顔を見た長は笑いが止まらんらしく、涙まで流しておったよ。

「物語に出てくるような者だ。遥か昔から凶事《きょうじ》がある時現れる、人によく似た人ならざる者。一説には、神の下僕《しもべ》とも言われている」

真面目《まじめ》に教えてくれるメシナじゃったが、カブラに目がいかないように儂だけを見ていた。

「それなら、イスリールはんに聞いてみたらええねん」

儂の背後から唐突《とうとつ》に顔を出したカブラは肩に乗り、頬を押さえていた腕を伸ばし、ポーズを決める。戻り切らん口元が若干緩んでおった。

いきなりのことに心構えができなかったメシナが吹き出しよる。なんとか空気を変えようとしてくれていたのに……無理じゃったか。

「カブラがすまんな」

「いや、こちらこそ申し訳ない。顔を見て笑うなど失礼な……ぶふっ！　無理だ！」

笑いを堪《こら》え、儂に答えようとしたが、我慢《がまん》の限界はすぐにきたようじゃ。そんなメシナに長とヘミナーも笑い転げておる。

「ひどない？」

そう言いながら変顔をするカブラは、得意げじゃよ。

「わざとやるカブラもいかんじゃろ」

「この顔にしたんは、おとんやもん。ウチのせいだけちゃうで」

ぐにぐに頬を撫でまわし、やっといつもの顔に戻ったカブラが、儂の頬をぺしっと叩く。

「それはそうじゃが、カブラがボケたからのぅ……」

「アサオ殿、その辺りで終えよう。二人のやりとりも面白いらしく、三人の笑いが止まらんぞ」

ロッツァが儂らに忠告してくれた。確かにエキドナ三人は笑い続けておる。少しばかり笑いがやんだが、儂とカブラを見るとまた笑い出す……十分ほど同じことが繰り返されたところでやっと笑いが収まった。

「申し訳ない。こんなに笑うのは久しぶりのことだ。腹と頬が痛いぞ」

「落ち着いたようで何よりじゃ」

キリッとした真剣な表情に戻ったメシナが、先の三幻人の説明を続けてくれた。伝承《でんしょう》では、赤いローブを身に纏い、凶事の起こる直前に現れるそうでな。なので、凶事の原因ではないかと言われているんじゃと。魔物の大暴走《だいぼうそう》や自然災害、国同士の諍《いさか》いまで様々な事象《じしょう》が伝わっているらしい。ただ、誰か個人と三幻人が争《あらそ》ったとの言い伝えはないので、もしかしたら別の存在なのかもしれん。

「そして、伝わる三幻人の名は、チューチュ、ター、コカイナンだ」

「……ちゅうちゅうたこかいな？」

「いや、チューチュとター、コカイナンの三人だ」

名前を教えるメシナと、数《かぞ》え唄《うた》にしか思えん儂……イスリールに聞かんとダメじゃ。

儂はメシナに礼を言い、ヘミナーと長へ向き直る。

「イワノバネは無事に帰れるのか？」

「怪我は治っているし、金貨分のワインはすぐに用意できる。だから問題はないだろうが、それより歓喜の舞まで披露するのだ。アサオ殿に相当懐《なつ》いたぞ、あれは」

ヘミナーが頷く。あの動きに深い意味があったんじゃな。小刻みに揺れて、飛び跳ねるとしか思えんかったが……面白いもんじゃ。

「おぉ、そうじゃそうじゃ。いろいろあって忘れてしまってたわい。農地の改善などはどうするんじゃ？　儂の知ることでよければ教えられるぞ」

「いいのか？」

ヘミナーに代わり、長が答える。

「構わんよ。美味しい野菜や果実ができるのはいいことじゃ。儂が教えたことをやるもやらないも自由じゃよ。土地によっては合わんかもしれんからな」

「それではアサオの利が少なかろう」

「言った通り、美味しい野菜や果実が食べられるなら十分じゃろ。ここのワインは美味かったからのぅ。また飲めるなら安いもんじゃし、より美味くなるなら嬉しいもんじゃて。味は変わらず量が採《と》れるようになるなら、もっとたくさん仕入れられるようになるしの」

首を傾げる長に、考えついた理由をいくつもあげる。

「何より、家族であるナスティの実家なんじゃ。それだけでも、理由としては十二分に足りると思うぞ？」

トドメとばかりにナスティの名を出せば、長がにこりと笑う。

「あのじゃじゃ馬娘を家族と言ってくれる……アサオは本当に人族か？」

「そう――」

「違うな。ナスティ殿が言うには、半神半魔《はんしんはんま》だそうだ」

儂が長の問いを肯定《こうてい》しようとしたら、ロッツァに否定され、ばらされてしまった。その言葉に長たち三人は目を点にしておる。一拍《いっぱく》置いた後、長が笑い、メシナは目を閉じた。ヘミナーはあんぐりと口を開けておったよ。

「……まだ人をやめとらんよ」

ステータスからも『なんとか人族』の表記は消えておらんからの。

「ダゴンよりも強い人族などおかしかろう？」

「ダゴン殿より上か……世の中知らんことばかりだな」

ロッツァの指摘に、長は驚きつつも納得した表情じゃ。メシナも何かに気付いたらしく頷いておる。

「ナスティアーナが以前に出会ったと言っていた者も半神半魔だったな……それでイスリール様の名が出たのか。やっと繋がってくれた」

「そやで。おとんはイスリールはんの『友達』やからな。今だって見てるんちゃう？」

カブラが部屋の隅をなんとなく指さした。

『あ、バレました！』

……特に考えとらんカブラの言動に、イスリールが返してきよる。念話だけで済ませてくれたから、安心したぞ。イスリールのうっかり具合だと、顔出しくらいやりかねんからのぅ。

『次に神殿を訪ねた時、教えてくれるか？　話せんこともあるじゃろうから、内容の吟味《ぎんみ》は任せるでな』

『分かりました』

念話が切れたので、メシナたちを見ると、全員の視線が儂に集まっていた。

「な？　『友達』やから、簡単に話せるんや」

「……まさか今、主神様と……」

なんとか声を絞り出したヘミナーは、それきり気を失ってしまう。

「不甲斐《ふがい》ない息子で申し訳ない。そういえば、名を教え忘れていた。ナスティアーナとヘミナルキンカの母でドルマ村の長、ワオフィナルメール＝ドルマ＝カーマインと申す」

今までの柔らかな表情を切り替えた長が名乗った。背筋《せすじ》を伸ばし、佇《たたず》まいもしゃんとしておる。見た目は若くても、村を治める立場なんじゃな。目付きがさっきまでとは別人のようじゃよ。

ただ、儂らを見定めるような視線は感じんし、上の立場から見下《みお》ろすような嫌悪感《けんおかん》もない。なので儂らは無言のまま笑顔じゃ。

「さ、堅苦《かたくる》しい挨拶は終わり。食事にしましょ」

ほんの一瞬で、真面目な長の顔が消えてしまった。隣におるメシナが苦笑いを浮かべとる。

儂らの歓迎《かんげい》の宴《うたげ》を兼《か》ねた食事会は恙《つつが》なく終わり、夜が更《ふ》けていくのじゃった。

《 9 ドルマ村に滞在 》

村長――フィナからの正式な依頼で、儂はドルマ村の畑を見させてもらっておる。

わずかに残った葉物野菜が並んでおる綺麗な畝《うね》。土の養分が足りないようじゃが、水はけは悪くない感じかの。一応、ルーチェたちが教えたという腐葉土《ふようど》も、一部の畑に混ぜ込んであった。全部の畑に試して全滅《ぜんめつ》、なんてことにならんよう考えたんじゃろ。正しい判断をしてくれる者がおるのはありがたいわい。

儂の目を一番引いたのは、ブドウ畑かのぅ。棚式ではなく、垣根《かきね》のようになっておった。ただこちらは綺麗に列を作っておらん。わしゃっとひと塊《かたまり》に植《う》わっとってな。それがいくつもある感じじゃよ。作業がしやすいようになのか、列で植えることや棚式を知らんのか……とりあえず確認じゃな。

儂はフィナと畑をひと通り巡《めぐ》った。途中からはもう一人一緒におってな。農園全般を任されてるヨロコロという名のエキドナさんじゃ。フィナよりひと回り小さい体躯《たいく》で、銀色の髪と身体をしておった。まぁ、何より目に付いたのは、ちょいと太めな身体なんじゃがな。丸々としているから、エキドナでなくツチノコかと思ったのは内緒じゃよ。

本人が言うには、「自分の味覚を信じてる」から、何か畑に手を加えた時は必ず自身で味見をしていたそうじゃ。その頻度が高かったので、必然的に太めになったんじゃと。

「ヨロコロ、アサオの話を聞いて参考にするように」

「……」

フィナに言われてヨロコロが頷いておる。一応、フィナから生産量が上がったり、味の向上がみられたりするかもとの説明をされておったからのう。儂の一挙手一投足《いっきょしゅいっとうそく》を見逃さんと、凝視《ぎょうし》しておるよ。

フィナと別れ、ヨロコロと二人で腐葉土を混ぜた畑へ戻る。

「腐葉土を使った畑の経過はどうじゃ？」

「……」

無言で首を縦に振るヨロコロ。必要最低限の事項と食事に関してくらいしか話さんと聞いたが、本当なんじゃな。ただ、畑に関することなんじゃから、儂としては話してほしいもんじゃよ。

実験的に腐葉土を使っている畑は良好らしい。この周囲の土地も、試作や試験をする為に用意しとるんじゃ。なので儂は、エノコロヒシバの灰や、砕いた貝殻《かいがら》、魚や魔物の骨を干して粉にした物などを畑に混ぜ込んでおる。一つずつヨロコロに説明しながらなので、多少時間はかかってしまう。それでも何をするか、どんな効果があるかは教えんといかんからな。

ヨロコロは、エノコロヒシバの灰に一番興味を示しておった。ドルマ村の近辺にもおるんじゃと。それなら、ヘミナーたちに頼んで確保できそうじゃ。教えはしたものの、物自体が手に入らんじゃ意味がないからのぅ。他の素材も普段から身近にあるものじゃて、入手は問題なかろう。

効果が出るところを見せてやれんのは残念じゃが、一朝一夕《いっちょういっせき》で結果が出るとは思えんし、ヨロコロも思わんじゃろ。その辺りは村で相談してもらえば良かろう。あとはブドウ畑かの。

垣根のように植わるブドウの樹々は、点々と並んでおる。新しい苗《なえ》を植える時はどうしてるんじゃ？　あまり規則性が見えんのじゃが……それに風通しと日当たりも考えられているようには思えんな。これじゃ、作業効率も上がらんじゃろ。

その後は、手入れはされているものの、木に元気がないブドウ畑に案内された。木が古くなり、実の生《な》らなくなったブドウ畑なんじゃと。栄養不足や水不足ならなんとかなるが、加齢《かれい》や寿命《じゅみょう》はどうにもできん。植え替えを考えるべきじゃ。

古木のブドウ畑の近くには、黄色い実が生《な》っている木が育っとった。これは手入れをしていないらしく、いつの間にか生えていたそうでな。実はとても酸《す》っぱいが、喉にいいそうじゃ。となるとカリンか？　いや、カリンは渋いから、酸味となると似た別の品種かの。聞けば、

「ルメロ」

と呼んでるらしい。食材なのでヨロコロが教えてくれた。

カリンのように砂糖漬けや果実酒にするのも良さそうじゃな。そっちも教えれば、作ってくれたりせんかな？

ワインの他に特産品を持てたら、村も潤《うるお》うじゃろ。

ルメロの木の奥側には、ここ数年使っていないブドウ畑が広がっておった。そこにブドウの苗を列に並べて植えることを、ヨロコロに提案してみる。日当たり、水はけ、その他もろもろの作業を考えてのことでな。ヨロコロは目から鱗《うろこ》が落ちたように、感心しきりじゃよ。

ただ、水やりと収穫《しゅうかく》以外の作業は考えなくていいとも言われた。そこをやってくれる頼もしい味方がおるそうでな。誰かと思えば虫じゃった。

土をかき混ぜるミミズっぽいパ虫《ちゅう》、受粉を手伝う蝶《ちょう》のようなプ虫《ちゅう》、害虫を退治するカマキリらしきポ虫《ちゅう》。それぞれが喧嘩《けんか》することなく、きっちり住み分けをしとるから、大活躍しとるんじゃと。

一部のブドウ畑に儂が与えた肥料《ひりょう》には、パ虫が大興奮じゃ。その身をぶりぶり揺らすパ虫に、初めは苦しんでのた打ち回っているのかと思って儂は驚いた。思わず回復魔法をかけようとしたら、ヨロコロに喜んでいる様子だと教えられてな。パ虫のそんな状態を見られたヨロコロも興奮しておったわい。

プ虫とポ虫に肥料の恩恵《おんけい》はなさそうじゃが、平気なんじゃろか？　言葉が分からんので意思疎通《そつう》ができん。あとのことはひとまずヨロコロに任せる。効果が出れば、徐々に他のブドウ畑にも肥料を撒いてくれるじゃろ。

ヨロコロと一緒にフィナの家へ戻る途中、畑のネギに話しかけるカブラがおった。何をしているのかと思い聞いてみたら、肥料の効果を直接問いかけていたんじゃと。ネギの言葉を代弁したカブラによれば、

「『ものすごく美味しいからもっとくれ』やて」

とのことらしい。フィナに報告する際には、またカブラに証言してもらうしかなさそうじゃ。しかし、不思議な能力を身に付けたのぅ。スキルとしては書かれとらんから、種族的な特性なんじゃろか……

フィナの家へと戻り、儂が教えたことを報告する。ヨロコロは、自身が採用する予定の農地改良策を伝えておる。その際、見慣れないエキドナの男性がフィナの隣におった。フィナの二倍くらいの体躯は、黒みが強い赤じゃよ。口を真一文字に噤《つぐ》み、目を閉じて腕組

みしとる。額に血管が浮き出とるところからして、フィナの旦那、ナスティの父親じゃろな。

ヨロコロがいなくなると腕組みを解き、肩幅《かたはば》に広げた腕を下げて拳を床に付け、

「……娘を頼む」

一言告げながら、儂に頭を下げた。

「儂の奥さんにするわけでないから、安心してくれ。初婚《しょこん》の相手が、こんな年寄りじゃナスティが可哀《かわい》そうじゃろ？　儂としても娘……孫のルーチェの姉くらいに見ておるからのぅ」

「……いや、それでも同じだ。よろしくお願いする」

一旦《いったん》顔を上げたのに、再度、深々と頭を下ろす。

「旅には危険が伴うかもしれん。それでも預《あず》かった大事な娘さんに、怪我をさせんよう努力させてもらうぞ」

「ありがたい」

「心配しすぎだ。ナスティアーナより、ヘミナルキンカやロンネルのほうが弱いのに」

そう言って、フィナが旦那の背を叩く。ピシピシと音が鳴り響いておるが、旦那は動じておらん。

「娘が強かろうが、弱かろうが変わらん。父親なんてずっと心配するもんじゃよ」

儂の言葉に旦那が頷く。何度も何度も頷いておるから、日本でもフィロソフでも父の情は変わらんのじゃな。

「で、ロンネルってのは誰じゃ？」

「あ、ボクです」

声のしたほうを見れば、線の細いエキドナの青年が一人おった。ただ、存在感が薄いのか、旦那のすぐ後ろにいたのに、儂は今まで気づかんかった。顔立ちはヘミナーとよく似とる。しかし、ちょんと突けば倒れそうなくらい痩《や》せておるのは何でじゃ？

「キンカが肉弾戦、ボクが魔法の一番です。これでも強いんですよー」

「二人揃ってもナスティアーナに勝てん」

爽やかな笑顔を見せつつ上体を左右に揺らすロンネルに、フィナがため息交じりで首を振る。

「あの子がおかしいんですよー。それに一緒に来た小さい子もおかしかったですー」

のんびり口調はナスティのそれとよく似ておるな。

ん？　一緒に来た小さい子？　……そういえば、ルーチェが村で一番の人に勝ったとか言っておったのぅ。

「ルーチェとルージュに跳ね返された人ってのは――」

「あ、それがボクですー。強かったですよー」

儂の問いに答え、手をゆっくり左右に振るロンネル。

「上には上がいるもんですねー」

悔しがってるのか、そうでないのかも分からん。のんびり口調に糸目のままじゃから、絶《た》えず笑みを浮かべているように見えるんじゃよ。

「もう手は出しませんよー。平和が一番ですー」

息子の発言にフィナと旦那が盛大なため息を漏らし、頭を抱えておった。

「……まぁ、いい。畑はさっき聞いたから、残るは食事だな。ナスティアーナとヘミナルキンカの話によれば、アサオの作る食事は絶品《ぜっぴん》なのだろう？　是非《ぜひ》、村に教えてほしい」

頭《かぶり》を振り、儂へ向き直ったフィナは、対外的な男口調で話し、期待に満ちた目をしとる。

「構わんよ。美味しい料理を皆で食べられるならそれに越したことはないからのぅ。ひとまず味見をしてもらって、それから決めても遅くはあるまい」

「ありがたい。代金としてワインを何樽かでどうだ？」

金貨より、ワインのほうが嬉しい。商人がタダ働きするのはおかしいじゃろし、味見分を作るだけとはいえ皆に食べてもらうとなるとそれなりの値になるからの。この辺りが手の打ち所じゃ。

「商談成立じゃな。肉、魚、野菜の料理ならいくつも教えられるぞ。果物や木の実となると種類は減るが……とりあえず何から作ればいいんじゃ？」

「「肉‼」」

「魚がいいですー」

フィナと旦那が即答し、ロンネルが一呼吸遅れて答えよった。

「……野菜」

部屋から出ていったヨロコロが戻ってきて、一言告げたらまた消える。

儂らは思わず顔を見合わせて苦笑いじゃ。そんな中でもロンネルの笑顔は崩れんかった。

フィナの屋敷の台所を借り、儂は昼ごはんの準備じゃよ。それを察したのか、朝から出掛けていたロッツァとクリムが獲物を持ってきた。

なんでも数人のエキドナと一緒に狩《か》りに出掛けたんじゃと。近くを流れる沢がかなり綺麗だと、ロッツァは大喜びじゃったわい。

クリムも嬉しかったようで、寒いのを気にせず水浴びしとったそうじゃ。その割にふわふわの毛のままでな。なぜかと問うたら、カブラがやってくれたと教えてくれた。儂と畑で別れた後、《乾燥》《シーズン》を四方八方からクリムに浴びせ続けて乾かしたらしい。それで疲弊《ひへい》し切ったから、カブラは座布団で浮いたまま寝とるんじゃな。

ロッツァたちが獲ってきた魚は一尺ほどの大きさ。一緒に渡された黒いラビと黒い鹿はエキドナたちの獲物じゃ。どちらも魚の三倍くらいはあるかのぅ。フィナたちから、儂に渡せば美味い食事にしてくれると言われたそうじゃよ。誰も彼もが期待に満ちた目をして、儂に手渡してきよったわい。

その期待に応える為に、儂は台所で一人奮戦《ふんせん》じゃ。魚に関しては、ハラワタを除いて塩を振るまでを儂がやり、焼くのはロッツァに任せた。ただ、塩焼きだといつも食べておるかもしれんでな。揚げ魚のあんかけもあとで作る予定にしとる。

ラビ肉と鹿肉はステーキかのぅ。基本の味付けが塩だけと聞いておるから、タマネギとダイコンを使ってステーキソースを作れば、目新しいじゃろ。醤油の実を使って、料理の幅《はば》を広げてもらおう。その為に、まずは味を知ってもらい、木の実を探してもらわんとな。

野菜もあまり手を加えず、今日のところは生で食べてもらう。ただ、ドレッシングとマヨネーズを添えておるから、驚くじゃろうな。塩、酢《す》、油は台所に備えてあるから問題なかろう。しかし、胡椒《こしょう》が手に入りにくいか……代用品……綺麗な沢ならワサビがあるやもしれんか……畑ワサビはカタシオラで手に入ったし、もしかしたらあるかもじゃな。

ひと通り出来上がった頃には、屋敷の外は人でごった返しておった。普段は昼ごはんをとらず軽く休憩するくらいらしいんじゃが、醤油の焦げる香《こう》ばしさに釣られたそうじゃよ。涎《よだれ》で水溜まりができるんじゃないかと思うくらい、集まった皆は喉を鳴らしていたのじゃった。

ロッツァ、クリム、カブラは各々《おのおの》で好きな料理を食べとる。

フィナが黒鹿ステーキと黒ラビステーキを一枚ずつぺろりと平らげ、ロンネルは魚の塩焼きを食《は》んどった。

フィナの旦那は希望していた肉より、魚のあんかけを気に入ったようじゃよ。ロッツァたちの為に並べておいたごはんに一度弾《はず》ませてから、静かに食べておるからの。あんやステーキソースが染み込んだごはんを食べれば、また笑顔になっておるよ。

フィナはステーキの後には、焼き魚に齧り付いておった。旦那より遥かに男らしく食べとるのぅ。

ヨロコロはサラダを大皿ごと抱えとる。ドレッシングとマヨネーズも囲って、

「……革命です」

と言いながら手放さん。ヨロコロの姿を見た子供たちが欲しがり待っとるのに……仕方ないので、儂が【無限収納《インベントリ》】から取り出し渡しておいた。

それすら狙うヨロコロじゃったが、さすがに奪《うば》わせん。

野菜を恐る恐る口に運ぶ子供たちは、ひと口食べたら止まらなくなったようでな。適当な長さに切られたキュウリとダイコンを両手に持って、食べ続けとるよ。肉や魚を味見していた子も混ざり、気が付けば大勢の子供で野菜の取り合いじゃ。

「子供たちが野菜を好んで食べるか。まるで魔法だな」

メシナが目を細め、黒ラビステーキを齧っておった。

一人の子供がメシナからステーキを分けてもらい、それにマヨネーズを付けだせば、二

人三人と続いてしまう。メシナが食べられたのはひと口だけじゃったが、それでも彼は笑っておる。

「普段の食事ですら、こんなに食べようとすることはそうそうない。アサオ、ありがとう」

子供らの食欲が嬉しいんじゃな。元気に食べられるのは、いいことじゃからのぅ。

「物珍しさも手伝ったんじゃろ。それにいつもは食べない昼ごはんじゃからな、もしかしたら体調を崩す者が出るかもしれん。それに夜ごはんを食べられなくなるかもしれんぞ？」

「無理に食べている者もいない。その辺りはこちらで見るが……きっと大丈夫だろう。あんなに食事を楽しみ、たくさん食べていることだしな」

首を大きく横に振りながらも、笑顔を絶やさんメシナ。

儂とメシナが話す間、大人のエキドナが二人、こちらを遠巻《とおま》きに見ておった。何かと思って問うてみれば、料理のことが聞きたかったんじゃと。そんなやりとりを見ていたフィナが、拳を握りしめて喜んでおる。予想通り、興味を示す者が出たのが嬉しいようじゃ。

他にも料理が気になった者がいるかと思い、

「この後、軽くつまめるおやつや、夕ごはんの準備をするが、参加する者はおるかのぅ？」

と、声をかけてみた。

すると、想像以上に反応があってな、男も女も関係なく挙手《きょしゅ》しておったよ。ただ、大人は仕事があるからと、数人だけしか手を挙げておらん。つまりマヨネーズに嵌《は》まった子供らが中心じゃ。彼らは大人の手伝いが主な仕事になっとるそうで、儂のほうへ参加しても問題ないらしくてのぅ。というより、親らしき者たちから参加を促《うなが》されとった。

今回参加できない大人たちは、明日以降も開くと伝えたら胸を撫で下ろしていたわい。フィナと旦那、ヨロコロとロンネルは不参加じゃ。ヨロコロは涙を流して残念がっておったが、仕事を疎《おろそ》かにしちゃいかんからのぅ。それは分かっているからこその涙なんじゃろう。

しかし、儂一人で見られる人数ではなくなったが大丈夫じゃよ。最初に興味を示した二人とメシナがおるからの。子供たちの監督《かんとく》ぐらいは頼めるじゃろ。

ロッツァ、クリム、カブラは、屋敷の外で日向ぼっこをするらしい。

料理教室の手始めとして黒ラビの解体をやらせてみたが、子供たちはそつなくこなしとる。ほとんどの子が狩りの手伝いを体験しておって、解体も一連の流れでやるんじゃと。それなら確かに納得の腕前じゃな。

多少の得手《えて》、不得手はあったが、ラビの他に魚もかなり上手に捌けておるよ。

大人組は醤油味を欲して、子供らが一番知りたがったのは、やはり反応の良かったマヨネーズじゃった。

儂はその両方の取り扱いを教えていく。焼きにしろ煮物にしろ、醤油は焦げやすいから、そこだけ注意させる。

その時、醤油の実を見せてみたら、半数以上が知っておった。ヴァンの村と同じく気付けの実としてじゃがな。焦がし醤油の香りに興味を示した皆には、調味料としての認識が広がるじゃろ。村の近くにも生えているそうじゃから、良かったわい。今日のところは儂の手持ちで十分足りるから問題ありゃせん。

待望のマヨネーズを作る子供らは、嬉々としておった。力も根気《こんき》もいるのに、ずっと笑顔じゃよ。完成品を味わったのが大きいんじゃろな。絶えずかき混ぜるから疲れるはずなのに……

「シャカシャカ面白い」

と満面の笑みじゃった。全部を一人でやらず、数分混ぜたら交代して、今度は油を注ぐほうに回ったりしとるよ。五組同時にマヨネーズ作りをしとるが、大人より子供のほうが早そうじゃ。代わり番こでこなしているから、疲れ知らずになっとるんか？　大人も交代制じゃが、子供に比べて頭数が足りんからのぅ。若さの差もあるかもしれんが……

それらが原因なのか、マヨネーズより作りやすいドレッシングは、大人組に人気じゃった。

子供たちがマヨネーズを味見しとる間に、儂はステーキソースとテリヤキダレを仕込む。ちゃちゃっと焼いた肉にかけたり、和《あ》えたりするだけで味付けできるお手軽さから、これも大人に好評じゃ。

出来上がったマヨネーズなどは、今日の土産にと持ち帰らせた。参加できなかった大人たちには、儂が作ったものをおすそわけじゃよ。これで今夜の晩ごはんは大丈夫じゃろ。儂らが世話になるフィナの屋敷を含め、その後はドルマ村のあちこちからステーキソースの香りが漂っておった。

明日以降の料理教室も同じ時間でいいそうでな。ただ、できれば毎日開催してほしいとまで言われてのぅ……そこまで求められたら、応えてやりたくてな。まずは明日からできる限り教えるとするか。試食に来た村人も、まだ全員ではないじゃろ。

連日、儂が料理することを知ったロッツァは、

「我らが食べる分だけでも狩ってこよう」

と息巻いておったわい。

《 10 ルメロ 》

料理教室は、初日に開いて以降、四日連続で開催した。

朝から狩りや畑仕事をしていた者らが昼から参加したり、午後から仕事の者らが出掛けに参加したりとなかなか盛況《せいきょう》じゃ。この四日の間に、全員が試食だけでも経験してくれたらしい。

ワインの加工や、保存食作りを生業《なりわい》としている村人は、慣れた手つきで料理教室に参加しとる。正直、あまり教えることもないのが実情じゃよ。

参加した者は皆が皆、ドレッシング、マヨネーズ、テリヤキダレなどのレシピを知りたがっておったな。かける野菜や肉を変えれば、それだけで料理の種類が増えるからのぅ。一つ覚えるだけで応用が利《き》いて便利なんじゃろ。調理方法も焼くのと煮るのに関しては普通にこなせとった。

そして今日は料理教室が休みなので、ロッツァ、クリム、カブラと一緒にのんびりしとる。なんだかんだ儂以外の者も狩りや畑に出ておったから、丁度いい休みじゃろ。

そういえば、昨日のうちにフィナから連絡が来てのぅ。

どうやらヘミナーとロンネルが、村の近場で魔物の巣を見つけたそうでな。一匹いたら五十匹はいるというくらい厄介《やっかい》な魔物なんじゃと。大人は子供らの面倒を見る者以外全員、討伐《とうばつ》に参加することになったから、それで料理教室は一日休みになったんじゃ。

とはいえ、儂が料理するのは止められとらんから、そこに子供が来るのも必然なんじゃろ。

今、儂の目の前にいるのは、四人の子供を連れてきたヨロコロじゃよ。ついでにルメロを籠いっぱいに背負って持参しよった。

「丁度良かった」

と言ってヨロコロは、テーブルにルメロを盛っていく。何が丁度いいのかと思えば、ルメロの利用法を相談されたわい。

子供はロッツァの甲羅に乗ったり、首にぶら下がったりして遊んでおる。クリムと追いかけっこをする子もおったから、それは庭でやってもらった。いくら広い屋敷とはいえ、汚《よご》したり壊したりすればフィナに怒られるからのぅ。

考えることは、村に残るどの大人も同じらしくてな。いつの間にやらロッツァの周りには子供が群《む》れておったわい。ただ、ロッツァだけに任せることはないから、今は良しとしよう。

台所に残った儂は、ルメロを手に悩む。使ったことのない食材じゃ。まずは味見と思い、皮を剥いて実を食したが、もの凄い酸味じゃよ。思わず目を力いっぱい瞑《つむ》ってしまうほどな。多少の渋みもあったが、そんなの気にならんくらいじゃ。

とはいえ渋みを抜く為に、まずは下茹《したゆ》でしてみるか。実が透《す》き通るくらいまで茹でてから、もう一度味を見てみた。

渋みが消え、酸味が和《やわ》らいでおる。気持ち酸味が残っているかな？　と感じる程度じゃよ。これなら、砂糖煮にすると良さそうじゃ。

小鍋でことこと砂糖と煮る。焦げないように木べらで混ぜるのはヨロコロに任せとる。儂は生のまま大ぶりに刻んだルメロを、瓶へ敷き詰める。カリンと同じように酒にしてみようかと思ってな。結果が出るまで時間がかかるし、美味いものになるかも分からん。全く使い道がない果実じゃから、いろいろ試してみんとどれが正解になるか見当も付かんからのう。

ルメロ、砂糖、ルメロ、砂糖と交互に重ねた瓶へ、キツめの蒸留酒《じょうりゅうしゅ》を注ぎ、蓋をしたらあとは時間任せじゃよ。もうひと瓶仕込むが、そちらは砂糖でなく蜂蜜で作ってみた。どちらも時間が過ぎていくアイテムバッグに仕舞う。これらに対して儂がすることは待つだけじゃ。それをヨロコロが物欲しそうに見ていたが、すぐに飲めないから無理じゃて。

それより、ヨロコロに任せた砂糖煮じゃ。とろみと香りからしてそろそろいいはずなんじゃ。

ヨロコロと交代して小鍋を火から下ろし、様子を見たら丁度良い塩梅《あんばい》になっておった。掬った木べらに付いたルメロを舐《な》めたら、思わず頬が緩んだわい。

儂を見ていたヨロコロにも木べらを差し出したら、表面をこっそり指でこそいでから口へ運んだ。目を見開いたヨロコロは次第に表情を崩していき、おたふくかと思うくらいの蕩《とろ》けた顔になっておった。目尻《めじり》も眉尻《まゆじり》も下がりっぱなしじゃ。

火にかけてルメロの酸味が和らぐなら、果汁を煮てもいけるかと思ってな。こちらも小鍋でやってみた。しかし、そうそう上手いことにはならんようで、ぼんやりした味の温い果汁になってしまった。

ジュースのようにしたかったんじゃが……これなら素直にシロップを作ったほうが良さそうじゃ。

ヨロコロと協力して、儂は生のまま薄く切ったルメロを塩水にさらしていく。二十分もさらせば渋みが抜けてくれたので、砂糖と水と一緒に瓶の中へ。

もう一つ、砂糖と蜂蜜を併用《へいよう》した瓶も作る。この二瓶は台所に置いといた。砂糖が溶ければ出来上がりのはずじゃから、数日の間様子《ようす》見《み》じゃよ。

とりあえず子供らのおやつにホットケーキを焼いて、ルメロの砂糖煮と一緒に出してみると、大好評のうちに食べ尽くされたわい。

「もっと食べたい！」

と催促《さいそく》されたが、おやつじゃからな。ごはんが食べられなくなるほど食べちゃいかん。なので今日は終わりじゃ。

「また明日じゃな」

儂の言葉にしょんぼり項垂《うなだ》れる子供たち。

「これからルメロの砂糖煮を作らんと足りんか……手伝ってくれる子はおらんかのぅ」

「「はい、はい、はーい!!」」

元気に手を挙げ、儂に答えたのは三人じゃった。もう一人の子は、遠慮したのか手を挙げとらん。

「皆でやってもいいんじゃぞ？」

「今日はお休み。お昼寝したいの」

お腹《なか》が満たされたから、眠気《ねむけ》に襲われたようじゃ。睡魔《すいま》に負ける前に寝かさんといかんので、儂らはまた二班に分かれる。

手を挙げてくれた三人と、面倒を見ていた大人が一人参加してルメロの砂糖煮作りを再開した。

さっきまでこちらにいたヨロコロは、お昼寝組に入ったからのぅ。ロッツァとクリムは日向ぼっこ中で、カブラは儂の手伝いをしてくれとるよ。今まで姿を見せんかったのは、畑で野菜と話していたからなんじゃと。カブラによれば、畑の経過も順調なようで、何よりじゃ。

日が暮れる頃、魔物の巣を潰しに出ていたフィナたちが帰ってきた。食べられる魔物ではないから、全て向こうで処理してきたそうで、皆疲労困憊《ひろうこんぱい》な様子じゃった。そんな彼らも子供たちと一緒に作ったルメロの砂糖煮で癒《いや》されたらしく、食べているうちに表情が明るくなりおったよ。

《 11　お手伝いだけでは楽しくないじゃろ 》

今日も大人たちは魔物討伐なんじゃと。まだまだ数が残っていて、一日では終わらんかったとフィナがこぼしておったわい。

それで、儂らは料理と子守をしていてのぅ。朝からずっと料理をしとるんじゃが、同じことばかり繰り返していたら、子供らも飽きが出てくるんじゃないかと思ってな。いや、実際集中力が切れとるわい。

「さすがにそろそろ違うことをしようか」

刃物で遊んだり、食材を無駄にしたりなんてことはなかったが、手つきが若干危《あぶ》なっかしく感じられる。目新しい料理といえども、子供じゃからな。これ以上は無理させられん。

「ずっと立ったままじゃったでな。皆で一緒に、ちょいと運動なんてどうじゃ？」

表を指さして子供らを誘えば、笑顔が咲《さ》いた。なので作り途中の料理は【無限収納《インベントリ》】に仕舞って、皆で外へと出る。

運動……といっても組手などをするつもりはありゃせん。体操辺りなら凝《こ》り固まった身体も伸ばせて良さそうじゃが、子供らには面白くないじゃろ。そしたら必然的に全身を使った遊びを考えることになってな。特に道具も使わずにできるとなると、かけっこや鬼ごっこ辺りかの。しかし足のないエキドナ種の子供相手にかけっこも違うか……

「イロオニなんて遊び、じゃなかった、運動にしよう」

子供たちを前に、儂が人差し指を立ててみたら、視線が集まった。皆が儂の言葉を待っておる。

「まぁ、難しいことはない。今から儂が一つの色を言うから、それを探して触《さわ》ればええ。言ってから三秒後に儂は皆を追いかけるぞ。鬼である儂に捕まらんよう、なるべく早く見つけるんじゃ。捕まった子は儂と一緒の鬼になるからの。皆が捕まるか、儂から逃げ切れるかの十番勝負といこう」

説明してみたものの、首を傾げた子がほとんどでな。ま、やってみれば分かるじゃろ。

「まずは簡単な色から行くぞ……茶色」

最初は誰にでも分かるものをと思い、儂の鞄《かばん》を指さす。どれを目指すかまで教えたら面白くないからの。目安となる色味だけでも分かれば十分なはずじゃ。

「逃げるんやー」

カブラの言葉を合図に、子供たちは散っていく。保護者として共にいた大人組もな。ロッツァだけは逃げずに儂へ近付いてきた。そして儂の鞄に触《ふ》れる。

「……ロッツァ、それはいかんじゃろ。鬼に触られたらダメなのじゃから、その鞄を選んでは負けじゃ」

「なに！　茶色い上に、アサオ殿が見せたのだぞ！」

本気で良いと思っていたらしく、ロッツァが狼狽《ろうばい》しとるよ。

「ロッツァはん、ダメダメやなー」

いつもの座布団の上でカブラは両手を大仰《おおぎょう》に開き、したり顔を見せとるわい。これはロッツァを煽《あお》っとるんじゃろ。この後、ロッツァが鬼になるというのに……あぁ、ひょっとしたら自分を狙わせるつもりなのかもしれんな。そうすれば、子供らの勝つ確率が上がる。考えるもんじゃなぁ。

そうこうするうちに、逃げた者は全員なにかしら茶色のものに触れておった。落ち葉に枯《か》れ草、服、家と様々じゃ。数人が木に登り、一人だけ随分遠くまで行って樽に触っとったよ。

「ふむ。ロッツァに構っていたら、追いかけられなかったわい。次は何色にしようかのぅ……」

「緑だ！」

ロッツァの宣言に子供たちは一斉に動き出す。木に登っていた者は、そのまま腕を伸ばして葉に触れた。儂やロッツァと距離があっても、時間はたった三秒じゃからな。今から木の上を目指すには遅かろう。それでも皆必死に逃げておる。そんな中、子供たち数人が目指した先は同じ場所での。

「な、なんや！　なんでウチんとこ来るねん！」

座布団に乗ったまま余裕顔を見せていたカブラじゃったが、頭の葉を目掛けて突進されてしまっとる。あぁなっては逃れようがないじゃろな。子供たちを無理に引き剥がせばできないこともないが、下手《へた》すると自身の一部が捥《も》げるからのぅ。

「なんでや！　皆、味方とちゃうんか？」

カブラが訴えかけるように話すが、子供は全員揃ってそっぽを向く。そして音が出とらんのに、口笛《くちぶえ》を吹く仕草をしとった。

「カブラよ、甘かったな」

こちらを振り返ったカブラにロッツァが迫る。そのまま触れると、カブラの負けが決まるのじゃった。

さすがにアサオ家が三人揃うときついようで、それから十番まで続けることなく、全員が捕まることになったわい。ただ、子供も大人も楽しかったようでな。最初の鬼を変えて、また始まった。

幾度《いくど》も続けるうちに大人組がへばってしまってのぅ。その時に聞いたが、イロオニみたいな遊びはせんそうじゃ。ドルマ村でやるのは、遊びとは名ばかりの稽古がほとんどなんじゃと。組手や狩りの手解《てほど》きらしい。それも大事と思うが、子供のうちはいろいろ体験させてやりたいもんじゃよ。まぁ、これも儂の考えだから、無理に押し付けちゃいかんな。

大人組は儂の教えた遊びも稽古に取り入れると前向きじゃった。瞬時の判断は勿論のこと、身体能力の向上にも使えるとかなんとか言っておったよ。難しいことは分からんが、子供たちを含めた村の者で楽しめるなら構わん。

先日カタシオラの子供たちで遊んだ、『だるまさんがころんだ』も教えてみたら、乗り気じゃったわい。こちらは狩りの練習向きらしいぞ。

《 12　大量発生 》

一昨日作ったシロップや果実酒の仕込みは、フィナにも報告してあってな。儂は今日も料理を続けておる。実は、

「自分も飲んでみたい」

と頼んでくる者が続出してのぅ。

以前仕込んでいた果実酒を、味見させたのも影響しとるんじゃろ。その中の一本が梅酒で、梅の酸味、砂糖の甘味、酒としての香りが絶妙《ぜつみょう》なんじゃと。儂からすればまだまだ若い梅酒じゃが、村の者には大変好評じゃったよ。

それで自分たちの分も仕込んでほしいと頼まれてな。ヘミナーが仕入れてきた蒸留酒は薬草酒の分しかないそうで、儂が仕入れた蒸留酒を提供したんじゃ。【無限収納《インベントリ》】にたくさん仕舞ってある分を放出するだけじゃし、儂はカタシオラへ帰ればいくらでも買えるからの。

蒸留酒とルメロ酒の仕込み代金は、ワインと物々交換で補《おぎな》ってくれることになった。儂の保有するワインが樽単位でどんどん増えていくわい。これなら街でワイン煮を出しても問題なさそうじゃ。

その話の中で、ふと気になったからヨロコロに聞いてみたんじゃが、白ワインはないそうじゃ。儂も詳しい作り方は知らんが、皮などを取り除いて発酵《はっこう》させるなど、覚えている限りのことを教えた。ヨロコロは興味深そうに聞いてたし、書き記してもおったでな。

はじめは来季の仕込みから、少しずつ試してみると意気込《いきご》んどった。専門外のことじゃて、力になり難《にく》くてのぅ。とはいえ、そんなレベルの助言でも、新たな着想は大歓迎らしい。失敗も折り込んでいるからこそ、少量での出発なんじゃろな。

今日も魔物の巣を片付けに行った者らを見送り、村に残った子供と少数の大人で一緒に料理じゃ。狩りを生業にしている者以外が交代しとるから、昨日とは違う大人がおるわい。多少、技量に差はあれど、問題なく料理できておる。

子供らを連れてルメロを収穫して、引率《いんそつ》した大人が果実酒やシロップに仕上げる。ルメロを切ったり、茹でたりするのは子供にもできるしのぅ。なので、ルメロのシロップと果実酒はお任せじゃ。

朝から料理して、昼少し前に一度休憩を挟んでおった。その時、三人ばかりエキドナが狩りから帰ってきてな。緊急《きんきゅう》事態が発生したかと心配したら、弁当の依頼と退治した魔物の利用方法の相談じゃったよ。

ここ数日の間、昼ごはんを食べていたからか、狩りの最中に腹が減るんじゃと。昨日も同じだったらしく、今日行く魔物の巣が近いこともあって頼みに戻ったらしい。

「村を出る前に頼めば、用意して持たせてやったのに……」

「いや、自分だけなのかと思って……それにアサオさんに頼んでいいのか分からず……」

戻ってきた若いエキドナはそう漏らしておったよ。

食料以外への魔物の再利用方法は現物を見んと分からん……というより鑑定してみないと判別できんというのが正解かの。じゃから、弁当を届けがてらに、儂らも同行することになった。再利用ができるとなれば運ぶ手立ても必要になるから、ロッツァも同行じゃよ。

そのことを察したカブラが、

「自分らだけ仲間外れなんやな……」

とクリムを引き込んでいじけおってな。すると、村に残る大人らが気を利かせて、

「子供らと一緒にルメロ料理を作ってるから、一緒に行ってあげてください」

と頼んでくれたので、アサオ家で村から出掛けたんじゃ。

道案内は、若手のエキドナ三人がしてくれとる。気持ち早足で向かいながら話を聞けば、村からほんの三十分くらいのところに巣があるんじゃと。それと今日相手しとる魔物は、棘まみれの植物らしい。種を吐き出して攻撃してきて、地面に落ちた種から即座に新たな魔物が生えるそうでな。非常に厄介みたいじゃ。

昨日退治した魔物の巣も教えてもらった。体長20センチにも満たない桃色のラットマンだったんじゃと。儂らが以前相手したラットマンより小さく、色も違うのぅ。その辺りを

話していたら、繁殖力《はんしょくりょく》が異常な別の魔物だと教えてくれた。

戦闘力では全く脅威《きょうい》にならんが、周囲の植物や農作物を食い荒《あ》らすらしく、早急な対処が肝心《かんじん》みたいじゃよ。言われてみれば、ナスティからも、ラットマンは美味しくなくて害しかないと教えられたのぅ。それで、昨日のラットマンの巣は退治した後、焼き払ったそうじゃ。

そして、今日の魔物を相手しとる時に、腹が減ったフィナがエノコロヒシバの再利用を思い出したらしく、儂のもとへ三人を送ったんじゃと。

そうこうしながら歩いていれば、儂らの前に緩やかな傾斜《けいしゃ》の岩山が見えてくる。時折響く音と振動は、村の者が戦ってるものかものぅ。

目に入った岩山には、いくつもの穴が開いておった。そこへ四人一組になったエキドナが歩を進めておる。

「わざわざ足を運ばせてすまんな」

村の者に指示を飛ばすフィナが、近付く儂らに気付いて軽く手を上げる。

「魔物の巣を見る機会なんてそうそうないじゃろ。気にせんでくれ。それと、これが頼まれた弁当じゃよ」

手を振って答えた儂が、【無限収納《インベントリ》】から大量のサンドイッチとバーガーを取り出すと、フィナの目が輝きよった。

「ありがたい。これが今日退治している魔物なんだが、何かに使えるか？」

フィナが指さす先に転がる魔物は、紫色の太い茎《くき》に無数の棘を生やしとる。茎の周囲をこれまた大きな青い四葉が囲み、そちらも棘だらけじゃ。

何より儂の目を引いたのは、チューリップとそっくりの花が咲いとる頭部分かのぅ。ここには歯や牙と呼んだほうがいいんじゃないか、と思うくらいに鋭《するど》く大きな棘がびっしり生え揃っておった。

儂は魔物の死骸《しがい》を前にしゃがみ込む。鑑定しようと思ったら、カブラの声が響きよった。

「ちゃんと並ばなアカーン！　ようさんあるんやから、順番や順番！　ほらそこ、まずは一人一個までにしときー」

儂が出したサンドイッチやバーガーに、交代して戻ってきたエキドナが群《むら》がったようじゃ。クリムとカブラで即席の配給所を作り、希望の品を渡しておった。

それを眺めていたフィナの旦那が、申し訳なさそうに頭を下げておるよ。

「今まではこんなことはなかったぞ……アサオの料理の魔力か？」

フィナがそう零《こぼ》しながら首を傾げる。そう言いつつもクリムたちに近付き、旦那と協力して村人の列を整《ととの》え始める。村長夫婦が皆をまとめてくれるなら大丈夫そうじゃ。では儂は本題に入るかの。

「《鑑定《エヴァルア》》」

その結果がこれじゃ――名前はオナモミン。地面に落ちた種は一瞬で発芽《はつが》、成長します。地面に落ちる前に切り払うのが効果的です。その種は非常に栄養価が高く、味も良好。漬け物、炒め物、揚げ物に向いてます。なお、本体は発酵させると畑の肥料に最適。燃やして灰にした場合は、種と本体から一切の養分がなくなるので注意しましょう――

儂の鑑定は、味だけでなく仕留《しと》め方、活用方法まで出るようになったわい。随分と進化しとるが、普通はこうなんじゃろか？　まぁ、便利な機能じゃから、あるに越したことはないがの。

「とりあえずこやつを発酵させるとして、刻んでみるか」

オナモミンの本体を、鎌《かま》を使って適当な大きさにぶつ切りにしていく。葉も茎も花も一緒くたじゃよ。その時、生えとる棘に触ったが、手に刺さるような硬さは感じん。なので、ばらすこともせず、そのままにしておる。

あとで撒くことを考えるともう少し小さくしたほうが良いか……ならばと《風柱《ウインドピラー》》でオナモミンを刻む。ウッドチップくらいにまでなったのを確認し、魔法を解いたんじゃが、唐突にやりすぎたようでな。昼ごはんを食べていた皆の視線が、儂に集まっとったよ。

「再利用の実験じゃから、気にせんでくれ。仕留め損《そこ》なっていたとかじゃないのでな」

サンドイッチ片手に、剣を構える者もおったから簡単な説明をしておく。一応納得してくれたのか、エキドナの若者は剣を収めて食事に戻ってくれた。

刻み終えたオナモミンは二週間もすれば肥料になるじゃろ……ただ、発酵の手助けとなる酵母《こうぼ》などの微生物がおればもっと容易《たやす》いか。

食事をする皆を見れば、サンドイッチを片手に持ち、もう片方の手には何かの袋を持っておった。聞かずとも匂いで分かったぞ。ワインじゃ。

昼間からかとか、戦闘が待ってるのにとか無粋《ぶすい》なことは言わん。きっと村の習慣なんじゃろ。じゃが、これは十分ヒントになってくれたぞ。肥料にはワインの搾《しぼ》りかすを混ぜ込めば良さそうじゃな。

とはいえオナモミン一本……一匹で作れる発酵肥料は、思ったより少なそうじゃよ。手持ちの麻袋おおよそ一枚に少し足りんくらいじゃ。

「アサオ、どうした?」

フィナがいつの間にか儂の背後に立っとって、声を掛けられた。

「もっとオナモミンが欲しくてな。今作ってるのは、オナモミンを使った肥料なんじゃが、村の畑へ撒くには足りん」

「いくらでもあるぞ。使えるなら集めようではないか」

昼ごはんを食べ終えた者たちが前線へ戻るようで、それらにフィナは指示を出す。同じく昼ごはんを終えたロッツァが儂のそばまで来て、耳を欹《そばだ》てていたようでな。運搬《うんぱん》を受け持ってくれることになったわい。

オナモミンのもとへ戻る者について行きながら、儂は本体と種の処理の仕方を伝える。再利用を考えるならば、燃やすのはご法度《はっと》じゃからな。

なので、火属性魔法が得意な者には控えてもらい、代わりに風属性魔法が得意な者に頑張ってもらうことになった。村人の大半が魔法を使え、残る者らも剣や槍に慣れ親しんでおる。戦い方が制限されても何ら問題ないようじゃ。

「何か制約があるほうが燃えますね」

とは、一部の若者から出た声じゃよ。他にも、

「種が食べられる？　美味しくなるなら頑張ります！」

「畑の為に！」

「食事の為に!!」

とやる気漲《みなぎ》る声を女性陣が上げており、その中でもひと際《きわ》張り切るのはヨロコロじゃ。男性よりも食欲旺盛《おうせい》なのかもしれん……ついでに職務《しょくむ》にも忠実《ちゅうじつ》なんじゃろな。

「村の為にやるだけだから……勘違《かんちが》いすんなよ」

なんて台詞を、頬を上気《じょうき》させながら吐いた年若いエキドナもおったが、フィナの旦那に殴られとったよ。反抗的な台詞を吐きたい年頃なんじゃろ。儂は気にせんよ。

いくつもの班に分かれて頑張るエキドナたちのもとを、ロッツァが絶えず駆け回ってくれてのぅ。先に倒していた分に加え、新たに倒したものも合わせると、かなりの量のオナ

モミンが集まった。

岩山に開いた穴の処理をほぼ終える頃には、儂の背丈を遥かに超えるオナモミンの小山が五つ出来上がっておったぞ。種はクリムとカブラが儂の鞄に入れて集めてくれたしのう。儂の鞄には所有者制限がかけられていたはずなんじゃが……家族は平気みたいでな。イスリールが配慮《はいりょ》してくれたのか、偶々《たまたま》上手いことといったのか分からん。カタシオラに帰ったら、これも聞いてみるかの。

そんなことを考えていたら、オナモミン退治が全て終わった。多少の傷を負った者がいたくらいで、重傷以上の者は誰一人おらん。岩山から帰ってくるのが一番遅かった一班がフィナへ報告する間に、儂が数度《治癒《エイド》》を使うだけで事足《ことた》りた。村人の力だけでも回復できるかもしれんが、皆頑張ってくれたことだし、このくらいは儂が手伝ってもいいじゃろ。

「アサオ、少し奥まで一緒に行けるか?」

報告を聞き終えたフィナが、真剣な顔で儂に話しかけてきた。

そのままフィナに連れられ、儂らは岩山の穴を進む。行きしなに話を聞いたら、行き止まりかと思った穴の奥に小さな綻《ほころ》びがあり、光が漏れていたそうじゃ。

そこから中を覗くと随分広い場所があり、あるはずの天井もなかったんじゃと。で、日を浴びる形で大木が生えとるそうじゃ。その大木から念というか魔力を感じたので、フィナに報告したらしい。

ただ悪意などは感じなかったみたいで、どうするかの判断を仰《あお》がれたみたいでな。その際、村人以外の意見を聞きたくて、儂に同行を願うに至《いた》った……と、説明された。

そこに至る穴を案内役の子、フィナ、カブラに儂と順に並んで歩いておる。植物が相手じゃから、カブラにも一緒に来てもらっとるんじゃ。フィナの旦那は、村へ帰る者たちのまとめ役なのでここにはおらん。ロッツァとクリムも荷運びがあるからのぅ。

隠れている魔物や罠《わな》もなさそうでな。これだけの少数で進んでも問題ないんじゃよ。念の為、《堅牢《スタウト》》、《強健《ハーディ》》、《結界《バリア》》を儂らにかけてあるしの。

道が徐々に狭《せば》まり、なんとか人一人が通れるくらいの小道になる。穴に入ってからそろそろ十五分ほどかと思った時に、やっと光が漏れる綻びに辿《たど》り着いた。そこは多少広くなっており、儂らが横並びになれる程の空間じゃった。

《索敵《レコナ》》で確認しても赤くならん。穴の中なのでマップは役に立たんかと思ったんじゃが、しっかり機能しておった。天井がないから、野外扱いなのかもしれんな。

「ここやな」

小さな綻びにカブラが乗っている座布団ごと入り込み、中へと消える。儂の頭くらいしかなかったのに、カブラが通ったせいで、随分と大きな穴になってしまったわい。

「カブラ、待たんか」

儂が止める間もなく入りよってからに。《索敵《レコナ》》に反応がないだけで、実際は危険な植物だったらどうするんじゃ……

「おとん、来てみー。でっかい木やー。しかも年季《ねんき》が入っとる」

カブラに呼ばれた儂が穴から入り、その後をフィナが続いてくる。案内役の子は念の為、穴の外で待つそうじゃ。

穴を抜けると、空気が一変した。洞穴独特《どうけつどくとく》の、流れの少ない漂うばかりの空気でなく、新鮮《しんせん》な外気《がいき》じゃよ。大木があるせいもあり、非常に綺麗なもんじゃった。

大木の幹《みき》は、直径にして5メートルを超えておる。儂の見上げる遥か上まで枝が伸び、濃い緑の葉が青々と生《お》い茂《しげ》っておるわい。足元へ落ちとるものの他に枯葉《かれは》や赤く色付いた葉、枯れ枝なども見当たらんし、カブラの言うような古木にはとても見えんな。

視界に広がる枝には、儂の爪くらいの大きさの小さな実がびっしり生っとる。それらも青や黄、赤に紫に黒と色合いは様々じゃ。見た目は桑《くわ》の実そのままじゃから、きっと熟し具合の違いじゃろ。鑑定したが、一言「美味」としか出てくれんしのぅ。

『ほほぅ。歓迎できる客が来るのはいつぶりだ?』

枝葉が騒《ざわ》めき、低い声が響いてくる。

『しかも、その反応……全員、私の声が聞こえるか。長く生きてみるものだな』

大きく上下に揺れる枝葉。心なしか幹も左右に動いておらんか?

「おっちゃん、ナニモンや？」

カブラが古木の幹に触れながら問うた。

『ただの古い木だ。こんな場所に根付いたばかりに、話し相手にすら苦労してな。もう自分の名すら忘れたよ』

笑いながら話す古木は、その身全てを震わせて答えておる。

「なんでこんな穴の奥におるん？」

『ここに種が落ちたのだ。鳥の悪戯《いたずら》か、風の悪さか知らんがな。日の光は浴びられるし、雨水も受けられる。なので生き永《なが》らえていたのだよ』

古木が大きく反り返り、空を見上げておるようじゃ。儂の隣に立つフィナにも声は聞こえているみたいで、不思議そうにしつつも成り行きを見守っとる。

『私から養分を奪おうとした棘坊主《ぼうず》はどうしたのだ？　周りにいただろう』

「エキドナはんたちが退治したで。それをおとんが肥料にするんやて。種はウチらのごはんになる予定や」

フィナを指さし、その後儂へと指を動かしたカブラは、最終的に自分の腹を示してから胸を張った。

『……ハッハッハッ。そうか。お前たちの栄養になるのだな。あんな棘坊主でも役に立つとは……面白いものだ』

幹を捩じり、葉をガサガサと鳴らす古木は、大きな声で笑っておった。

『エキドナ、礼を言うぞ。私の実はいるか？　いるなら好きなだけ持っていくがいい』

フィナの前に下がってきた一振りの枝には、赤と紫の実が鈴生《すずな》りじゃった。

「アサオ、これは食べられるのか？」

小声で聞かれたので、儂は実を一粒もらい自分の口に放り込む。見た目通りの甘酸《あまず》っぱさが口に広がる。

「懐《なつ》かしい味じゃ」

「あ、おとん、ウチもー」

『ハッハッハ、好きなだけ食べると良い』

次々、枝を下ろしてくれる古木に応え、儂とカブラは食べ続けた。フィナも儂らに負けじと食べ出した。案内役の子も呼び寄せて食べたんじゃが、生っている実の数が一向に減らん。

「お前さんにも肥料をあげたら、もっと実が生って、長生きできるんじゃろか？」

『かもしれん』

儂の目の前の枝が大きく頷く。

「好みの魔物や動物はおるんか？」

『これといってないな。根の近くで死んだ魔物などから栄養をもらうだけだ』

今度は左右に揺れ動く。

「それなら、ラットマンの燃えカスなんてどうじゃ？　フィナたちが狩ったのがあるじゃろ。あれをこの木に分け与えて、その実をもらうなんてのはいい案じゃないかのぅ」

儂が顎髭をいじりながら提案すれば、古木の実で頬を大きく膨《ふく》らませたフィナと案内役の子が振り返る。その顔に思わず吹き出しそうになったが、なんとか我慢じゃ。

口の中の実を呑み込み、フィナが口を開く。

「そんなもので良ければお願いしたい。我々としても、ラットマンは定期的に狩る必要があるのだ」

「交渉《こうしょう》成立じゃな」

『そうかそうか。ならば好きなだけ持っていくがいい』

わさわさと枝が儂らに迫る。

『暇があれば、私の話し相手にもなってくれ』

上機嫌の古木は、更に上部の枝まで下ろしよる。実を収穫して【無限収納《インベントリ》】に仕舞っていたんじゃが、追いつかん。終《しま》いには儂らの頭に実を降らせる始末じゃった。

古木のいる穴から外へ戻った儂らは、皆の待つ村へと帰る……その前に、ラットマンの巣だった場所へ寄るんじゃったか。そのことをロッツァに《言伝《クルッポウ》》で伝えておく。帰りが遅いと心配するからのぅ。

村へ帰るのとは逆方向へ儂らは向かう。ここまで案内してくれたエキドナの子を一人で帰すのも不用心じゃから、こっちにも同行してもらうことにした。村まで帰る途中に何かあるわけでもないと思うが、一応念の為じゃよ。

フィナ、案内役の子、儂、カブラが辿り着いたラットマンの巣は、地面に開いた直径1メートルくらいの大きな穴じゃった。それが斜《なな》め下へ続いていき、中はアリの巣状に広がっておるそうじゃ。入り口も中の通路も、エキドナの攻撃で大きくなったのではなく、最初からこの大きさなんじゃと。聞いていたラットマンの大きさに見合ってないと思うんじゃが……

「ラットマンが獲ってきた餌《えさ》を運び入れる都合だ。やつらは集団で襲う。もちろん犠牲《ぎせい》は出るようだが、虎《とら》相手でも勝つからな」

儂の疑問にフィナが答えてくれた。ネズミに斃《たお》される虎か……『窮鼠《きゅうそ》猫を噛む』なんて目じゃないのぅ。カタシオラに行くまでに退治したラットマンも、この先にいたものと種類は違えど同じような感じじゃったし、数の暴力は恐ろしいもんじゃ。

「この先です」

エキドナの子がここでも案内をしてくれる。枝分かれした通路の奥には多少広くなった部分があり、そこでラットマンの燃えカスを見つけた。こんな行き止まりがいくつもあって、そこで数匹から十匹ほどを火葬《かそう》したんじゃと。それらを【無限収納《インベントリ》】に仕舞いがてら確認したら、焼きが不十分な死体もあってな。

古木の話を聞く分には、生焼《なまや》けでも栄養摂取《せっしゅ》できると思うんじゃが、腐敗臭《ふはいしゅう》が漂ったり病原菌の温床《おんしょう》になったりしても困るからの。焼ききって灰にするか、骨粉《こっぷん》にまでしたほうが無難じゃろ。

ラットマンの巣を端から端まで巡り、死体を全て回収するのには思った以上に時間がかかった。入り口からは想像できんくらいの広さじゃったよ。巣穴の中に籠った血生臭《ちなまぐさ》さが我慢ならなかった儂は、入り口に向けて風魔法を放つ。横を見ればカブラも同じことをしてくれとる。

そんな儂らの行動に、フィナと案内役の子が不思議そうな顔をしとった。日常的に狩りをする者には気にならん臭いなんじゃろ。

しかし、死体を火葬してあっても、壁や地面についた血の処理をしておらんからのぅ。儂は、解体する時だってすぐさま血や内臓《ないぞう》を埋《う》めたり、焼いたりしとるのでな……ん？となると、村で解体した魔物たちの食べられない部分も、焼いて処理すれば古木の栄養にできるか。村の畑にも活用できるかもしれんし、帰ったら早速実験じゃ。

そうして寄り道をしていた儂らがドルマ村へ帰り着けたのは、日が暮れるほんの少し前じゃった。

村の真ん中ではオナモミンの本体が刻まれておる。ロッツァの曳いていた馬車から次々下ろされ、じゃんじゃか処理されとるわい。ロッツァはその近くで火を焚《た》き、暖《だん》をとっておるようじゃ。クリムの姿が見えんが、どこじゃろか？

オナモミンの種は破砕《はさい》場やロッツァから離れた場所に置かれ、三つほどの小山を作っておった。その前にはヨロコロがおる。帰ってきた儂らに気付かず、種を凝視しとるよ。すぐそばまで行ったらやっと分かったらしく、こちらへ振り返る。

「ただいま。何か料理を思い付いたか？」

ヨロコロはフルフルと首を横に振り、

「……何も浮かばないから、山にした。一応、大中小で分けた」

それぞれの山を指さしながら答える。

「そうか。種料理の詳しい研究は後回しにして、今は晩ごはんの準備をしようかの。皆も腹が減ったじゃろ」

「アサオ、美味いものを頼む。我々はまずオナモミンを切り刻むからな」

そう言うなりエキドナの子を連れていくフィナ。儂が頼まれたんじゃが、隣のヨロコロも頷き、身体の前で拳を握っておった。

少しすると、フィナが合流したオナモミンの焼き場から歓声が上がった。どうやら、フィナが儂の料理を宣伝して、皆の士気を高めたようじゃ。オナモミンを細かくしていたエキドナたちが、儂らに期待の眼差《まなざ》しを向けてくる。儂とカブラは軽く手を振ってから、ヨロコロと一緒にフィナの屋敷へ入っていく。

台所では、姿が見えんかったクリムが待っておった。帰りがけに狩ったらしいラビとヘビを儂に見せて、得意気《とくいげ》な顔じゃ。儂の手伝いもするつもりで張り切っとるよ。

表へ出て内臓を埋める為の穴を掘《ほ》ろうとしたクリムを制止して、儂はささっとラビとヘビを解体していく。

「明日にでもやる実験の為じゃ。上手くいけば、内臓なども無駄にせんで済むからの」

クリムはとりあえず手伝いが減ったことを残念がっておったが、儂の言ったことはよく分かっていない様子で首を傾げとる。その頭をひと撫でして感謝を伝えれば、こくりと頷いてくれた。

土鍋でごはんを炊き、その間にラビとヘビは醬油と酒で煮込む。破砕場にいた者らは、歓声に紛《まぎ》れて「肉だーッ！」とも叫んでおったからな。主菜を肉にしてやるくらいには期待に応えてやらんと。

ロッツァが常に希望する汁物は、タマネギを大量に使った甘めの味噌汁にした。

加えて、オナモミンの種を料理するのはまだ先と思ったのに、ヨロコロが持ってきおってな。種一粒が小玉スイカほどもあるのに、上体を反らしながら両腕で山盛り抱えて来たんじゃよ。そこまでして食べたいのかと思って、鑑定結果にも出ていた漬物《つけもの》と揚げ物を作ることにした。

とはいえ刻んで塩で揉《も》むのと、適当に溶いた小麦粉でかき揚げにするくらいじゃがの。

昼食後の討伐前に切ったほうがいいと伝えたんじゃが、その割にどの種も真《ま》っ二《ぷた》つになっておらず、大抵はひと突きで仕留められとる。なので儂が種を梨割《なしわ》りにすると、その中は、真っ白い身がぎっしり詰まっておった。切った中身を生で少し齧ってみれば、味の薄い芋《いも》かのぅ。ただ妙にシャキシャキした食感じゃ。

種の表皮を剥き、中身は適当な大きさに短冊《たんざく》切り。半分を塩で揉み、残る半分を粉と和える。浅漬けはこのままでもいいんじゃが、かき揚げはもう少し色味と風味が欲しいかのぅ。刻んだ長ネギとちりめんじゃこのようにした小魚も混ぜ込む。それをからりと揚げれば完成じゃ。

かき揚げは揚げたてを食べてもらいたいから、順番に来てと頼もうとしたら、既にヨロコロが手配しておった。食に関することは、手が早いわい。なので、オナモミンを処理していた者らが順に来る。

最初はフィナたちかと思ったが違っての。どうやら村に帰ってきた順番らしい。となると村に残っていた者はどうなるかと思えば、適度に順番の間に挟まれるんじゃと。何より子供たちが優先なのが、村の決まりだそうじゃ。

ごはんを炊いていたんじゃが、醤油煮の肉をパンに挟んで食べる者も現れてな。それを真似して何人も同じことをしておった。そして、ヨロコロはかき揚げ丼でごはんを半分食べ、残るごはんに醤油煮の肉をかけてから丼を傾けておったよ。食べ終えた者が、「その手があったのか！」と悔しそうにしとってな。あれには笑ったわい。

《 13　ヨロコロの腰ベルト 》

ドルマ村に来てもう随分経っておる。それでもやることがまだ多くてな。ラットマンの再処理、オナモミンの発酵肥料作り、種料理の研究と日々充実しとる。

そんな中、他の村人よりだいぶ力強いヨロコロに疑問を持ったんじゃよ。多少太めの身体じゃが、特筆《とくひつ》するほど筋肉が付いてるわけでもないのにのぅ。それで当人に聞いたら、あっけなく答えを教えてくれた。腰に巻いてるベルトの効果なんじゃと。

なんでも昔に畑を掘り返していたら、頑強《がんきょう》な箱が出てきて、その中に入っていたそうじゃ。宝物かいわく付きの物かも分からんのでフィナに相談したところ、当時村にいた《鑑定《エヴァルア》》を使える者が鑑定したらしい。それで多少の疲労回復効果が付与されているだけの単なる腰ベルトと判明してな。「見つけたヨロコロがそのまま使えばいい」とフィナからも勧《すす》められたんじゃと。以来ずっと使い続けとるそうじゃ。

長いこと使い込んでいるので、身体にとても馴染《なじ》んだ逸品《いっぴん》になっとるとも言っておった。

しかし、ベルトに馴染んだだけで人より力が強くなることはないじゃろ。なので儂も鑑定させてもらったんじゃ。そうしたら不思議な記述があってな。

基礎《きそ》体力向上、腕力向上、疲労急速回復、破壊《はかい》不可。この辺りはまぁ分かる。書かれたことそのままの効果じゃからのぅ。しかし、多少の疲労回復効果だけしか付いていなかったと言ってなかったか？　以前鑑定した者と儂の違いは……鑑定スキルのレベルじゃな。きっとそうじゃろ。

その上で、一番気になったのがここじゃ。『耐久力《たいきゅうりょく》1／∞』って出とる。破壊できんから耐久力∞と表示されるのは理解できる。しかし、無限にあるはずの耐久力が残り1になるなんて、何があったんじゃろか……

ヨロコロは儂の前を通って、ルメロやオナモミンの種を運んで部屋の隅へ置いていく。その際にベルトのステータスを見せてもらっていたんじゃよ。そしてもう運ぶ物がないのか、腰に巻いていたベルトをヨロコロが外す。するとベルトの耐久力表記が消えよった。

儂は目をこすって再度鑑定してみたんじゃが、表示は見つからん。

「ヨロコロ、もう一度ベルトを付けてくれんか？」

儂からの注文に首を傾げつつ、ヨロコロは素直に従《したが》ってくれた。するとどうじゃ。今度は『耐久力10／∞』って出たんじゃよ。少しばかり増えとる。

ヨロコロが身に着け、儂が鑑定しとるのは、至って普通な牛革ベルト。茶色い革ベルト本体に、バックルと爪は金属じゃが、それだっておかしなところはありゃせん。少しだけ刺繍《ししゅう》が豪華と思えるくらいかの。

手に取って確認したくてヨロコロに頼んだら、

『……男は、やめて……』

消え入りそうな声が聞こえた。青年ってより、少年の声じゃな。ここにおるのは、儂とヨロコロだけで、料理の手伝いをしてくれるエキドナの子供らはおらん。じゃから、そんな声が聞こえるはずないんじゃ。となると、儂が思いつく限り答えは一つじゃよ。

「お前さん、仲間に胸当てや手甲などがおらんか？」

ヨロコロが持つベルトに顔を向けて話しかける。儂がおかしくなったとヨロコロが心配して、あたふたしとるぞ。

「ヨロコロのベルトなんじゃが、インテリジェンス・アイテムってやつなのかもしれん。儂は以前、鎧《よろい》を手に入れてな。今、その時と同じように声が聞こえたから話しかけたんじゃ」

儂の説明にもヨロコロは納得しとらんのか、怪訝《けげん》な顔を崩してくれん。テーブル……は食材の為に空《あ》けておるから、ベルトを椅子に置いてもらう。それから儂はヨロコロに頼み、フィナかメシナを呼びに行ってもらった。

「さて、儂は触らん。どうせ、お前さんもあの鎧と同じで妙な好みをしとるんじゃろ？」

『妙とは失敬《しっけい》な！　こだわりは大事ですよ！』

萎《しお》れたような感じだったのに、声の主は急に元気になりよった。やはりヨロコロが着けておらんと、鑑定結果に耐久力が表示されないのぅ。

「胸当ては、年若く大きな胸が一番と言っておったぞ。ただ大きいだけの胸ではいかんとも言っとったな」

【無限収納《インベントリ》】の中に仕舞ったままの胸当てが言っていた言葉を思い出し、ベルトに伝えてみる。

『おぉ！　確かに彼の言葉です。しかし、私が一番と思うのは、痩せた女性です。いや、ただ細ければいいってもんじゃありません。くびれ……そうくびれが大事なのです！　健康的な肉体に、女性らしい肉付き……そこに魅惑《みわく》のくびれが加わる……最高じゃないですか！』

椅子に置かれたベルトから、藍色《あいいろ》の髪を振り乱し、上気した頬で語る若者の上半身が浮かび上がる。握った右拳は震えておるよ。その後、自分で熱く語った理想の女性の曲線を両腕でなぞった。一切のブレがなく、絶えず両腕が同じ軌道を上下する。

『貴方《あなた》も男なら分かりますよね！』

「分からん」

こちらに手を伸ばしてきた藍色髪の若者を避け、儂はにべもなく答えた。儂を掴めなかった若者が地面に両腕をつき、顔を天に向け、嘆いておる。

『なぜだ！　貴方にはないのか⁉　魂が熱くなるこだわりが！』

「ないのぅ。女性の誰もが美しいとは言わんが、それでも『皆違って皆いい』と思っておるからな」

顎髭を弄りながら答える儂に、ベルトから出てきた若者は疑《うたが》わしき目を向けておるのじゃった。

『そんな八方美人な言葉は嘘《うそ》だ！』

儂を指さし、鋭く言い切るベルト……の若者。鬼気迫《ききせま》る表情をしとるから、悪霊《あくりょう》にしか見えんぞ。

「カミさんがいた儂に、余所見《よそみ》する余裕はなかったんじゃよ」

この言葉に、若者が目を見開いてから項垂れた。

『そうか……そうだったのか……怖《こわ》い奥さんだったんだな』

「いや、綺麗で賢《かしこ》いカミさんじゃったぞ。そりゃ、悪さをすれば怒られたが、普段は温厚《おんこう》そのものじゃったな」

『嘘だ！　そんな奥さんはいない！　だったら私はなぜ妻に殴られた！　素敵なくびれを見ただけじゃないか！　目移りしても仕方ないじゃないか！』

儂が即答したら、若者は頭を激《はげ》しく揺らして叫びよった。

「自分以外に脇見《わきみ》されたら、良い気分はせんわい。他の女を見て鼻の下を伸ばす旦那……その上で自分と比較なんてされたら、殴って当然じゃ。やらかしたんじゃろ？」

若者は儂から視線を外し、急に口笛を吹き始めよる。誤魔化《ごまか》すにしても下手すぎじゃ。

「いつの時代でも変わりゃせん。女性は、自分を一番見てもらいたいもんじゃろ。なのに『二番がいなくちゃ一番は決められない』なんて詭弁《きべん》を吐きおる輩も現れる始末じゃな……」

また別の方向に顔を背《そむ》け、耳まで塞《ふさ》ぎ出す短髪の若者。

「男は女から生まれるんじゃ。腕力や知力で勝てたとしても、本質的に頭が上がらんのは、生き物としての根っこの部分だと思うんじゃよ」

『…………』

彼は耳を塞いでいた手を離し、無言で項垂れた。

「こんな真面目な話をしようと思ったんじゃなくてな。ちょっとばかり聞きたいことがあったんじゃ」

『答えられることならば……』

さっきまでの威勢はすっかり鳴りを潜《ひそ》め、今にも姿が消えそうなくらいその姿が小さくなってしまっとる。

「一つ目が、お前さんの耐久力が減っていた件じゃよ」

『あの太いお姉さんが身に着けるからです……もう、限界なんです。私にだってサイズ調整効果はありますよ……それでも限度ってものがあるんです。なのに、いっぱいいっぱいまで引き伸ばすもんだから、耐久力が減って……それでも破壊不可が仕事をして、壊れることもできず……』

若者越しに向こうの景色が透けており、その頬を涙が伝っておった。

『……女性に身に着けてもらう夢が叶えど、生き地獄《じごく》です……創造主のコダワリが、私を甚振《いたぶ》る……』

遠くを見る若者は、何かを悟《さと》ったような顔じゃった。

「二つ目の疑問は、さっきも言ったように、お前さんに似た装備品《そうびひん》を知っとってな。ただ、兜、胸当て、両手甲に両脚甲《きゃくこう》と聞いてたんじゃ。となるとお前さんは何じゃろか？」

『失われた先達《せんだつ》の技術を発掘《はっくつ》して全力を注いだ結果、出来上がったのが私です』

ということは、あの胸当ての後輩《こうはい》になるのかのぅ。

『なので、熱い思い以外は少しだけ劣《おと》ります。きっと私のように耐久力が減ることもないんでしょうね』

乾いた笑いで自虐《じぎゃく》を始めよった。

ベルトの若者と話すうちに、フィナとメシナがヨロコロに連れられてきよる。

聞き出せた内容を三人に伝えると、三者三様《さんしゃさんよう》の反応を示した。フィナは頷き、メシナが苦笑い。ヨロコロは目を瞑り、握り拳をぷるぷる震わせとる。面と向かって太いと指摘されとるようなもんじゃからな。

ヨロコロがカッと目を見開くと、椅子に置かれたベルトを手に取って腰に巻く。

『ア゛ァァァァァァァァーーーーッ!!』

ベルトの悲鳴は、儂だけにしか聞こえんはずなのに、フィナとメシナは手を合わせてヨロコロを……いや、ベルトを拝《おが》んでおった。

一応、鑑定してみたら、みるみるベルトの耐久力が減っていき『1／∞』になってしまった。

『……アハハ、ハハ……ハ……』

怒《いか》れるヨロコロの腰辺りから、乾いた笑いが途《と》切れ途切れに聞こえる。僅かに見える若者の手が、降参《こうさん》とばかりにヨロコロを力なく叩いてるんじゃが、儂以外には見えも聞こえもせんからな。

「おぉ、そうじゃ。ヨロコロにこやつをあげよう。もらってくれんか？」

儂は【無限収納《インベントリ》】から胸当てを一つ取り出し、ベルトが置かれていた椅子の上へ置く。

『は？　外に出られた？　まさか、ここに出会いが！』

久方ぶりの外で一瞬呆《ほう》けておったようじゃが、瞬《また》きする間に胸当てから筋肉質な男の上半身が生えてきた。相変わらずの低い美声で語りながら周囲を見回し、フィナたちを順に眺めていく。

『なんだ年増《としま》と男か……こっちの女性は、まだ若い？　いや、しかし太――』

そしてベルトと同じ禁句《きんく》を口にしようとしたところで黙らされた。

メシナが目を逸らすのを合図に、フィナが胸当てを殴りつけて椅子から叩き落とす。すると胸当ては宙を舞い、床に落ちるより早く、ヨロコロが受け取って身に着けた。打ち合わせもなしに、流れるような一連の動作……エキドナは手練《てだ》れが多いのぅ。

しかし、ベルトの言っていた通り、胸当てのほうが能力が高いんじゃな。胸当ての念話は全員に聞こえておるようじゃ。だからこそ、この事態になっとるわけじゃ。

「アサオ、この『女の敵』は何だ？」

初めて見る怒り顔で、フィナが儂を問い詰める。

「その胸当ては退魔《たいま》の鎧なんじゃと。昔、巨人族によって作られたそうじゃ。他にも兜などがあるらしくてな。妙な癖《くせ》はあるが、かなり強い装備だと思うぞ」

「それが真実なら秘宝の一つだぞ！」

メシナは顎《あご》が外れそうなほど口を開き、瞬きを繰り返す。

『豊かな胸に違いないが、私の求める年若い乙女《おとめ》では――』

「フンッ！」

胸当てが何かを言いかけたが、上半身に力を入れてポージングするヨロコロに妨《さまた》げられたようじゃ。

「……力が湧《わ》く……もらっていいの？」

「構わんよ。儂は使わんし、家族の誰も身に着けん。ヨロコロが使うなら、荷物の片隅《かたすみ》で腐《くさ》らせとるより遥かに有用じゃろ？」

ヨロコロが嬉しそうに頷いた。語られる念話が変質的な点に注意し、幼子を近づけんようにさえすれば、心強い味方じゃろ。畑仕事にしろ狩りにしろ、安全に越したことはないからの。

『いや、あの、私の意見は……』

胸当ての低く良い声は、全員の耳に確実に届いているはずじゃ。それでも全員に黙殺《もくさつ》され、ヨロコロの装備品の一つになった胸当てじゃった。

《 14 すっかり忘れとった 》

ドルマ村でいろいろやっとるうちに、あっという間に滞在日数は嵩《かさ》んでいきよってな。さすがにこれ以上の長期滞在は迷惑じゃろ。そう思ってフィナたちに帰ることを提案したんじゃが、逆に引き留められてしまったわい。

農作業などの知識の有用性を確認したフィナとヨロコロは、儂をなんとか帰さないようにあの手この手を繰り出しよる。しかも村の防衛と狩りを担《にな》うヘミナーは、ロッツァと意《い》気投合《きとうごう》しておった。最初はソニードタートルと恐れていたのに、随分と慣れたもんじゃ。

カブラとクリムは、ロンネルの魔法の稽古に付き合っていたらしく、かなり親密《しんみつ》な仲になっとった。各々良い訓練を積《つ》めたようで、それなりに強くなっとるわい。カブラに至っては、畑を担当する者らからの信頼も厚くてな。引っ張りだこ状態じゃよ。クリムもエキドナの子供に人気じゃし……

「請《こ》われたり、求められたりするのは好きなんじゃがな。カタシオラの店を放っておくわけにもいかん。それにもう会えんわけでもないしの」

「そうは言っても、頻繁には会えぬ。連絡を取るのもひと苦労だぞ」

まだ諦《あきら》めきれないフィナが、困り顔を見せた。ヨロコロもその隣で力強く頷いておる。儂を説得しようと二人が最後まで粘《ねば》っておってな……今もフィナの屋敷に三人で残り、話し合っておるんじゃよ。

「《言伝《クルッポウ》》もあるし、文《ふみ》を出すこともできるじゃろ？」

「《言伝《クルッポウ》》がカタシオラまで届くわけがなかろう」

フィナが即座に答え、疑いの目を向ける。ナスティに教わった時も、ヴァンの村まで届かんと言っておったし、山を越えられるのがおかしいんじゃったか……

「文を出しても、村を訪ねてもらうまでに日数がかかる」

「それはどこにいても変わらん。ドルマ村に永住でもしなけりゃ、即座に対応なんてできん。それに儂にも故郷があるんじゃ。帰るかどうかは分からんが、まだまだ定住する場所は決めんよ」

儂の言葉にフィナが顔を顰め、ヨロコロはそっぽを向きよる。

「風の吹くまま気の向くまま、自由に旅する行商人が儂じゃて。期待に応えられずすまんな」

「……いや、無理を言ったのはこちらだ。気にしないでくれ」

フィナが手と首を横に振った。それを見たヨロコロが部屋を出ていく。

「そういえば、イワノバネはどうしたんじゃ？　怪我はだいぶ良くなったじゃろ？」

「うむ。あと二、三日でノ村へ向かえるだろう」

「それなら、儂らもそれに合わせるか。そのくらいあれば挨拶も済ませられるしの」

思わず答えたらしいフィナの顔には、『しまった』と書いてある。ここ数日、村人たちと同じで、気を許してくれていたんじゃろ。老獪《ろうかい》さが鳴りを潜めておったからな。見た目通りの若さに、精神も引っ張られたのかもしれん。

まぁ、見た目だけなら、儂のほうが遥かに年上じゃて。実年齢ではまったく敵わんのに……相変わらず不思議な世界じゃよ。

「ひと通りの指導は済んでおるんじゃ。あとはこの土地に合うやり方を探《さぐ》ってくれ。それは儂にはできんことじゃからの」

「分かった」

フィナが頷いてくれたのと同時にヨロコロが戻ってきた。昨日あげた胸当てとベルトを身に着け、ワインの大樽を両肩に一つずつ担《かつ》いでおる。それを儂の前に置いた。

喋《しゃべ》る胸当ては、女性に装備されるのを妥協点《だきょうてん》として納得したようじゃ。昨日からはもう声を出しておらん……さすがに出せなくなったんじゃないと思うぞ。

逆に、ベルトのほうは本当に声を出せんようじゃ。どうにも耐久力が限界まで減ると、念話すらできんようになるらしくてな。今までと同じような感じで身に着ける分には問題ないと、ヨロコロへ伝えてある。なのでこれからも変わらんはずじゃ。何よりこやつの声は儂以外に聞こえんしの。一応、ベルトには破壊不可の効果を超えそうなら、胸当てに話せと言ってあるし大丈夫じゃろ。

ワインの大樽を受け取り【無限収納《インベントリ》】へ仕舞う。この二樽は農業指導と料理指導の代金じゃ。

「卸《おろ》せるワインがあれば買いたいんじゃが、あと何樽かいけそうかの？」

フィナが指を立てて示した数は四。対してヨロコロが出したのは六じゃった。

二人の間で無言のやりとりがあったらしく、フィナが頷くとヨロコロは笑顔を見せよった。どうやらヨロコロの主張が通ったようじゃよ。儂としては仕入れが増えるに越したことはないでな、断らん。

二人の気が変わらんうちに、ワインと代金を引き換《か》えるのじゃった。

《 15 思えばあっという間の滞在じゃったな 》

カタシオラへ帰る日取りを決めてからは、大わらわじゃったよ。フィナの屋敷におる時も、畑を見まわる時も、誰かしらに会っておったからの。ドルマ村の住人全員と挨拶を交わしたんじゃないかのぅ。その際、メシナにちょいと相談もしておいた。

ロッツァたちもずっと笑顔じゃったし、今回ドルマ村を訪れたのは正解だったようじゃ。あとはカタシオラで問題が起こってなければいいんじゃが……特に連絡も来ておらんし問題ないじゃろ。

ドルマ村へ来た時と違い、門の近くには黒山の人だかりが出来ておった。その中にフィナたちもおる。

軽く手を上げ、村をあとにした儂らは、イワノバネと共にのんびり進んでおる。出発前に、一緒に行こうと伝えたら、イワノバネは儂の周りでまた踊《おど》っておったよ。ヘミナーが最初に言った通り、イワノバネの踊りは珍しいようで、見送りに来ていた村人全員が目を見開いて驚いとったわい。

ドルマ村から半日ほど行った辺りで道が分かれるらしくてな。それまではイワノバネと一緒じゃよ。

「おとん、メシナはんに何言うたん?」

ロッツァの甲羅に座る儂に、幌馬車の中からカブラが問うてきた。

「ん？　簡素《かんそ》な祠《ほこら》を村の端《はし》っこに作ってもらおうと思ってな。もしかしたら神殿を通ってさくっと行けるようになるかもしれんからの」

「はー。おとん、ずっこいなー。なー、クリムはん」

顔だけで振り返って答えた儂を見て、カブラとクリムが顔を寄せ合い頷いておった。

「ずっこいと言われてものぅ。村に行ったことはあっても、あとから作った祠じゃ行けんかもしれん。ま、実験じゃよ、実験。それに儂しか通れんのは、イスリールの判断じゃからな。しょうがないじゃろ」

納得していないカブラは、クリムと一緒になって馬車の床をてしてし叩いて抗議《こうぎ》してお る。儂はそれを見なかったことにして、また前を向くのじゃった。ロッツァが呆れたように息を吐いたが、きっと気のせいじゃ。

のんびり進んだ儂らは、イワノバネと別れるところで小休憩。その頃にはクリムとカブラは夢の中じゃったよ。

ふと思ったんじゃが、三幻人のような輩にまた襲われることがあるかもしれん。なのでイワノバネに小さな宝石を三つあげることにした。これにはそれぞれ、《結界《バリア》》、《堅牢《スタウト》》、《加速《クイック》》が付与してあるんじゃよ。儂の言葉を理解しとるようじゃから、イワノバネなら使えるはずじゃ。一応、ノ村の代表宛《あ》ての文も渡したから、取り上げられるようなこともないじゃろ。

儂からもらえた宝石が嬉しかったのか分からんが、別れたイワノバネは勢い良く跳ねていって、あっという間に見えなくなってしまった。

イワノバネと別れた儂らは、昼ごはんを済ませてからも相変わらずのんびり進んでおる。ドルマ村へ行く時は、一切の躊躇《ちゅうちょ》を感じさせない本気の走りを見せたロッツァが、

「のんびり歩くのも良いだろう」

と提案してくれてのぅ。今の速度は、儂らが歩くより少しだけ速いくらいじゃな。ロッツァが走らんなら《浮遊《フロート》》や《結界《バリア》》はいらんと思い、幌馬車には魔法をかけておらん。そうしたら、ゆったりした振動が心地《ここち》好く、ロッツァの背に乗る儂も眠気に負けそうじゃ。

「アサオ殿、あそこから音がするぞ」

ロッツァが首をもたげ、右前方にある藪《やぶ》を指し示す。距離にしたら100メートルくらいか……マップと《索敵《レコナ》》で確認したが、ヒトが六人おるようじゃ。一応隊列を組んでおるらしく、二人ずつ並んで前衛《ぜんえい》、中衛《ちゅうえい》、後衛《こうえい》となっとる。

ただ相手がよく分からん。大きな点が一つかと思えば、二つ三つに変わったりしとってな。赤い点でないから魔物ではないと思うんじゃが、藪が邪魔で姿が見えん。正体《しょうたい》が分からんと対処すべきかも判断できんのぅ。

「一応、様子見だけしておくか」

カブラたちが目を覚まさんから、危なくないのかもしれんがの。ま、念の為の確認じゃよ。

「分かった」

儂の提案にロッツァが進行方向を変えてくれる。音を立てないように慎重な歩き方にも変えてくれとる。儂は幌馬車に《浮遊《フロート》》と《結界《バリア》》をかけておこう。

儂らは左側から藪へと大きく回り込む。近付いたので儂にも音が聞こえた。頭だけ藪から突き出し、様子を見てみる。

大きな点と相対しているのは、獣人の冒険者のようじゃった。全員が獣耳をぴんと立てておる。犬っぽい耳やウサギ、クマっぽい耳も見受けられる。全員が警戒して集中している相手はどんなものかと思えば、泥《どろ》の集合体のような姿をしとった。

「ありゃ、なんじゃ？」

ロッツァに聞いてみれば、

「スライムだろう。泥と一緒に何でも取り込み、吸収してから吐き出すようだ」

覗きながら答えてくれた。ロッツァと共に見ている先では、冒険者から浴びせられた矢や石つぶてを、スライムらしきものが後方へ投げ捨てておった。

変に横やりをいれるのはまずいのぅ。このまま隠れているか、そっと下がるかせんと――

「そこにいる君も下がるんだ！　私たちも一度引く！」

　気付かれていたようで、彼らに指示されてしまったわい。ロッツァと二人して頷きあい、儂らは藪から離れた。

　それからほんの十秒ほどで、冒険者たちが藪を越えてくる。

　皆、大きく息を吐き、緊張《きんちょう》を解いたようじゃ。《索敵《レコナ》》で確認しても、さっきの泥スライムらしきものは動いておらん。

「君たちに怪我はないかい？　僕たちは心配いらない。なにせ、冒険者だからね」

　真っ黒いウサギ耳にウサギ顔の青年が、歯をきらりと輝かせながら聞いてきた。どうやら自己陶酔《とうすい》型の青年のようじゃ。儂が答える前に自分の話をしよったからの。

　今だって長い前髪を右手で掻《か》き上げながら、少しだけ首を傾けてポーズを決めとる。ただ、身長が儂よりだいぶ低いから、見上げる形になっとるぞ。

「巻き込んだようですまなんだ。これは放っておいて構わん」

　真っ白い毛に、ほんの少しだけ茶色い毛が混じった耳をした男性が軽く頭を下げた。しゃがれた声の印象からして年配じゃ。まだポーズを決めているウサギ青年を顎で指し示しとるし、彼のほうがきっと立場が上なんじゃろ。

　しかし、耳の感じからして鳥の獣人なんじゃろか？　この前会った料理屋の女主人さんとはまた違うんじゃな。翼人のような翼も見当たらん。鳥系獣人といっても様々なようじゃ。

　他の冒険者たちは男性の言葉に頷くだけで、周囲の警戒を続けてくれとる。小さな葉擦《はず》れ音や、細かな地揺れにも反応しとるよ。犬っぽい耳の子は地面に耳を付けて探っておるから、情報収集や偵察《ていさつ》が主な役割なのかもしれん。

　そんな中でもぶれずにポーズを決め続けるウサギ青年は、豪胆《ごうたん》じゃよ。

「あのマディーから、頼まれた品を取り戻すだけだったのだよ。それが、マディーを前にしたら、気持ちを昂《たか》ぶらせおって……」

　鳥耳の男性は猛禽類《もうきんるい》を思わせる鋭い視線を見せたかと思えば、すっと懐《ふところ》に腕を差し入れてチャキリと金属音を立てた。恐らく得物《えもの》を掴んだんじゃろ。周囲を警戒していた全員が、その音にびくりと身体を震わせた。

　唯一ウサギ青年だけが身動《みじろ》ぎせん……いや、動けないのか。顔を覗いてみれば、白目を剥いておった。微動《びどう》だにせんのは、意識を失ったからのようじゃ。

「マディーとは、あの泥スライムかの？」

「その通りだ。地面を掘り起こし、かき混ぜ、吐き出す生き物でな。あれが通った後は、草がよく生え、それを食べる魔物や獣が増えるのだよ」

　儂が藪を指させば鳥耳の男性は頷き、説明してくれた。

　普通のスライムとは違い、ミミズのような役割をこなしとったのか。となれば、土地にとって非常に有益な生き物なんじゃな。倒すわけにはいかん。

「ん？　ならなんで戦ってたんじゃ？」

「あれは、マディーの特性を引き出す為だ。取り戻したい品は小さくてな。小さな異物はマディーの体内に残ってしまうのだよ。それを吐かせるには、他の異物を取り込ませないとならん。それで、石や矢を浴びせた」

鳥耳の男性が腕を動かして指を振り、分かりやすく教えてくれる。

「依頼された品物は手に入れた。なのであとは街へ帰るだけとなる。カタシオラへ戻るなら、護衛を引き受けても構わんが……」

「自衛《じえい》はできるし、のんびり帰るから大丈夫じゃ。そのお気持ちだけで十分じゃよ」

「さようか。ならば先に失礼しよう」

儂に断られても彼は嫌な顔一つせん。周囲を警戒していた他の冒険者たちは男性から目《め》配《くば》せを受けると、少し口と喉を湿《しめ》らすだけで藪へ消えていった。固まったままのウサギ青年を抱えながらな。

あの泥スライム――マディーもいなくなったようじゃが、その痕跡《こんせき》だけはしっかりあったわい。掘り返された土を鑑定したら、畑に使えそうでな。少しばかり分けてもらい【無限収納《インベントリ》】に仕舞っておいた。

ついでに冒険者たちが回収せんかった、槍らしき棒を数本回収しておいた。鑑定結果も悪くなかったし、見た目も汚れとらん。どれも太さと先端《せんたん》の形が揃っとるから便利そうでのぅ。何か付与してみれば、投げ槍にでもなるじゃろ。

《 16 声の主 》

昨日はあれからのんびり進み、街道脇で一泊じゃった。昼寝をたっぷりした影響もあったと思うが、クリムは久しぶりの野宿が嬉しかったようでな。夜遅くまで起きて、儂と遊んでたんじゃ。なので少し寝坊してしまってのぅ。いつもと比べてかなり遅めの朝ごはんを済ませてから、カタシオラへ歩いとる。

そこそこの速さで進んだので、昼過ぎにはカタシオラの門が見えてきた。遅い朝ごはんだったから、まだ昼を食べておらん。ここまで来たなら、街の中へ入ってからでいいじゃろ。

「すみません。あの……すみません……」

カタシオラの出入り門まで戻ると、茶色い山高帽《やまたかぼう》を被《かぶ》った子供が門に向かって呼びかけておった。その後ろには大きな蜘蛛《くも》がおるから、そっちが喋っている可能性もある。蜘蛛の体躯は儂の半分くらいか……暴《あば》れることもなく随分と大人しいのぅ。もしかしたら、あの子の従魔《じゅうま》かもしれん。

その証拠に《索敵《レコナ》》は赤い反応を示しとらんぞ。話す知能があるなら魔族って線もあったか……まぁ、どちらが話しているにしろ、蚊《か》の鳴くような声じゃ。到底、大門の中にいる門番さんには聞こえんじゃろな。

「どうかしたのか？」

「うひゃーっ⁉」

背後から声をかけたのがまずかったのか、大蜘蛛と子供は3メートルくらい跳び上がり、被っていた山高帽を落としてしまう。今までの声が嘘のような大きな悲鳴じゃったよ。落ちてしまった帽子を拾い、埃《ほこり》を払ってから差し出すと、子供は恐る恐るといった感じで受け取ってくれた。

「あ、ありがとうございます……」

紫色の眼が八つ、黒地の身体に光っておった。不規則な縞模様《しまもよう》は、白と黄色が走っており、手足はほっそりと長いもんじゃ。何より、大蜘蛛と子供の一組かと思ったのに、蜘蛛の身体から美少年の上半身が生えておった。アラクネとか言ったかのう……いや、あれは女性だけの魔物か？

彼は真っ白い細身のワイシャツに、黒の短いネクタイを緩く締めとる。蜘蛛の身体と美少年の繋ぎ目は、綺麗に編《あ》み込まれた藍色の腰布で見えん。

全体的に華奢《きゃしゃ》な印象の体躯に色白の肌。明るい青紫の髪は短めに整えられておったが、左右で長さが変えられとる。そこに手渡した茶色い山高帽を被れば……お洒落《しゃれ》さんじゃな。

「あ、あの……僕の顔に何か付いてますか？」

「別嬪《べっぴん》さんの顔に、綺麗な黄色い瞳が四つかのぅ」

「え？」

問われたので素直に答えたら、美少年の顔は真っ赤に染まってしまった。

美少年の顔の部分には瞳が四つ。胴体の分と合わせると、合計十二個の瞳が付いておる。それらは宝石と見紛《みまご》うばかりに澄《す》んでおるんじゃ。整った顔立ちにそんな瞳が付いておれば、素直に褒《ほ》めたくもなるじゃろ？

「それで、ここで何をしてたんじゃ？　街に入るなら、こっちの小さい門じゃよ？」

俯《うつむ》いてしまった美少年蜘蛛に通用門を教えてあげた。

儂と一緒に門番さんへ挨拶したら、来訪者を検査するあの水晶で一応確認されておったよ。なんでも頼みごとがあって街に来たんじゃと。魔族としての身分証も持参しとったし、水晶も赤く反応しなかったから問題なしで通れておったわい。

街中に入ったので、馬車は【無限収納《インベントリ》】に仕舞った。大きくて歩くには邪魔でのぅ……仕舞ってからは、カブラが儂に肩車され、背中にはクリムが負ぶさっておる。ロッツァは少し離れた後ろを歩いておるよ。

冒険者ギルドに向かいがてら、儂は馴染みの顔ぶれに挨拶して回る。その合間《あいま》に美少年から話を聞いたんじゃ。

蜘蛛の美少年はアラクネさんで間違いなかった。なんでも突然変異《へんい》の男の子らしくてな。女性しかいない一族総出《そうで》で可愛《かわい》がられていたが、独《ひと》り立《だ》ちする為に村を出たらしい。皆泣いたんじゃろな……ところが、住める場所を探す途中で、大事な商売道具を紛失してしまったそうじゃ。

思いつく限りの場所を探したが見つからず、途方に暮れていた時、カタシオラの外壁《がいへき》が目に入ったんじゃと。初めての大きな街に、入ろうにも入り方が分からず、戸惑《とまど》っていたら儂に声をかけられたみたいじゃ。

「失《う》せ物探しを頼むとしたら冒険者ギルドじゃろうが、何を失《な》くしたんじゃ？」

「編み棒です！　こう見えて編み物が得意なんですよ！」

儂の腕を掴み、見上げながら答える。「こう見えて」と言うが、儂にはなんとなく雰囲気に合っておるように見えるぞ？

少年の二本の腕だけでなく、蜘蛛の足もわきわきと動き、そらで編み物の真似事をしとる。

「狩りが苦手な僕ですけど、編んだ物を売ればごはんが食べられます！」

腰に提《さ》げていた鞄から、自身で編んだと思われるストールを取り出し、儂に披露した。ひと目で高級品と分かる、繊細《せんさい》で美麗《びれい》な作りじゃったよ。確かにこれなら売り物になるのぅ。ただ、さっきから彼の腹の虫が忙《せわ》しなく鳴いとるわい。

「無理しちゃいかんぞ？　ま、とりあえずトゥトゥミィルは、冒険者ギルドに失せ物の捜《そう》索《さく》を依頼じゃな」

長いこと主張し続けとる腹の音を聞かなかったことにして、儂はにこりと微笑んでおいた。教えてもらった名前を呼べば、少年は頷いてくれる。しかし、小さい『ゥ』や『ィ』を多用されると、非常に言い難いわい。とはいえ、人の名前じゃからな。なんとか噛まずに呼んでやらんといかんじゃろ。

鳴ってしまった腹を押さえながら、真っ赤になった顔を誤魔化すようにぶんぶん激しく振るトゥトゥミィルを連れ、儂は冒険者ギルドへ歩き出す。用事が済めば、儂らの家に案内しよう。

泊まるところも、食べるところも決めておらんと思うし、一緒に昼ごはんじゃ。知り合いに宿屋はおらんが、おすすめの宿を誰かが教えてくれるじゃろ。

「アサオさん、そんな綺麗な子どうしたの？」

ロッツァにクリムとカブラを任せて、トゥトゥミィルと一緒に冒険者ギルドへ入ったら、後ろから声をかけられた。振り返れば常連客になっとる弓使いの娘じゃったよ。街中でも見かけたから、目的地が同じだったのかもしれん。

……と思ったらどうやら違ったようじゃ。連れ立って歩く儂らが気になっていたのに、話すきっかけを掴めなかったんじゃと。アラクネの珍しさもあったが、儂と共にいたから遠巻きに見ていたそうじゃ。街中で挨拶してきた他の者も似たような感じだったのは、それが理由か。合点がいったわい。

軽く説明したら、儂の代わりにトゥトゥミィルを受付に連れて行ってくれたよ。儂では依頼の手順などが分からんからな。儂と離れることに少しばかり不安そうな顔を見せたトゥトゥミィルじゃったが、獲って食われたりせんから大丈夫じゃよ。

儂が素材の買い取り窓口に挨拶して、世間話をしとる間に依頼は済んだようでな。機敏《きびん》な動きで儂のところへトゥトゥミィルが帰ってきよった。トゥトゥミィルの通ってきた道のかなり離れた後ろでは、弓使いの娘が残念そうな顔をしておったよ。周囲におるたくさんの女性は、弓使いの娘を羨望《せんぼう》の眼差しで眺めとる。美少年はここでも女性陣に大人気のようじゃ。

こちらに集中する視線を気にしないように、儂らはギルドをあとにした。

家への帰り道で食事に誘ったら、トゥトゥミィルは喜んどったよ。手持ちのお金で十分足りる金額じゃからな。タダにしてもいいんじゃが、それをすると気にしそうでな。店がやってれば、そのまま食事代としてもらえばいいじゃろ。やってなければ儂がちゃちゃっと作って格安にしよう。

そんなことを考えながらロッツァたちと一緒に帰るのじゃった。

《 17 帰宅してみれば 》

「ただいまー」

儂が挨拶するより先に、カブラがそう言いながら飛び出していく。クリムも気が急《せ》いたんじゃろ。カブラと一緒に家へと駆けておるよ。

ロッツァと儂はその後ろを追い、砂浜側に向かった……んじゃが、カブラとクリムが庭を目前にして止まってしまった。何があるかと覗いてみれば、店には人がごった返しておった。

ただ、わちゃわちゃしとるが、怒号《どごう》が飛び交ったり、品物を奪い合ったりなどはしとらん。皆、期待に満ちた目で厨房のほうを向いておる。きっと料理が出てくるのを待っとるんじゃろ。それでも列くらい作ればいいんじゃないかのぅ。

儂の真似をして脇から顔を出したトゥトゥミィルが、そんな客らを見て固まってしまったよ。ここに来るまでに食べ物屋とは教えてたんじゃがな、ここまで人がおるとは想像しなかったようじゃ。儂もこんなことになっとるとは思わなかったからの。仕方ないじゃろ。

「皆にこにこしながら、ナスティはんたちを見とるでー」

いつの間にやら取り出した座布団に座り、ふわふわ宙に浮くカブラ。儂らに気付く者はおらず、皆ただただ厨房を眺めておる。その手には番号の書かれた木札が握られておった。

「四十七番さん出来たよー！」

「ありがと！」

ルーチェの呼び声に返事した女の子が、木札とお菓子を交換して去っていく。その後も続々と番号が呼ばれ、皆笑顔で店から離れていった。

注文時に引換券を渡すなんて誰が考えたんじゃ？　儂が教えんでも思いついてくれたんじゃろか？

見れば視界の隅におるイェルクがメニューの書かれた板を持ち、来た客の注文を請《う》け、番号札を手渡していた。レンウとジンザが手伝って、簡単な列を作らせとるわい。

ユーリアは厨房におるんじゃな。ちょこまか動き、時々頭が見えとる。

厨房だけでは足りんようで、いつもの焼き台と鉄板にはルーチェとナスティが陣取《じんど》っておるわい。焼き台に網を載せ、高速で煎餅《せんべい》をひっくり返すルーチェ。ナスティは鉄板に所狭しと並べられたきんつばを返しとる。甘いものばかりではなく、醤油味の煎餅まで売り始めるとは……こりゃ終わりなき菓子祭りにならんか？

「順番、前後しますよ～。六十六番さんどうぞ～」

「わーい。お姉さんありがとー」

手を挙げ、一歩前に進み出たのは、見たことない翼人の男の子じゃった。ナスティの焼くきんつばだけを買っていたようじゃ。ぱたぱた飛ぶ男の子を見送ると、先を越されたらしき熊耳の男の番が来ておった。

「六十五番さん待ってくれてありがとね。割れちゃったお煎餅はおまけだよ！」

ルーチェの焼く煎餅を待っていたんじゃな。大柄な熊耳男が、ルーチェから渡された木製の大皿を大事そうに抱えとる。山のように盛られた煎餅を齧れば、ぱりっと小気味よい音が、食欲をそそる醤油の焦げた香りと共に周囲へ吸い込まれていく。木札を持ち、自分の番を待つ者らは喉を鳴らしておるよ。

熊耳さんが受け取った煎餅は持ち帰りだとばかり思っていたんじゃが、右足を一つ前に出せばぱりっ。左足で地面を踏み締めればぱりっ。そんな感じで歩いておるから、砂浜におる儂の前に来た頃には、もう大皿の山が消えとった。自分で食べたはずなのに、残り少なくなった大皿を見た直後、周囲の客を睨《にら》んでおったよ。

その瞬間、ルージュに叱られたようじゃ。無言のままじゃが、じっとルージュに見つめられた熊耳さんは、そそくさとイェルクが整理しとる列へ並び直しとった。

「…………」

熊耳さんがいなくなったので、ルージュと儂の目が合った。

ルージュは何も言わず、予備動作なしで儂に飛びかかりよる。儂の右足を抱えていたクリムが即座に反応して、空中でルージュを捕《と》らえようとしたが負けたらしい。てしっと撃ち落とされてクリムが帰ってきた。

　しかし、ルージュはクリムを撃ち落としたのではなく、踏み台にしたんじゃな。儂の腹辺りに来るかと思って身構えたのに、実際には顔に飛んできて、儂の頭をがっしり抱え込んでしまった。

　ルージュの勢いに負けそうになるが、儂はなんとか踏ん張る。空中もふもふ落としにも、フランケンシュタイナーにもならんかった。

『前が見えんから、後ろにしてくれ』

　少しばかりそのままにしていたが、正面からだと息苦しいんじゃよ。念話でルージュに伝えると、素直に従ってくれた。

　今度は儂の頭を中心に肩の上を歩いて肩車じゃ。ルージュは、いつものカブラのように儂の頭をてしてし叩いておる。

「ルージュもお手伝いしてたんじゃろ？　もういいのか？　店はまだ開いてるようじゃが……」

「大丈夫ですよ～。ロッツァさんが代わりになってくれてますから～」

　ルージュが落ちないように手で支えながら聞いてみると、店から出てきたナスティが答えてくれた。ナスティの指さす先には、木札を持つ客の整理をしとるロッツァがおる。くいくいと上着《うわぎ》の裾《すそ》を引かれたので下を見れば、クリムが儂の腹を上っているところじゃった。

そんな儂を見たトゥトゥミィルが笑っとる。さっきまで驚きで固まっていたのに……想定を遥かに超える事態に、笑うしかないって感じなのかもしれん。

「アサオさん、おかえりなさい！　今、手が離せないからあとで詳しく聞かせてね！　その美少年のことを特に！」

目ざとくトゥトゥミィルを見つけたユーリアが、厨房から顔を出したり消したりしながら言ってきおった。それに同調した奥さんたちも激しく頷いておる。鬼気迫る雰囲気に、トゥトゥミィルが慌てて儂の後ろへ隠れてしまったわい。

イェルクの近くで注文待ちをしとる客も、木札を持って商品との交換を待つ客も、声と視線に釣られて儂らを見とるし……様々な種族に注目されたトゥトゥミィルは更に小さく縮《ちぢ》こまる。何かぶつぶつ言ってると思えば、

「ううううう、《不可視《インヴィジ》》！」

姿が見えなくなってしまった。

思わず魔法を使うのも仕方ないことじゃろ……姿を消したトゥトゥミィルじゃったが、儂の服は掴んでおるようじゃな。しかし、面白い魔法じゃ。マンドラゴラが使う〈隠れ身〉のスキルとも違うようじゃし、あとで教えてもらえんかのぅ。

姿を消したトゥトゥミィルを連れて、儂らは波打ち際《ぎわ》まで離れる。そこで《結界《バリア》》を使い、店から隔離《かくり》じゃよ。ごはんがてらの食事を作るつもりじゃからの。匂いが混ざったら、

迷惑になってしまうわい。

それにここまで離れれば視線も来ないじゃろ。客の目的は、あくまでお菓子などじゃからな。

一応、ロッツァたちには【無限収納《インベントリ》】から取り出したカツ丼を渡してある。あとトン汁もじゃ。ドルマ村のブドウを使った果実水も差し入れたから、順番で飲んでくれるはずじゃよ。

テーブルと椅子を砂浜に並べ、クリムとルージュをそこへ下ろす。カブラはわざわざ儂が下ろさずとも、座布団ごと着地してくれた。トゥトゥミィルの椅子は……使うか分からんから座布団だけ渡しておこう。取り出した途端に、カブラが使い方を説明してくれとる。姿は消えとるが、儂の服が引っ張られているのを見てるから、ここにトゥトゥミィルがいるのも分かっておるようじゃな。

皆の前にもコップと果実水を並べて、儂は料理の準備じゃ。

「しっかり食べるか？　それとも軽く摘まむ程度かの？　どっちがいい？」

トゥトゥミィル以外が全員揃って、「軽く摘まむ」と言った時に手を挙げた。カブラの説明を聞いてるうちに落ち着いたトゥトゥミィルは、姿を見せたが首を傾げておる。腹は減ってるはずじゃが、儂の言う「軽く」の量が分からんか。

まぁ見た感じでは、皆の「軽く」とトゥトゥミィルの一食が同じくらいかのぅ。足りなければ、おかわりを作ってあげよう。

「仲良く食べるんじゃぞ」

儂は【無限収納《インベントリ》】からかりんとうとポテチを取り出し、テーブルへ並べる。ついでに急須と湯呑みも取り出すと、カブラが受け取ってくれた。カブラは慣れた手つきで茶を淹れ出す。

クリムもルージュも茶を待ってから、かりんとうとポテチに手を伸ばし始めた。

どうしていいか分からないトゥトゥミィルを促し、かりんとうを一つ齧らせると途端に顔が綻んだ。

「おとんの料理は美味いやろ？」

なぜかカブラがドヤ顔じゃ。

「ささ、お茶も飲んでーな。あ、熱いから気ぃつけるんやで」

勧められるまま湯呑みを傾けたトゥトゥミィルは、ひと口啜《すす》るとほっと息を吐いた。

さてさて、どうするか。ルーチェたちが店で提供しとる物は、持ち帰りがしやすいお菓子ばかりじゃったな。同じ物を作るなら買ってくればいいだけじゃし、折角作るならこの場でしか食べられん物のほうがいいじゃろ。

となると温かいホットケーキか、冷たいアイスクリームかのぅ。うむ、どっちも作ろう。ホットケーキのアイスクリーム添えじゃ。

そうと決まれば、小麦粉や牛乳、卵を【無限収納《インベントリ》】から取り出す。儂が並べた材料と器具を見てクリムとルージュは気付いたようじゃな。かりんとうを摘まむ手を止め、儂の足元に来てくれた。

「おぉ、分かったのか。なら、アイスを作るのは任せようかの」

二匹の頭を撫でて頼んでみれば、こくりと頷いてくれる。小鍋にアイスの材料を入れてコンロに載せれば、温めるところからやってくれるみたいじゃ。砂糖が溶けて混ざったら、コンロから下ろし、クリムがボウルに中身を移しておる。

もう一つのボウルにはルージュが砕いた《氷針《アイスニードル》》を用意してあったわい。それを重ねてシャカシャカ混ぜるクリム。ルージュはボウルが転ばんように押さえとる。二匹で協力して料理しとるから問題なさそうじゃよ。《氷針《アイスニードル》》が溶けたボウルに氷の追加も忘れとらんしの。

さてさて、それじゃ儂はホットケーキに取り掛かろう。そうは言っても何度となく繰り返してきた工程じゃからな。いつも通りにやるだけじゃ。

ふっくら柔らかなホットケーキに焼き上げていたら、

「ふわぁぁぁぁぁぁ」

と歓声が上がった。フライパンに落としていた視線を上げれば、トゥトゥミィルがコンロを挟んだ向かいにおってな。湯呑み片手に目を輝かせとった。

「ふわふわ、もこもこです」

きつね色のホットケーキを皿に盛ると、彼はそれを目で追う。フライパンに油を引き、二枚目の生地《きじ》を流し込めば、そちらに視線が戻ってきた。生地の周りがふつふつするのも面白いようじゃ。良い具合でひっくり返された生地にも目がらんらんじゃよ。

焼き上がったホットケーキを、先に皿に載せていた一枚目の上に重ねる。そこへ、

「仕上げは任せときー」

カブラが琥珀《こはく》色のメープルシロップをたっぷりかけた。ホットケーキの上に載っていたひと欠片のバターも溶け出し、シロップと混ざり始めとる。その様を見たトゥトゥミィルが喉を鳴らした。

丁度その時、クリムとルージュが作ったアイスクリームも出来上がる。それを木匙《きさじ》で掬って、ホットケーキの隣に添えれば完成じゃ。

「さ、食べようか」

全員分のホットケーキも仕上がっとる。

「いただきます」

カブラが声を出し、皆で手を合わせた。儂らが料理しとる間にカブラが教えたようで、トゥトゥミィルも真似ておるよ。

「ふわぁぁぁ！　甘ーい！」

トゥトゥミィルの顔が綻び、喜色満面《きしょくまんめん》って感じじゃ。緑茶を気に入ったらしく、湯呑みを傾けながらホットケーキを頬張っておる。緊張が解けたせいなのか分からんが、トゥトゥミィルの反応が随分と大きい。

「えへへへー。美味しいよー。最高だよー」

心なしか顔も赤らんでおらんか？　言葉も若干覚束《おぼつか》ない感じじゃし……あ、緑茶のせいか。コーヒーとまではいかないが、緑茶でも効果が出てしまうのか……

「なぁ、おとん。トゥトゥミィルはん酔《よ》ってへん？」

「蜘蛛に緑茶やコーヒーを飲ませたらああなるんじゃよ。そんな機会がなかったから忘れてたわい」

小声で問うてきたカブラに答えてやる。クリムたちも疑問に思ったのか、トゥトゥミィルをつんつん突《つつ》いとるよ。

「えへへへー。お礼にこれをあげますー」

言うが早いかトゥトゥミィルが手足を動かし、自分で出した糸を紡《つむ》いで何かを作り始める。編み棒を失くしたと言っておったが、手足だけでもできるんじゃな。そして、今作ってるのが何かは分からんが、奇抜《きばつ》な模様になっとる。

「あれー？　よく分かんなくなっちゃったー……」

布らしき物を広げたトゥトゥミィルは首を傾げた。ぽやぽやしとるようで、布を儂に渡すとテーブルに突《つ》っ伏《ぷ》してしまう。思わず慌てた儂などお構いなしに、トゥトゥミィルは満足そうな笑みを浮かべながら静かな寝息を立てておった。

「おやつのはずが、昼寝まで付いてしまったのぅ」

「疲れてたんやろ。この中なら安全やし、それまでのんびりしようや、おとん」

トゥトゥミィルを見るカブラは、優しく頭をさすさすしとる。クリムとルージュはまだつんつんしとるし……儂は【無限収納《インベントリ》】から取り出した毛布を彼に掛けてやってから、料理の片付けをするのじゃった。

寝てしまったトゥトゥミィルを放置するわけにもいかんでな。片付けをしとる間は、クリムたちに様子を見てもらった。規則正しい寝息じゃから、急変することはないと思うがの。

使い終わったフライパンとボウルを《清浄《クリーン》》で綺麗にしてから、【無限収納《インベントリ》】へ仕舞う。皿やナイフなども同じじゃな。砂糖や卵、牛乳を片付けようとしたら、ルージュに止められた。どうやらもう少し食べたいらしく、空《あ》いた皿を掲《かか》げておる。

「パンの耳が余ってるからそれで作るにしても、揚げるのは大変かのぅ……」

微妙な量が残っているパン耳を使えばこの子らの「あと少し」にも応えられるじゃろ。

儂の前のテーブルには牛乳、卵に砂糖が残っとる。儂はボウルをまた取り出し、それらをかき混ぜる。しゃかしゃか混ぜるだけで、泡立《あわだ》てはせん。そしてその卵液《らんえき》にパン耳を浸《ひた》す。

数分待てば、パン耳がほとんど吸い上げて、ボウルに卵液は残っておらん。それからフライパンをもう一度取り出して、コンロに火を付けて載せる。そこでバターを溶かし、パン耳をボウルから流し込んで、じっくり焼いていく。

あまりフライパンを揺らさず、のんびり焼くのがコツかのぅ。焼き目が付くくらいまで待ってから皿に盛り、メープルシロップを回しかければ完成じゃよ。

「おとん、美味いなー。この焦げ目と、柔らかいところの食感の違い……最高やで」

フォークを使って、ぱくぱく食べ進めるカブラが品評しておった。語彙力《ごいりょく》が上がって、感想の表現が豊かになっとるわい。

そしてクリムが食べる時は、ルージュがトゥトゥミィルを見とる。どちらともが目を離すことをしないのは、儂の頼みを守ってくれとるんじゃろ。

むにゃむにゃ言ってるトゥトゥミィルが徐《おもむろ》に身体を起こすと、ルージュに向けて口を開けた。まだ目は開いておらんし、毛布も掛かったままじゃ。

ルージュが儂に視線を送るから、

「寝ながら食べるのは危ないぞ」

そうトゥトゥミィルに言っておいた。それを聞いて、ルージュは自分の分を食べ始める。

「……起きてまふー」

儂の注意に答えておるから、意識は戻りつつあるんじゃな。

「器用やなー」

ルージュの代わりにカブラが、フォークに刺したパン耳フレンチトーストを左右に大きく揺らす。それを追うように、トゥトゥミィルの上半身が動いとる。

「……待ってー」

捕まらんフレンチトーストを追いかけるトゥトゥミィル。面白がってカブラは更に大きく動いておる。座布団でぷかぷか浮きながら、トゥトゥミィルの周りをゆっくり回る始末じゃ。

「……食べるのー」

さっき編み物をしてみせた糸を操り、トゥトゥミィルはカブラを捕らえた。カブラの胴体と座布団を一緒くたに捕まえとる。あれではカブラが動けんな。

それなのに、トゥトゥミィルの目は開いておらんし、カブラの持つフォークは糸に巻き込まれとらん。狩りが苦手って話はどうしたんじゃ？

「あーむ……美味ふぃいれふー」

フレンチトーストを食べたトゥトゥミィルが、にへらっと笑って頬を押さえた。やっと目を開けたと思ったら、クリムが食べようとしたフレンチトーストを見とる。身の危険を感じたんじゃろな。クリムとルージュは、パン耳フレンチトーストの皿を持って、儂の後

ろに隠れてしまった。

「ごくん。まだ食べるんですー」

一歩動こうとしたトゥトゥミィルじゃったが、よろめいて倒れそうになる。慌てて儂が支えると、またにへらと笑いよった。

「つーかまーえーたー」

「そろそろ酔いを醒《さ》まさんか、《治療《パナシア》》」

儂の魔法で意識がしっかり戻ったようじゃ。儂から飛び退き、トゥトゥミィルがぺこぺこ頭を下げ出す。カブラを縛《しば》り上げた糸も解いておるし、完全に醒めたな。

直前までの怪《あや》しさがなくなったからか、クリムとルージュがフレンチトーストの皿をトゥトゥミィルの前へ差し出した。

「……いいの？」

恐る恐る聞くトゥトゥミィルに、二匹がこくりと頷く。

「ありがと！　皆で食べよ！」

トゥトゥミィルはにこっと答え、仲良く食べ始めた。

「調子に乗ったカブラには、いいクスリじゃったろ」

「おとん、ヒドない？」

糸から解放されたカブラが、儂の肩辺りに浮かんでおる。

「やりすぎじゃったからのぅ」

「そうは思うけど、楽しかったんやもん。後悔《こうかい》しとらんで」

「いや、食べ物で遊ぶのはいかん。あと親しき仲にも礼儀《れいぎ》ありじゃからな。そこは反省するように。ま、カブラも生まれてから、まだ日が経っておらんからの。失敗しながら学ぶといい」

胸を張るカブラの頭を撫でながら、そう諭《さと》した。すると途端にあたふたと落ち着きがなくなるカブラ。

「家族に迷惑をかけても構わんが、それ以外にはなるべくせんようにな。儂が謝《あやま》って済むくらいなら、いくらでも頭を下げてやる。カブラもクリムもルージュもいっぱい遊んで、いっぱい経験するといい。そこはルーチェも変わらんしの」

カブラに笑ってやれば、どうやら照《て》れてしまったようじゃ。顔を真っ赤に染めて、トゥトゥミィルたちのところへ行ってしまった。

ふと店のほうを見れば、いつの間にやら《結界《バリア》》の外に客が三人立っておる。顔を見れば常連客の冒険者たちじゃった。皆、手に手に皿や鍋を持っておるから、店で料理を買ったとは思うんじゃが……何用《なによう》じゃ？

首を傾げた儂に気付いた客らが、クリムたちを指さしてから自分たちの持つ皿などを指し示す。

《結界《バリア》》を解いてみたら、

「「「アサオさん、それも欲しい！」」」

と常連客らが一斉に口を開いた。

「これは売り物でなく、この子らのおやつじゃ。今度、店に並べるからそれまで待っておれ」

儂の言葉に三人は肩を落とす。それを見たクリム、ルージュ、カブラがフォークに刺したパン耳フレンチトーストを、三人の前に向けた。

「味見だけやで」

悪人っぽい笑みを浮かべたカブラに言われた三人は、無言で頷いてから素直に受け取る。そして頬張ると、厳《いか》つい見た目を忘れるくらいの笑顔になった。

その間にトゥトゥミィルは儂の後ろに隠れる。姿を消しとらんから、さっきのように追い詰められた心境ではないいんじゃろ。

「「「アサオさん、これ待ってるから‼　早く店に並べてくれ‼」」」

三人は大声でそう言って儂の前から去って行く。それぞれが店で買ったお菓子を大事そうに抱えて、にこにこ笑顔での。それを見ていた他の客は、何が何だか分からんはずなのに、

「私も！」

「拙者《せっしゃ》もだ！」

と口々に注文していなくなるのじゃった。

店に溢れていた客がいなくなったのは、辺りが真っ暗になってからじゃ。あまりの暗さに、通りへ出るまでの道も見難《みにく》いくらいでな。儂は点々と《照明《ライト》》を出しておいた。

店に戻れば、へとへとになった奥さんたちが、椅子に腰かけたまま動かん。聞けば、儂らが出掛けている間は、一日置きの営業でなく、連日開店してたそうじゃ。客らに求められたからって無理しちゃいかんじゃろ。程良い疲労どころか、ぼろぼろな感じになってしまっとるぞ。翼人の奥さんなんて羽根も髪も煤《すす》けておる……

この状態で帰宅して、それから晩ごはんの支度は難しいじゃろな……ちゃちゃっと作って土産として持たせてやろう。ドルマ村でのんびりさせてもらった礼じゃ。

皆が座り込んでいて厨房には入れんから、さっきまでいた砂浜に戻って料理を始める。クリムとルージュが手伝いをしてくれるらしく、素早く海から獲ってきたイカと貝を掲げておるよ。カブラは寸胴鍋に水を張ってくれとるし、トゥトゥミィルは興味津々《しんしん》な様子じゃ。

「トゥトゥミィルは料理をするのか？」

「野菜や果物を切るだけです」

テーブルに出した野菜などを洗い、トゥトゥミィルに聞いたら、目を伏《ふ》せながら答えてくれた。

「こんな時間まで一緒にいるんじゃ、晩ごはんも食べて行くといい。なんなら泊まっても構わんぞ？　空《あ》き部屋はあるからの」

「本当ですか？　ありがとうございます」

トゥトゥミィルは胸の前で手を握り合わせ、満面の笑みを浮かべながら上体を揺らしとる。手伝いもやってくれるみたいでな、自己申告した通り、野菜と果物を切ってくれた。サラダとデザートは彼に任せて、儂は主菜と汁物作りじゃな。

クリムの持つイカは、二尺ほどの大きさのものが二杯いてのぅ。食べ応えがありそうじゃ。早速かけた《駆除《リドベスト》》で、寄生虫はいなくなったじゃろ。となれば胴体は刺身じゃな。ゲソとミミはゴロと炒めるか。クチバシ周りとゲソの一部を唐《から》揚《あ》げにもしよう。そう考えながらもじゃんじゃん下処理をする儂に、トゥトゥミィルが吃驚《びっくり》しとるわい。それでも彼も野菜を切る手を止めんがの。

ルージュが渡してくれた貝は、以前も捕まえたヒオウギガイじゃな。それが五十個ほどあるか……半分を焼いて、残りは貝柱とヒモに分けておこう。季節外れじゃが、ヒモはキュウリとワカメと和えて酢の物じゃな。貝柱はフライにすれば、持ち帰りやすいじゃろ。

クリムとルージュに網焼きを頼み、儂がそれ以外を作る。

カブラの待つ寸胴鍋は、ロッツァの大好きなトン汁じゃよ。豚肉、ゴボウ、タマネギ、ニンジンをカブラに切らせてみたが、あまり上手くいかん。それを見たトゥトゥミィルが手を差し伸べてな。二人で協力してやってくれたわい。

「おとん、味付けは任せてなー」

胸を張るカブラに味噌とお玉を渡して、儂はフライに戻る。

貝柱のフライだけじゃもの足りんので、ジャナガシラやアジっぽい小魚、あとエビフライも揚げていく。イカフライももちろん仕込んであるし、ドルマ村でもらえたアスパラらしき野菜も投入じゃ。蒸かしたジャガイモを追加で揚げて、トンカツも作ってやれば、品数も豊富で満足してくれるじゃろ。

イカの唐揚げは下味にニンニク醤油を施《ほどこ》してある。これは奥さんたちに持って帰ってもらえば、旦那さんのつまみになるからの。たぶん今回の連日開店も家族の協力があったはずじゃ。なら儂はそちらへの労《ねぎら》いもしておこうと思ってな。

奥さんたちへの土産はそれぞれの分を大皿に盛り、それを持たせて帰らせた。疲労にまで効果があるか分からんが、一応《快癒《ヒールオール》》をかけておいた。

「じいじ、おかえりー」

「アサオさん、おかえりなさ～い。何もない村だったでしょ～?」

片付けの終わったルーチェとナスティが、儂らに手を振る。厨房へ目をやれば、庭にいたはずのイェルクがおった。ユーリアはどこに行ったんじゃ?

「ア、アサオさーん」

声に振り向けば、トゥトゥミィルが慌てて駆けてきとる。そのまま儂の背後に隠れ、「《不可視《インヴィジ》》！」

一心不乱に唱《とな》えた魔法で姿を消してしまった。

「あー、いなくなっちゃった」

儂の背後を覗き込むユーリアが、残念そうに呟く。その目は若干血走っておる。

「これ、儂の客を脅《おど》かすのはやめんか。怖がって震えとるぞ」

「だって美少年なんだもの！　愛《め》でなきゃ！」

軽く額を小突《こづ》いたのにもめげず、儂の手を押し返して迫ってくるユーリア。血走った目は儂でも怖い。

「ん？　アサオさんには見えるの？　ってことは、そこにいるんだね」

儂の左側から背に手を伸ばすユーリアじゃが、そこにはもうおらん。トゥトゥミィルは右側に逃げて躱《かわ》しとるよ。

「いないじゃない！　アサオさんに騙《だま》された！」

悔しがるユーリアは、大げさに頭を抱える。行動も反応もおかしいのぅ……もう少し大人しい印象じゃったが……疲れから少しだけおかしくなったんじゃろか？　それともこれが『素《す》』なのか？

首を傾げる儂の肩が叩かれた。そちらを見ればイェルクがおる。

「これが本当のユーリアなんです。今までのは猫被《ねこかぶ》りですよ……キグルミ作りでも少しだけ本性《ほんしょう》が出てましたけど……」

苦笑いをするイェルクに、儂も同じような顔をするだけじゃ。

「ま、飾《かざ》らない姿を見せても大丈夫と思ってくれたんじゃろ。これで本当の家族になれたのかもしれん」

儂の言葉にイェルクが目を大きく見開いとる。しかしそれも一瞬で、柔らかな笑みに変わり、無言で頷くのじゃった。

落ち着きを取り戻したユーリアに、トゥトゥミィルを襲わないと約束させてから晩ごはんとなる。

人数が多いので庭での食事になったが、《結界《バリア》》を使っとるし寒さは大丈夫そうじゃ。料理も大皿に盛り、好きな物を好きなだけ取らせた。

食事をとりながらいろいろ話す。ドルマ村出身のナスティと、先日訪れたルーチェ、ルージュは、当たり前じゃが儂の話す村のことには興味を示さん。儂が何を教えたかには耳を傾けていたが、それよりトン汁とフライのほうが大事みたいじゃよ。

ユーリアとイェルクは、見たことない村の話に興奮気味じゃ。ドイツと違って、こっちじゃそうそう街から出ることもできんしな。海辺に家があった頃でも、近隣《きんりん》の商会へ時計を卸しに出掛けるくらいだったらしいし……レンウとジンザが懐いた今なら、一緒に外へ行けたりせんかのぅ。

故郷の村から出てきたばかりのトゥトゥミィルも興味深いのか、儂の話を前のめりで聞いておる。襲われないと分かっていても、ユーリアとの間に儂を挟むのを忘れとらん。

ドルマ村での出来事を報告がてらに、向こうで仕入れた野菜、ルメロ、オナモミンの種子をテーブルに並べていけば、ルーチェたちも興味を示し始めた。ルメロの砂糖煮と赤ワインはそのまま皆に振る舞う。オナモミンの種子は調理前の食材しか【無限収納《インベントリ》】に仕舞っておらんから、そっちは明日以降じゃな。

ルメロの砂糖煮を食べたルーチェの目が感動で見開かれ、その後スプーンを咥《くわ》えたまま頬を押さえて揺れておる。ナスティは、生のルメロをつんつん突いておるよ。ついでにオナモミンも突いとる。どちらも食べられると思っていなかったようで、感心しとった。

ルメロもオナモミンも機会があれば仕入れると良い感じじゃな。見向きもされなかった食材じゃから、奥さんたちの店で扱っても十分な利益が見込めるはずじゃ。ドルマ村からの仕入れになるなら、村長のフィナに依頼して余剰分《よじょう》をヘミナーに運んでもらえば安心じゃろ。

カタシオラ近郊で見つかれば冒険者や八百屋に頼んでもいいな。その場合は、儂も欲しいのぅ……旅先での食事が充実するのは皆にとっても大事じゃからの。

「でね、アサオさん。絶妙に私から距離を取るその子はどうしたの？」

並べられた料理をひと通り食べ終えたユーリアが、トゥトゥミィルを覗き込もうと儂の身体を前後に揺らす。その揺れに合わせて、自分の立ち位置を素早く変えるトゥトゥミィルは笑っておった。ユーリアが悪い人間でないのは分かってくれたようで、その上で遊んどるんじゃろ。

「街の入口で困ってたんでな。人助けと思って声をかけただけじゃよ。そのまま冒険者ギルドに寄って、帰ってきたってわけじゃ」

事のあらましを伝えると、ルーチェが首を傾げる。

「冒険者ギルドで何したの？」

「僕が商売道具を失くしちゃったんです……」

少しばかり恥《は》ずかしそうに手を挙げてトゥトゥミィルが答えた。そういえば失せ物は編み棒と聞いたが、特徴《とくちょう》を聞いておらんな。

「どのくらいの長さで、太さはどんなもんじゃ？」

「えっとー、これくらいの長さです」

トゥトゥミィルは両腕を自分の肩幅くらいに広げ、編み棒を使う真似をしてくれた。指の隙間で太さを見せてくれたので、直径もなんとなくじゃが分かったわい。もしかしたらあれが編み棒なんじゃろか？

「これは違うか？」

藪の奥でマディーが捨て置いた物の中から拾い上げた槍っぽい棒を、【無限収納《インベントリ》】から取り出してみた。まだその全貌《ぜんぼう》が見えておらんのに、トゥトゥミィルは食い入るように儂の鞄を見ておるよ。その目は徐々に輝き、見開かれ、終《しま》いには涙を浮かべておった。

「じいじ、当たりっぽいよ？」

ルーチェに言われて、トゥトゥミィルの前に棒を置いたら、ついに泣いてしまった。

「おとんが泣かしたー」

愛用の座布団に乗ったままルーチェの隣に浮くカブラが指摘すると、目をごしごし擦りながらトゥトゥミィルが必死に笑う。それでも溢れる涙は止まらん。

「カブラがトドメじゃろ」

「いや、おとんやろ。ウチとちゃうでー」

四対《つい》の編み棒を抱えるトゥトゥミィルは、笑いながら泣いておる。必死に何かを言おうと口を動かすが、言葉が出てこんようじゃ。

「トゥトゥミィルちゃんの大事な編み棒が戻ったんだから、どっちでもいいの」

ユーリアは、トゥトゥミィルの隣に行き、頭を優しく抱きしめる。止まらん涙を受け止め、嗚咽《おえつ》を繰り返すトゥトゥミィルの背をぽんぽんと叩いておる。嬉し泣きでも止まらんな。

トゥトゥミィルの嗚咽は漏れ続け、それを見る全員が優しい目をしておった。

涙を流し、身体の水分が減ったトゥトゥミィルに果実水を渡すと、ひと息であおり、すぐにおかわりを頼まれる。それを三度繰り返したらやっと落ち着いたらしい。隣にユーリアがいても、もう気にせんようじゃ。

素の自分を晒《さら》して、それを受け入れてくれたユーリアに懐いたんじゃな。レンウとジンザも新たな家族と認めたようで、トゥトゥミィルとユーリアの後方で休んでおったよ。

のんびり晩ごはんも、とうとう終盤《しゅうばん》のデザートと相成《あいな》った。おやつの為にクリムたちが作ったアイスクリームと、儂の焼いたホットケーキ、それにルメロの砂糖煮が主役じゃな。あとは作り置きのかりんとうなどじゃよ。

紅茶に緑茶、コーヒーを適当に淹れておく。ついでに麦茶も水差しに注いであるから、飲み物も万全じゃ。

「それで、毎日営業とはまた頑張ったのぅ」

「だってお菓子食べたいって言われたから」

「子供やお婆ちゃんに欲しいって言われたらねぇ……」

熱い緑茶を啜りながら聞いてみれば、ルーチェとユーリアが答えてくれた。ナスティも頷いておるよ。

「試験営業って言ったんですよ～。奥さんたちのお店では～、お菓子の持ち帰りしかできないですし～。でも～、お店はまだ出来上がってないですからね～。いつものお店を使うなら～、出来立ても提供してみようってなりまして～……とても大変でしたよ～」

若干の困り顔をしとるナスティじゃが、満足そうな雰囲気も見て取れる。

「いろいろ学べたなら良い経験だったんじゃないかの。自分たちで決めて、やり切ったことは自信になるじゃろて。自分たちの店を開く時の糧《かて》になるなら、大成功じゃよ。それに最初は持ち帰りのお菓子だけでも、徐々に手を広げていってもいいんじゃからな」

「そうですね～。明日にでも伝えてあげましょう～」

どうしていくかは奥さんらが自分たちで決めることじゃ。相談されれば答えるが、それだって参考意見の一つってだけで、必ずしなきゃいかんことではないからのぅ。

「そういえば、ルーチェは煎餅を焼くのが随分上手じゃったな」

「うん。頑張ったよ。じいじが焼いてるのを思い出して、真似てたらできるようになったの」

胸を張るルーチェの顔は、自信に満ち溢れとる。普段から焼き鳥を担当して、炭の色と熱を観察しとるから、煎餅を絶えず動かせたんじゃろな。ルーチェの料理の腕もかなりの上達っぷりじゃ。

頭を撫でてやるとルーチェはにんまり笑い、自分からぐりぐり押し付けてきよった。そのまま撫で続けたら今度は、きゃっきゃ、きゃっきゃと楽しそうに笑い出す。それを見ていたルージュが儂の左手の下に来て、自分も撫でろと頭を押し付けてくる。

ルージュも手伝いを頑張ったとは思うが……ナスティに目配せをしたら、にこりと柔らかい笑みを浮かべて頷いてくれた。儂の目配せにルージュは気付いていたようじゃ。ふんすと鼻を鳴らし、得意げな顔じゃった。

かなり素早く手を動かして撫でていたから、ルーチェたちの頭は、爆発したようにもっさもさになっとるよ。それを見て、ユーリアたちが大笑いじゃ。トゥトゥミィルも麦茶片手に笑っておる。

「そういえば、トゥトゥミィルが泊まるのは、うちでいいのか？」

「はい！　我が家にしましょう！」

「賛成！」

儂が聞いたのはトゥトゥミィルなんじゃが、答えたのはユーリアとイェルクじゃったよ。

二人が手を挙げるのと同時に、レンウとジンザも小さく吠えて賛成しとる。

「となったが、構わんか？」

「はい。お願いします」

トゥトゥミィルへ視線を向けると、即座に頷き、ユーリアたちに頭を下げた。トゥトゥミィルの両隣を確保しているレンウとジンザは、優しく首周りを撫でられてご満悦《まんえつ》のようじゃ。目を細め、か細い鳴き声まで上げとるよ。

「となれば帰ろっか？　なんなら編み物の作業場所もうちにする？」

ユーリアは言うが早いか、すぐに帰り支度を始める。自分たちの使った食器を重ねて運び、もう台所へ足を向けておった。トゥトゥミィルもそれに倣《なら》い、あとを追いかける。

すっかり仲良くなった二人を見送り、儂はイェルクに聞いてみた。

「地球《あっち》には決しておらん見た目じゃが、気にならんのか？」

「良い子ですからね。それにいろんなヒトを見てきた今では、そんなこと気にしてませんよ」

いつものように困り顔を見せておらんし、これはイェルクの本音《ほんね》なんじゃろ。

「万が一、家に辿り着けないような子ならお断りですけど」

自分たちの家のほうを指さし、そう宣言するイェルク。あぁ、あの家にはイスリールから渡された茶の木とガラス玉があったのぅ。あれらのせいで強力になった、悪人を寄せ付けん結界が問題になるような子ではないと思うが……

そんな心配をしていた儂を見て、

「アサオさんの料理を美味しそうに食べて、レンウたちが認めた上で、ユーリアが懐いたんですよ。きっと大丈夫です！」

イェルクが親指を立てて白い歯を見せる。

片付け終わったユーリアがトゥトゥミィルを連れて戻ってきた。二人は手を繋いで歩いとる。トゥトゥミィルの空《あ》いた右手はレンウを撫でて、ユーリアの左手はジンザの頭に載せてあった。ぽんぽん優しく叩いとるが、ジンザは嫌がる素振りも見せん。為《な》されるがまま、わふわふ言っとるよ。

「まぁ、よろしく頼む」

「はい。頼まれました」

イエルクが頷く。

「ユーリアに何かされたら来るんじゃぞ？」

「ちょっ！」

「ぷっ⁉　はい！」

異議申し立てをしようとしたユーリアの言葉は、笑顔のトゥトゥミィルに遮《さえぎ》られた。

「何もしないし！　何でそんなこと言うのかな！」

「いや、出会い頭《がしら》にやったじゃろ？　釘《くぎ》は刺しとかんとと思ってな」

ぷんぷん怒るユーリアじゃが、その顔は笑っとる……そしてまた皆でひとしきり笑ったら、今夜はお開きになるのじゃった。

《 18　トゥトゥミィルの顔見せ 》

皆で晩ごはんを食べてから別れた翌日。朝ごはんの準備を台所でしていたら、影人族《かげびとぞく》の魔法使いであるカナ＝ナとカナ＝ワの姉妹が訪ねてきた。そしてほとんど変わらないくらいの時間差で、商業ギルド職員であるマルとカッサンテも顔を見せ、二人の先輩兼《けん》指導員のシロルティアがあとを追ってくる。

それが皮切《かわき》りになったのかのぅ。冒険者ギルドのマスターをしとるデュカクと、商業ギルドのマスターであるツーンピルカも連れ立って来よったわい。他にもトトリトーナが塩を持参してきたし、ベタクラウは漁師仲間から分けてもらった海藻《かいそう》を、桶《おけ》一杯分手土産にして現れる。

続々と見知った顔が訪ねてきたのは、朝ごはんを一緒に食べたいのと、トゥトゥミィルを見たかったからなんじゃと。あまり街中に現れることのないアラクネ種は、既に噂になっとるそうじゃよ。何の因果か儂の知り合いとも伝わってるらしくてな。

それならば、朝ごはんがてらに行ってみようと思ったと……儂経由ならば紹介もしてもらえて、顔見知りになる機会も得られると考えたそうじゃよ。

とはいえ、トゥトゥミィルはローデンヴァルト家で暮らす予定じゃからのぅ。今朝《けさ》もあっちで朝ごはんを済ますじゃろ……とそんなことを話しながら朝ごはんの支度をしていたら、ユーリアたちが揃って姿を見せる。

ユーリアとイェルクはそれぞれ右頬と左頬をぽりぽり掻いておった。トゥトゥミィルは恥ずかしそうに目を伏せつつも、苦笑いを浮かべておるな。

「家に帰ってから、いろんなことを話したのよ。そしたら寝坊しちゃって……アサオさん、朝ごはんお願いできる？」

「コーヒーとトーストがあれば、他はいりませんから」

夫婦で打ち合わせ済みなんじゃろ。両手をぱんと合わせて、儂を拝んどるよ。一拍遅れで、トゥトゥミィルも真似しておった。

「朝から皆が来ておるんじゃ。三人分増えても変わらんよ」

ルーチェたちのごはんをよそいながら答える儂に、大きな歓声が上がる。

「ただし、いつもは朝は営業しとらんからな？　皆は、魚を焼いてくれとるロッツァに感謝するように」

「「「はーい！」」」

庭にあるいつもの焼き場で魚を焼くロッツァを指させば、カナ＝ナとカナ＝ワにトトリトーナが一緒になって返事した。

「「「ロッツァさん、ありがとー」」」

三人はお辞儀《じぎ》をしながら感謝を述べる。それに釣られ、残った面子《メンツ》も頭を下げて、感謝の言葉を口にしていた。

思わぬ謝礼《しゃれい》に面喰《めんく》らったのはロッツァじゃよ。本人としては、家族で食べる分の魚を焼いていたら急に数が増え、それに対応しただけじゃからな。きょとんとしとるよ。儂も初めて見る表情じゃ。

なんとか平静を保とうと咳払《せきばら》いを一つしたロッツァは、

「骨に気を付けて食べるのだぞ」

と、そっぽを向きながら言うのじゃった。

焼き魚に、ごはん、漬物と玉子焼きに味噌汁の朝ごはんを基本に据《す》えて、トーストと炒《い》り卵も作ってある。あとは飲み物を適当に揃えてあるから、食べたい物を好きに取ればいい。

各々好きに食べて、腹が膨れたら勝手に帰っていった。手土産などを持参していたから、代金はいらんと言ったんじゃが、全員が全員500リル払っていったよ。

儂はこの後、トゥトゥミィルと一緒に冒険者ギルドに行くことになっとる。昨日出した失せ物捜索の依頼書を取り下げねばならんからのぅ。

デュカクに取り下げを頼んだんじゃが、依頼を受けないよう止めることはできても、取り下げは無理なんじゃと。そればかりは、本人が出向かんとダメとなっとるそうじゃ。

それでトゥトゥミィルが行くことになった。儂はそれに同行して、店の食材仕入れと顔馴染みへの挨拶回りの予定じゃよ。

儂らが出掛けてる間に、イェルクは家を改装するそうじゃ。トゥトゥミィルからある程度の希望を聞いたらしくて、帰ってくるまでに大よそ仕上げると息巻いておった。時計職人のはずなんじゃが……イスリールにもらったスキルに建築関係もあったからのぅ。やる気を見せとるんじゃろ。

子供のいない二人からすれば、ルーチェに次《つ》ぐ子供のような感じかもしれんしな。イェルクたちの家じゃし、頑張るのは悪くないじゃろ。

朝ごはんを終え、片付けも終わったので儂らは一服じゃ。今日は店を開けん。出先から帰ったばかりの儂らは勿論のこと、連日店を開けていたルーチェやナスティたちもお休みじゃよ。『休み』の看板を出掛けに立てて、儂はトゥトゥミィルと冒険者ギルドへ向かう。

ギルドまでの道のりで、儂が仕入れに使うパン屋や八百屋を教えれば、それにも興味を示して目を輝かせよる。故郷の村には店と呼べるものはなかったそうじゃよ。皆で協力して住んでいたから、お金を使う機会があまりなかったんじゃと。大抵のことは物々交換で、お金を使うのなんて村の外に行く時くらいでな。それも大勢が行くわけじゃないから、トゥトゥミィルは機会に恵まれなかったと言っておった。

そうは言っても村から独り立ちするに当たっては重要なので教わったらしい。トゥトゥミィルが外に出ることに反対していた村の者も諦め、教えてくれたんじゃと。このまま何も知らずに飛び出してしまう危険が頭を過《よぎ》ったんじゃろ。とても渋々だったようだとトゥトゥミィルが言っとるよ。

寄り道と買い物に興味津々なトゥトゥミィルに、試しにパンを買ってもらったが問題はなかったぞ。石貨や銀貨などの計算もできておるしな。自分で丸パンを買えたトゥトゥミィルは、それを頬張るのに忙しいようじゃ。

儂は丸パンを割り、キュウリのスライスとマヨネーズを挟んで齧る。自分の食べてるものとの違いに気付いたトゥトゥミィルは、そっと丸パンを差し出してきた。お揃いのサンドイッチに仕立ててあげれば、また嬉しそうに齧り付いておるわい。

二人で食べ歩きをしながら寄り道していたら、冒険者ギルドに着くまでに一時間ほどかかってしまった。まぁ、時間の約束まではしとらんから大丈夫じゃろ。

冒険者ギルドへ入ってすぐさま受付へ行くと、昨日と同じ嬢ちゃんが担当だったようでな。デュカクからも話が通っていたからか、取り下げの手続きはすんなり終わった。

素材の仕入れも卸しもないから、今日はこれで終わりかのぅ。そう思いながらも、素材の窓口を覗いたら、特徴的な出《い》で立《た》ちの男が商品を物色《ぶっしょく》しておった。

「お、アサオ……だったか？　何か買うのか？」

儂の視線に気付いた男が振り返る。紫髪のモヒカンに気迫《きはく》の感じられん表情。飄々《ひょうひょう》とした雰囲気。枯れ草色のコートに身を包んだ男は、冒険者パーティ『野犬』のボス、ドン・ブランコじゃった。

儂とブランコの二人で、軽く挨拶と世間話をしている間に、受付付近に人だかりが出来ておった。

「ひやぁぁぁぁぁぁ」

と悲鳴が上がったので振り向けば、トゥトゥミィルが飛び上がってギルドの天井に貼り付いた。そこで姿を消す……天井を歩き、儂の頭上にまで近付いたかと思えば降りたようじゃ。そのまま儂の後ろへ隠れたんじゃな。儂の服が少しばかり引っ張られとる。

「……大人気じゃねぇか」

トゥトゥミィルが中心にいた人垣を見たブランコは、思わずといった感じでそう漏らす。そちらから素材の棚へ視線を戻し、頭を振ってため息を吐いた。

「……やっぱりねぇか。最近見かけねぇからな……」

「何か欲しいのか？」

ぶつぶつ言っとるのが耳に入ったので、聞いてみた。儂の後ろでトゥトゥミィルが縮こまってるが、もう少ししたら落ち着くじゃろ。それまでは、安静にしとるのが一番じゃ。

「魔物の蜂《はち》から採れる蜜が一瓶くらい欲しくてな。普通の蜂蜜《はちみつ》じゃダメなんだよ」

「それなら持っておるよ。えーと、これかの？」

肩から提げた鞄を漁《あさ》り、【無限収納《インベントリ》】から蜂蜜入りの小瓶を取り出す。店で出す料理に使う蜂蜜は街で売ってるものじゃが、これは違う。

【無限収納《インベントリ》】には以前女王蜂《じょおう》と交換した蜂蜜が入っている上に、木材ダンジョンでたくさん集めた蜂蜜も残っておってな、この瓶はその一部じゃ。

前に店でも使おうと思ったんじゃが、原価計算すると大変なことになるとナスティに言われてな。それからはとっておきの料理や、試作の時だけに使っとるんじゃよ。

そういえば、材木もそれなりに手にしたし、魔物の死骸も【無限収納《インベントリ》】に入っとる。思い出したのも何かのきっかけじゃ、そろそろ顔を見せて、あの女王蜂と取引しようかのう。

「いくらだ!? 言い値で買うぞ！」

小瓶を掴みたいが躊躇《ためら》うブランコは、儂と小瓶を交互に見てから声を上げた。

「適正価格で構わんよ。まだあるし、誰かの為に必要なんじゃろ？」

「ありがたい！ まだあるならもう少し欲しいな」

頭を下げ、懐から銀貨を三枚取り出すブランコ。儂に銀貨を手渡すと、今度は金貨を取り出しておる。

蜂蜜の小瓶を三つと、釣り銭《せん》の銀貨を一枚【無限収納《インベントリ》】から取り出して交換したら、ブランコは礼を言いながらギルドを飛び出していった。

「急ぎだったなら、そう言えばいいものを……」

見送った儂の背後におるトゥトゥミィルも、姿は見えんが呆気にとられとるようじゃ。

その後、平静を取り戻したトゥトゥミィルを連れて、儂もギルドから表へ出る。

「もう大丈夫じゃから、姿を見せような？」

儂に言われて、トゥトゥミィルがやっとこ現れる。

「なんか女の人がいっぱいでした……怖いですよ」

自分の見た目の良さに自覚はあれども、今までは村の者だけだったようじゃからのぅ。人ごみや視線に慣れろと言っても、一朝一夕じゃできんし……ユーリアたちの店か、儂のところで慣らすしかなかろう。いや、儂のところじゃまた囲まれて大変じゃから、時計店での応対から始めるべきじゃ。あっちなら店に訪れることができる時点で篩《ふるい》にかけられとるからの。

その後、商業ギルドにも顔を出したんじゃが、儂と一緒ならトゥトゥミィルが囲まれて身動きが取れなくなることもなかった。早速販売を開始する為に、トゥトゥミィルは商業ギルドで新規登録じゃ。

ずっと儂の隣におったから、儂の知る限りは説明しておいた。職員さんも難しい言葉を羅列《られつ》するのでなく、噛み砕いて分かりやすく伝えてくれとる。

合いの手代わりに、儂が実体験を教えたのも効果的だったみたいでな。トゥトゥミィルは一度で覚えたようじゃよ。他に分からんことがあっても、儂やナスティが答えられるじゃろ。

ついでにコーヒー、紅茶、緑茶の卸しもすれば、ツーンピルカに喜ばれたわい。前回の取引から少しばかり期間が空《あ》いたからのぅ。それなりに流通させているのに、想像を超える売れ行きが続いて品薄《しなうす》状態になっていたので助かった、と言っておったよ。いい機会じゃから春頃に旅へ出るとも伝えておいた。ツーンピルカたちが慌てて、次回以降の卸しの予定を立ててとったわい。

トゥトゥミィルの仕立てた編み物や布は、ツーンピルカも目を見張るものがあったようでな。店売り以外に卸せないかとも相談しとったよ。無理をしない程度には頑張るとトゥトゥミィルもやる気を見せておる。自分の許容量《きょようりょう》はトゥトゥミィルも分かる……かのぅ。なんか期待に応えようと、やりすぎる未来がおぼろげでなく見えるわい。

ま、無理や無茶をして倒れようものなら、ユーリアが怒ってくれるじゃろうし、儂が止めるものでもない。自分の身体を騙す匙加減《さじかげん》は、やってみなくちゃ分からんからな。大事に育てられたトゥトゥミィルにも経験が必要じゃて。

迷惑と心配をかけるのも、子供の特権《とっけん》じゃ。大人になる前の今のうちにやっとくといい。その上で、ユーリアに怒られることも大事な体験じゃよ。

商業ギルドでの用事も終えた儂らは、屋台を覗きつつ神殿を目指した。

やはりカタシオラの神殿は大きいもんじゃ。のんびり歩いたせいもあるが、神殿へ入るまでに、串焼きを食べ終えたわい。敷地《しきち》の外周から入口に向かい、てくてく歩くだけでおよそ三十分かかったからのぅ。珍しい建物や店もないので、トゥトゥミィルと話しながらじゃよ。

トゥトゥミィルの暮らしていた村には神殿もなければ、像《ぞう》を祀《まつ》るなんて風習もなかったそうじゃ。なので、神殿を目の前にして、ぽかんと口を開けておるよ。カタシオラの中でも一、二を争う大きさじゃからな。これと並ぶ物は、漁港と商港くらいかのぅ。

神殿内の慣れた道順を奥へと進み、イスリールの像の前に立つ。ここへ来るまでに、いつもの流れは教えてある。トゥトゥミィルには若干の緊張が見て取れるが、がちがちに固まってるわけでもないから大丈夫じゃろ。

像の前でじっとしていると周囲の音が消えていき、儂らは白い靄《もや》に包まれていった……

イスリールめ、段取りも手順もすっ飛ばしおったな。何を慌てておるんじゃ？

事前に伝えられていた流れと違って驚くトゥトゥミィルじゃったが、儂の服を掴んでおれば、パニックを起こすほどではないみたいでな。そのまま数秒待っていたら、目の前が開けてきた。

「セイタロウさん、すみません！」

靄が晴れたら、そこにいたのは腰から上体を曲《ま》げて謝罪するイスリールじゃったよ。

「その謝罪は、急に靄で包んだことに対してか？」

「いえ、三幻人のことで……あれ？　祈ってませんでしたか？」

顔だけこちらに向けたイスリールは、一瞬の停止の後、首を傾げた。

「目を閉じて祈る前じゃよ。なので、トゥトゥミィルが驚いてしまってな」

儂の隣で固まるトゥトゥミィルを指さして教えると、イスリールは「しまった！」って顔をしよる。あぁ、またうっかりじゃったか。

「……神様ですか？」

なんとか声を絞り出したトゥトゥミィルの問いに、無言でこくりと頷くイスリールは、優しい表情を浮かべた。ただし、体勢が変わっとらんから間抜けなもんじゃよ。儂は思わず笑ってしまったが、さすがに怒られんじゃろ。

「笑うなんてひどいですよ、セイタロウさん」

姿勢を正《ただ》しながら、苦笑いを浮かべるイスリール。それを見たトゥトゥミィルがまた驚いておる。儂とイスリールを交互に見て、目を白黒させておった。

「セイタロウさんは、僕の友人で恩人です」

「神様の友人で恩人？」

「そうですよ。でも偉《えら》ぶってないでしょ？　勇者でも賢者《けんじゃ》でもないですし、国主でもありません」

イスリールに指折り説明されているトゥトゥミィルが、こくこくと首を縦に振る。

儂はどこにでもいる商人じゃよ。できる範囲でいろいろやって、届く範囲で手を伸ばす。そんな我儘《わがまま》な老人ってだけじゃ。

延々《えんえん》と儂を褒めちぎるイスリール。それに感化されたトゥトゥミィルが、対抗心を燃やして昨日の出来事を、身振り手振りを織《お》り交ぜて語り始める。それにイスリールは、うんうんと満足げな顔で同意していく。

「恥ずかしいから、それくらいにしてくれんか？」

儂は二人の間に割って入り、身を挺《てい》して会話を止める。なぜか二人は儂を見て、にんまり笑っておった。こんなことで意気投合するでない。

「うおっほん！　本題じゃが、三幻人のことを教えてくれんか」

大げさすぎると思ったが、なんとかそれで話題を変える。すると、襟《えり》を正したイスリールが、真剣な顔をする。

「彼らは、悪《あ》しき者ではないんです」

じっと儂の目を見て語る。

「元々僕たちからの言葉を各地に伝える役目を担っていました。自然災害や国家の紛争《ふんそう》などから、人々を守ろうと助言をしていたんです。ところが、数百年前に姿を消しまして……」

「ん？　やつらが現れると災害が起こったり、災《わざわ》いが降りかかったりするんじゃないのか？　お前さんがドルマ村を覗いてた時にも、フィナたちがそう話してたぞ」

「逆ですね。そうか……そんな風に言われてたのか。あの時も誰のことを話題に上げてるんだろうって思ったくらいなんですよね」

ハの字の眉《まゆ》になり、困り顔をするイスリール。何かに気付いたようで、考え込む素振りをしておる。

「儂が最初に会った時は、魔族っぽい者を扇動《せんどう》して、使い終わったら殺そうともしとったぞ。ありゃ、悪そのものじゃろ」

「そんなことに……」

イスリールは儂の言葉に呆然《ぼうぜん》として、二の句を継《つ》げなくなってしまった。

「服装は赤黒いボロボロなローブじゃったのう。顔は見えんかったが、ちらりと覗いた腕は骨みたいに痩せておった」

付け足された説明に、イスリールは目を見開き、そしてぎゅっと瞑る。どうしていいか分からんトゥトゥミィルは、そっとイスリールの背中をさすっておった。神様相手でも気《き》遣《づか》えるとは優しい子じゃよ。

「……真っ白い法衣《ほうえ》に健康的な肉体。それに理知的な顔立ちだったのに……」

「行き掛けか、帰り道でかは分からんが、イスリールからの伝言を届ける最中に何かあったのかもしれんぞ？」

「そうかもしれません。僕たちも探していたんですけど、一切見つからないのはそのせいかも……」

自分たちが覚えている特徴と全く違えば分からんのは仕方ない。激変《げきへん》と言っても過言《かごん》ではないからの。そんな変質を遂《と》げていれば、捜索も上手くいかんじゃろ。

血の気《け》が引いた様子のイスリールは、なんとか倒れずにいるってところじゃ。それをトゥトゥミィルに支えられておる。

「次に出会うようなことがあれば、女神か男神を寄越《よこ》してみればいいんじゃないかの？　いきなりイスリールが出張《でば》るわけにもいかんじゃろ」

「そう……ですね。そうしましょう。その時は声掛けしてもらえますか？」

何とか気を取り直したイスリールが笑みを浮かべた。ただ、すぐにでも女神たちに相談して指示を出したいらしく、気が急《せ》いているようじゃ。

しかし儂は、一呼吸置かせる為にも一服させる。気ばかり先んじて、空回《からまわ》ることはままあるからな。無理にでも落ち着かせるのは、イスリール本人から友人と言われる儂の役目じゃろ。

茶を飲んで気を落ち着かせたイスリールは、いつもの柔和《にゅうわ》な顔に戻って席を立つ。これならきっと平気なはずじゃ。

トゥトゥミィルと儂がイスリールに挨拶すると、周囲が靄に包まれ、神殿に戻されたのじゃった。

《 19　日向ぼっこ 》

イスリールと面会し、情報を得てから数日経った。いつも通りの営業を一日こなして、翌日は休み。そんな生活を繰り返しておる。昨日店を開いたから、今日は休日じゃ。なので儂らは、朝から好きなことをしとる。

ナスティは、絶賛《ぜっさん》改築中の店を、奥さんたちと一緒になって見学に行き、そのままユーリアのところへ寄るそうじゃ。それにルーチェとバルバルが同行しとる。ルーチェはお菓子のおこぼれを、バルバルは建材の切れっ端などを食べたいんじゃろ。

ロッツァとクリムは、貝拾いと海藻集め。寒い海が相手だろうと物怖《ものお》じせん。ただ、身体の芯《しん》まで冷えるかもしれんでな。熱々のトン汁を持たせておいた。あと小腹が空《す》いた時の為のおにぎりもな。

儂は料理の試作がてらに、とことことのんびりヌイソンバの骨を庭の隅で炊いておる。時間がかかるから、実際は日向ぼっこになっとるがの。

それに付き添うのは、試作料理をいち早く味見したいルージュとカブラじゃ。まぁ、その他にも、軽く摘まめるお菓子や惣菜《そうざい》も作るつもりじゃからな。意見をもらうには丁度いいじゃろ。

アクを取り除きつつ炊いたダシは、牛骨《ぎゅうこつ》スープになっとる。ただ、独特の匂いがあるからのぅ。ネギの硬いところや、タマネギの茶色い部分、ニンジンなどの皮も入れ込んで、香りと味を追加じゃな。

寸胴鍋の様子を見つつ味を調える。その脇では、いつの間にやら串打ちされた肉を、ルージュとカブラが焼いておった。目を離した隙に台所まで行って、適当な大きさに切られたヌイソンバの肉を持ってきたようじゃ。串打ちはルージュには難しいから、きっとカブラがやったんじゃろ。

「おっにっくー♪　おっにっくー♪」

　調子外れな歌を口ずさみ、カブラが肉を炙っておるわい。ルージュも音に合わせて首を振っとる。

「おとん、しおー♪」

　表面を炙って良い具合に焦げ目の付いた串肉を三本、儂の前に差し出すカブラとルージュ。塩をぱらりと振り、胡椒を削《けず》ってかけると、周囲に良い香りが立ち込めた。一本は儂の分らしく、そのまま渡してくれたぞ。

「んまー♪　絶品やなー」

　カブラが左手に持った串肉は、ひと口分だけ減っておる。頬を押さえ、小刻みに左右へ揺れるカブラ。それを真似るルージュじゃが、こちらの串肉はもうほとんどありゃせん。

「な、な、な、なんですかー⁉　この良い匂いはー‼」

　ふいに甲高い声が海のほうから聞こえてきた。声に釣られてそちらへ目を向ければ、直径一尺ほどの何かが浜に二つあった。白っぽいまるまるとした羽毛の塊じゃろか……その表面を黄《き》みがかった茶色い模様が飾っとる。声を発しとるし、きっと生き物だと思うが……何じゃろな？

よくよく見れば、5センチにも満たない翼らしきものが忙しなく動いておった。白と茶色の境目には、クチバシらしきものもあって絶えず動いとる。

「なんたる香り！」

「なんたる肉汁《にくじゅう》！」

まるまるとした生き物っぽい何かは、儂らの持つ串肉を指さしとる。砂地で飛び跳ね、大興奮の様相《ようそう》じゃ。

「「そして野菜の良い匂い!!」」

素早く動いて、儂らの脇を通り抜けた生き物は、寸胴鍋の上まで飛び上がり、留まっておるよ。ただ、近付きすぎたんじゃろな。

「熱っ!!」

「兄者《あにじゃ》ーッ!?」

片方がよろめき、墜《お》ちよった。

「おのれ！　罠だったか！」

無事な方の毛玉は兄者と呼んだ生き物を庇《かば》いつつ、寸胴鍋を見上げておる。

「これでも喰らえ！」

飛び上がり、体当たりをかまそうとしたので、儂は慌てて止める。持っていた串肉をルージュに渡すと、口で受け取られたわい……儂の分はなくなったようじゃ。

「離せ！　兄者の仇《かたき》を！」

空中で捕まえた生き物は、じたばた暴れる。まるまるとしたこやつは、ふわっふわの羽毛に包まれとった。

「仇もなにも、そこでぴんぴんしてるし、跳ねとるぞ」

「何を言う！　貴様もコレの仲間だな！　百烈脚《ひゃくれつきゃく》を浴びるがいい！」

頭に血が上った羽毛の塊は、体当たりでなく蹴りをかまそうとしていたらしい。

背後から捕まえたと思ったんじゃが、どうやら正面から抱えてしまったみたいでな。腕の中で足掻《あが》くこやつは、残像《ざんぞう》が出来るほど素早く足を震わせておる。クチバシっぽい部分も動かし、掴んでいる儂の手を突《つつ》こうとしとるが届かん。

「妹者《いもじゃ》、やめんか。肉が埃《ほこ》る」

カブラから分けてもらったっぽい肉を齧る兄者が、儂に抱えられた生き物を窘《たしな》めた。

「無事なのか、兄者！」

「うむ。美味いぞ」

もぐもぐ食べつつ、答えとる。兄妹で温度差が激しいのぅ。

「これでも食べて、落ち着いたらどーや？」

儂の腕に乗ってきたカブラが、串肉を差し出して妹を黙らせる。目の前に出された肉に臆《おく》することなく、妹者は突き始めた。

「美味いぞ兄者！」

「うむ。香りだけではなかったようだ」

吠えた妹は、かっと目を見開く。茶色い羽毛の部分に目があったようじゃ。

儂の正面には抱えられた妹者。右腕に串肉を持つカブラが座り、左腕には兄者がちょこんと乗っておる。

皆が儂に集《たか》っているのが羨ましかったのか、ルージュが儂の足をよじ登る。そのまま背中を越え、肩から顔を覗かせ、妹者を正面から見据《みす》えた。

それを気にすることなく、まるまるとした兄妹は肉を齧り続けとる。

カブラの持つ串肉が無くなったので、一区切り。

「それで、お前さんたちは何者で、何しに来たんじゃ？」

儂はやっと質問ができるのじゃった。その一言に全員の動きが止まる。

肉を食べ終えた兄妹は、はっとした表情を見せたと思ったら、即座に儂から下り、ずざざざーっと下がって距離を取った。砂浜に二本の溝《みぞ》が出来たわい……二羽は短い翼を精《せい》一杯《いっぱい》広げ、ひれ伏しておる。

「蜂蜜のお礼に伺《うかが》ったのです、チュン」

「アサオ様で間違いありませんか？　チュン」

つい今しがたまで普通に会話していたのに、なぜ語尾がおかしくなるんじゃろか……

さっきまで開いていた目も羽毛に隠れてしまったのぅ。

兄妹で交互に話しとるが、腕に乗るカブラがおかしさにこらえきれず吹き出しよった。

背中にいるルージュも震えとるし。

「なんで語尾が『チュン』になるん？」

笑い、涙を浮かべながら聞くカブラに、

「使者として、由緒《ゆいしょ》正しい言葉づかいをするのは当然です、チュン」

「我らチュンズメ一族の仕来《しきた》りです、チュン」

兄妹が答える。目も窺えんし、顔色も分からんが、キリッて擬音《ぎおん》がつきそうなくらい、言い切っておる。

「是非、お嬢《じょう》のもとへおいでくださいませ、チュン」

「感謝の気持ちを、歓待《かんたい》にて表《ひょう》させてもらいたく、歓迎しますよ、チュン」

身振り手振り……いや、羽根振り、首振りでちょこまか動き、砂浜を丸く掘って均《なら》しておった。

「ジロチョ親分も直接礼を述べたいと申しておりました、チュン」

「それで兄者と一緒に来た次第です、チュン」

砂に塗《まみ》れて、茶色と白の羽毛が汚れてしまっとる。

しかし、礼と言われてもな……蜂蜜はブランコに売っただけじゃし、その先の使い道までは、儂も聞いておらん。その『お嬢』か『親分』にでも渡したんじゃろか？

「蜂蜜を持っていったのはブランコじゃろ？　儂は手元にあったから譲っただけじゃよ」

大仰な言い方の兄者は、もの凄い速さで首を振っておる。

「いえいえいえいえいえ、あの蜂蜜は、過去に類《るい》を見ない特上品……チュン」

「ブランコを締め上げ、吐かせた結果です！　チュン」

直後に発せられた妹者の台詞に慌てたようで、兄者はそのクチバシを力ずくで塞いでおった。全部言い切っておるから、今更《いまさら》だと思うんじゃが……

「ブランコはん、生きてはる？」

「ぴんぴんしてます！　あのように！」

兄者を振りほどき、答える妹者。そのクチバシが指し示した先は儂らの左側。そちらを向けば、紫髪のモヒカン男が立っておった。

「あー、いたいた。やっぱりここだったか」

無精髭《ぶしょうひげ》を左手でさすり、苦笑いを浮かべたブランコじゃ。急いで来たのか、額には汗が浮かび、肩が少しだけ上下しておった。手には愛用の棍棒《こんぼう》を持っておる。

「遅いぞブランコ！　お嬢の恩人に！」

「お前がこきつかうからお嬢は！」

いきり立つ兄妹が、我先にとブランコへ襲いかかった。が、ブランコが棍棒を水平に伸ばすと、これに吸い込まれるように留まる。

「声がかれたのは、あいつが夜通し騒いだからだろうが」

「お嬢の十八番《おはこ》、『チュンズメのお宿〜止まり木編、五百三十七章〜』は最高だろうが！」

「やんのかコラァ！」

ブランコの伸ばした腕の先から声を荒《あら》らげるも、兄妹は棍棒から動こうとせん。それと一緒になってブランコも騒いどる。儂らには状況がまったく分からん。とりあえず騒がしい漫才を見ている気分じゃよ。

「ん？　あぁ、悪い。お嬢って呼ばれてるのは、俺の使い魔なんだよ。斥候《せっこう》部隊の長で、その部下がこいつら」

「部下じゃねぇ！」

「お嬢をお慕《した》いしてるだけだ！」

ブランコが棍棒の先を指さし、教えてくれた。憤《いきどお》る兄妹は火を吹く勢いで、ずっと吠えておる。

「一晩中歌い続けて、声がかれたんだ。それを癒すのに必要だって、無理言いやがって……魔物の蜂蜜なんてあんまり出回らないってのによ」

「それを持っているアサオ殿は凄い！」

羽毛を持ち上げ、くわっと目を見開いた兄者が見得《みえ》を切る。

「だからこそお礼をせねば！　あ、チュン」

「……チュン」

妹者は忘れていた語尾を思い出したんじゃろ。それに気付かされて、そっぽを向きながらも兄者が語尾を付け足しとる。

「今日は行けんから、また後日な」

「「っな⁉」」

儂の返事にショックを受けたらしく、兄妹揃って固まってしまったようじゃ。ブランコがやれやれといった感じで、左手を上げておる。

「その『お嬢』の喉は本調子には程遠いんじゃろ？　それならこれを持っていくと良い」

儂は【無限収納《インベントリ》】からレモンの蜂蜜漬けが入った瓶を取り出し、ブランコに渡す。あとルメロのシロップもじゃ。それを見ても兄妹は動かん。

「いいのか？」

「ヒトの喉には効果覿面《てきめん》でな。チュンズメ……にもいいか分からんから、まずはお試しじゃ。もしまた欲しいようなら店に来るように伝えてくれ」

瓶を二つ受け取ったブランコが、儂と瓶を交互に見ておる。

「ありがたい。あいつのところに行く時は言ってくれ。俺が案内するから」

軽く頭を下げてブランコは帰って行った。チュンズメ兄妹は、最後まで梶棒の上から動かんかったよ。それでも落ちずにいたから、ブランコが上手いことやっとったんじゃろ。

儂はブランコたちを見送ってから、牛骨スープの仕上げじゃ。塩で味を調え、風味付けに胡椒を少し。自分で味見した上で、それをカブラとルージュに差し出したら、はしゃぎよった。ひと舐めしてにっこり笑い、飲み干したら満面の笑みじゃったよ。

そろそろ昼になろうかという時間じゃから、牛骨スープでうどんを作る。どこかで頃合いを計っていたんじゃろか……うどんが出来上がったらロッツァとクリムが帰ってきたので、皆で昼ごはんになるのじゃった。

《 20 ロッツァの持ち込み 》

「美味い！　おかわり！」

牛骨スープを飲み干したロッツァは、空《から》の丼を儂の前に差し出した。クリムとルージュも真似ておる。カブラだけは、気長に一本ずつうどんを啜り、ちゅるりと食べとるわい。

儂は一杯食べ終えておるからな。ちゃちゃっとおかわりを仕上げて、皆に渡してやる。薬味《やくみ》は刻んだネギとショウガしか入れとらん。

おかわりを三回ほどしたら、皆の食事が終わった。カブラが食器に《清浄《クリーン》》をかけて、クリムとルージュが台所へ仕舞ってくれる。

ロッツァとクリムの今日の収穫は、大きな貝が一つとたくさんの天草《てんぐさ》じゃったよ。あとアサリっぽい貝が袋にたんまり入っておったか。そちらもそれなりの大きさなんじゃが、大きな貝の印象が強すぎてな。まさかロッツァが背負ってきた岩みたいな物が、貝とは思わんじゃろ？　ロッツァと見比べても遜色《そんしょく》ない大きさなんじゃ。

甲羅から下ろしてもらったそれは、儂には岩にしか見えんかった。鑑定して初めて貝と分かったわい。その貝が牡蠣《かき》でな、これを夕ごはんに食べたいと頼まれたんじゃよ。だもんでこれから仕込みじゃよ。

ロッツァに牡蠣を開けてもらおうと頼んだんじゃが、上手くいかん。ロッツァが叩いても、齧っても、魔法をぶつけてもびくともせんよ。手加減したとはいえ、これは本当に牡蠣なのかのぅ……あまり強くやりすぎて潰したら、中身もダメになってしまうし、どうしたもんじゃろか。

ロッツァと二人で悩んでいたら、海リザードマンのマルシュが顔を出してくれた。どうやらこの牡蠣は、故郷の海にもいたらしくてな。貝殻の先っぽに熱湯をかけると、驚いて口を開けるんじゃと。その時、貝柱《かいばしら》と貝殻を切り離せばいいそうじゃ。

言われた通りやってみれば、いとも簡単に処理ができた。マルシュに礼を言いながら、家に来た用事を聞いてみたところ、試作した貝のスープを味見してもらいたかったらしい。

儂の仕込んだ牛骨スープを土産に持たせ、儂はマルシュの作った貝のスープの鍋を受け取る。マルシュも最近は、客の相手にも慣れてきたらしく、堅《かた》い表情が減ってな。今も、にんまりと笑いながら帰って行ったよ。味の評価や改善点などを次の営業日に聞きたいとも言っておった。

さて、貝殻を奪われ、本体がむき出しになった大牡蠣は、てらてら光っておる。牡蠣の身が貝殻いっぱいじゃ。貝柱だけでも小玉スイカくらいあるぞ。汚れを取るのも一苦労じゃな。

「アサオ殿、笑顔だがどうしたのだ?」

苦労だと思いながらも、これだけの牡蠣を食べられる機会などそうそうない。なので、儂の頬は緩んでいたようじゃ。それを見られてしまったわい。

素直にそう伝えると、

「そうか。アサオ殿が笑うのなら、きっと美味いのだろうな」

と言ってロッツァも笑っておる。

儂は大きな海水球を作って、その中に牡蠣の身を入れる。はじめは単純に牡蠣を持ち上げようとしたが無理じゃった。牡蠣の重さと持ち難さが相《あい》まって、《浮遊《フロート》》ではびくりともせんかった。

それから、以前、ジャナガシラを捕らえた時の要領でやってみたら、上手いことといってな。

激しくならん程度に球を揺すり、海水を混ぜると汚れが出てきた。綺麗な海水に入れ替え、三度も繰り返したら下準備は終わり。

一応、ロッツァの希望を聞いてみたら、

「ごはんと汁物だな。あとはアサオ殿に任せる」

としか言ってくれんかった。

儂が牡蠣料理をする間に、ロッツァは海藻を干してくれるそうじゃ。クリムとルージュと一緒にやるらしくてな。　儂はカブラと料理じゃ。

　ごはんは、白いごはんか……いや炊き込みごはんじゃな。基本のダシに、醤油と酒くらいで、具材は牡蠣のみにしよう。そのほうが香りも味も良さそうじゃ。

汁物も牡蠣で作れるが、こっちはアサリのすまし汁にしておくか。おかずにカキフライと酢の物を作るつもりじゃから、全部に牡蠣を使うとクドイかもしれん。

あとは儂が食べたいカキ鍋を作ろう。カキの味噌鍋……日本酒が欲しいところじゃが、こっちではまだ見つけておらんからな。ワインで我慢じゃ。おぉ、そうか。生ガキを忘れてたわい。《駆除》《リドベスト》をかけて、《鑑定》《エヴァルア》で見れば万全じゃろ。

なんだかんだと牡蠣を調理していたら、気が付けばテーブルがいっぱいになっておった。牛骨スープの追加もしとったからのぅ。仕舞えるものは【無限収納】《インベントリ》に片付けていかんと、これ以上載せられんな。

片付けては料理を作り、また仕舞っては追加するのを繰り返したら、日が傾いとる。海藻を干していたロッツァたちが戻ってきた。夕飯の匂いに腹が刺激されたんじゃろ。盛大に腹を鳴らしておる。騒がしいなと思えば、改築現場を見学に行っていたルーチェたちも帰ってきておった。

全員が揃ったので、早速夕ごはんとなる。

ルーチェ以外は生ガキは問題なかった。ルーチェはどうにも「見た目がダメ」と生ガキだけは食べんかったのぅ。無理して食べたところで、嫌な思い出になるだけじゃからな。食べなきゃ死ぬわけでなし、無理なぞせんでいいんじゃよ。炊き込みごはん、カキフライ、カキの味噌鍋は美味しいと食べておったしの。酢の物は見た目が生と変わらんから、手を付けんかった。

家族全員で食べても牡蠣料理は余ったので残りは【無限収納《インベントリ》】に仕舞ってある。店に出してもいいし、旅先の食事に回しても構わん。そろそろ旅の準備を始めるつもりじゃからな。

皆、腹が膨れて苦しそうじゃ。儂は生ガキと酢の物を肴《さかな》にワインで晩酌《ばんしゃく》じゃよ。ナスティが相手を務《つと》めてくれたので、一緒にのんびりと夜を更《ふ》かしていった。

《 21　時計店が大繁盛《だいはんじょう》 》

二日に一度開くバイキングは、順調に売り上げを伸ばしておる。日差しが弱まり、曇《くも》り空も多い近頃は、店の敷地全体に《結界《バリア》》を張ってあるんじゃ。かなり弱くしたら、人は通れるが、暖気《だんき》は逃げんようになってな。その為、砂浜でもそれほど寒くないんじゃよ。だからか近所の方たちや、職人さんなどが、ひと休みがてらに来てくれとるよ。

冒険者たちも大勢訪れてくれとって、ありがたい限りじゃ。店内とはいえ、屋根のない敷地なのに暖かい店には首を傾げていたが、

「アサオさんなら不思議でもねぇな」

と大声で笑っておったよ。その言葉に店員として働くカナ＝ナとカナ＝ワが頷いて肯定しよったからか、誰も気にせんようになってしまったわい。

そうそう、ユーリアたちは、店が開いていようが閉まっていようが関係なく、晩ごはんを食べに来るぞ。どうも時計店も大盛況で、晩ごはんを作る余裕がないらしいんじゃよ。

「こんな忙しさ、ドイツでも経験ないわよ」

今日もやってきたユーリアがそう言った。イェルクも今夜の晩ごはんであるハンバーグを頬張りながら頷いておる。トゥトゥミィルは製作に忙しく、自分の作業部屋に籠もりっぱなしになっとるらしい。まぁ、それは表向きの理由で、実のところ本人が客の前にあまり出たくないいんじゃと。どうにもトゥトゥミィルを見学する客が多くて、困り果てた末の

苦肉《くにく》の策のようじゃ。

まぁ、トゥトゥミィルを見られなかった客たちも、売られている布製品の品質の良さに驚いて、思わず購入して帰るそうじゃよ。だもんで、トゥトゥミィルが客前に出なくてもなんとかなるし、部屋で作れば集中できるから品切れになる前に補充《ほじゅう》が間に合い、いいこと尽くめらしいぞ。

ついでに時計を予約していく客もいるそうで、イェルクたちの想像を超える慌ただしさになっとると、カブラに教えてもらった。

何故カブラが知っとるかと言うと、

「人手が足りないから力を貸してください！」

そうイェルクに頼まれたのがカブラだからじゃ。猫の手も借りたい時計店と、たくさんの人を観察できる状況を欲したカブラの思惑《おもわく》が一致してのぅ。双方共に損《そん》せずに利しかない。儂もカブラの経験になるからと思い、手伝いに行ってもらったんじゃ。

儂らはさして珍しいとも思っておらんが、カブラは希少《きしょう》なマンドラゴラじゃからのぅ。もしかしたら、トゥトゥミィルへの注目を和らげることができるかもしれん。トゥトゥミィルとは方向性が違っても、目を引くその外見を一因としてイェルクが白羽《しらは》の矢を立てたんじゃろ。

まぁ、良くない点があるとすれば、疲労困憊でカブラがクタクタになっとるくらいか。

でもそれだって夕飯を美味しく食べる要因の一つみたいじゃし……

「トゥトゥミィルはんが品出しに来ると、客の大歓声が耳を劈《つんざ》くんやで。ほんと美少年の集客力はすごいもんや」

ローデンヴァルト時計店の現状を説明するカブラは、銀貨の入った布袋に頬ずりしながら語っておる。働いて得た自分だけのお金が嬉しいらしくてな。こりゃ、バイキングで働くルーチェたちの賃金も考えんといかんか？

すると、考えが顔に出ていたようで、ルーチェに首を横に振られた。

「欲しい物はじいじが買ってくれてるから大丈夫だよ。街に行く時なんかは、おこづかいもらえてるしね」

にこりと笑いながら言われたわい。

「そうですよ～。私にまでおこづかいを渡すんですから～」

「「ねー」」

ナスティまで加わり、二人で目を見合わせておる。そのまま笑い合って、

「だから大丈夫！」

と力強く言った。

無駄遣いをせんし、何か買う時も家族の為か自分の食べ物。そんなルーチェとナスティに連れられるクリムたちも、大差なく似たようなもんじゃからのぅ。これからも今まで通

りで構わんじゃろ。

翌日になり、バイキングの営業日を迎《むか》えた儂は、朝から料理三昧じゃ。奥さんたちも仕込みをしとる。儂の傍《かたわ》らにはマルシュがおり、ルルナルーは鉄板の前じゃよ。ルルナルーは、儂の料理をひと通り覚えたからの。先日からナスティの鉄板焼きを教わっておるんじゃ。

それで今はマルシュが儂の隣で修業しとってな。人見知りを克服《こくふく》したわけではないが、ある程度マシになったのを見計《みはか》らい、本人の希望もあって料理修業に切り替えたんじゃよ。

冬も本番になってきたようで、随分と冷え込む日が増えておる。なので温かい料理を中心に並べるんじゃが、冷たい料理の希望も無くならんから、少しばかり残しとるんじゃ。特にゼリーなどは、ファンが多くてな。店を開ける度に、

「今日はある？」

と聞いてくるほど大好物になった客がおるほどじゃよ。その客は、綺麗な物に目がない女魔道士でな。今もゼリーを食べつつ、イェルクの作った懐中《かいちゅう》時計にうっとりしとるよ。その時計を包む布はトゥトゥミィルが織ったみたいで、そちらを見ても頬を緩ませとった。

「……アサオさん、あの店はすごいわね……」

ゼリーのおかわりを取りに来た女魔道士は、儂にそう零して席へ戻る。儂が答える間もなく、あっという間に過ぎ去るんじゃ。

もう一人、別嬪《べっぴん》さんに目がない者がおるが……そっちも女商人で、「美しいは正義、可愛いも正義」と常に口にしとるほどの、ちょいとアレなやつじゃよ。それが今日は、女魔道士と一緒に来店して席に着いてのぅ。随分と濃い組み合わせになってしまったから、誰も近寄らん。今だって、

「トゥトゥミィルさんの美しさは……神が与えた奇跡《きせき》！」

と騒いでおる。女魔道士は頷くだけで、邪険《じゃけん》に扱ったりはしとらんな。

「語るのは構わんが、他の客の迷惑になってくれるなよ？　摘まみ出さねばならんからな」

忠告すれば、二人ともがこくりと同意してくれる。遠巻きながら様子を窺っていた客らが親指を立ててくれた。このくらいの小言は、店主の役目じゃろ。

「ところでアサオさん。あの時計店のご夫妻も美しいよね」

「……作る物も、作る人も綺麗」

女商人と女魔道士が二人して儂を見上げる。

「好みの差はあれど、美人さんの部類に入るじゃろな」

儂の答えに納得した二人は力強く頷き合う。

「ルーチェちゃんとナスティさんも美形よね」

「……アサオさんの周りは綺麗なものばかり」

何が言いたいんじゃ？

「アサオさんも渋くて格好いいわよね」

「……素敵なおじ様」

更に褒める二人……さては何かしてほしいんじゃろな。

「ゴマスリしたって何も出んぞ」

少しばかり呆れた顔を見せれば、二人とも慌て出す。

「いやいやいやいや、純粋《じゅんすい》な感想よ？」

「どっちも目の保養になるいい店」

まぁ、家族と店を褒められて悪い気はせんから、新作のルメロゼリーを出しておくか。ついでにワインゼリーもじゃな。

儂は【無限収納《インベントリ》】に仕込んでおいた新作二種類を二人の席に置き、バイキングにも並べるのじゃった。

《 22 皆で貝拾い 》

連日の忙しさに、トゥトゥミィルがついに倒れた。ユーリアたちも気にかけていたが、本人の『大丈夫』を信じすぎたんじゃろな。様子を見に行けば、身体と顔に付いている綺麗な目が、全てぐるぐる回っておったよ。儂が《快癒《ヒールオール》》をかけたら、すぐに顔色は元に戻り、意識も取り戻したんじゃがな。念の為、《鑑定《エヴァルア》》で診《み》た上で、数日は強制的にお休みじゃ。

倒れた理由を聞いてみれば、腹が減ったんじゃと。布を織る体力もそうじゃが、糸が自前での。それで腹が減ったところへ、連日の来客に吃驚《びっくり》。そこに追い討ちをかけたのが人酔いかもしれん。

故郷の村では少数の同族しかおらんかったし、様々な種族と出会うこともなかったんじゃろ。それに店を商《あきな》うのも初めてじゃからのぅ。いろいろな理由が重なってしまった不幸な結果じゃよ。

なので、バイキングも休みなうちへ遊びに来とるトゥトゥミィルじゃ。のんびりさせるつもりなんじゃが、別にもう病人ってわけでもないからのぅ。何か好きなことをさせようとしたら、儂らと一緒に貝拾いがしたいと言われてな。今までやったことないからとまで言われたら、一緒にやる以外の選択肢はなかろう？　というわけで防寒を万全にしてから、儂らは家から少し離れた砂浜と岩場を目指す。

まずは砂浜で潮干狩《しおひが》りじゃな。お手本を見せてくれる先生は、クリムじゃ。

クリムが、波打ち際の砂を広く浅く掘り返す。クリムは自分の手で、儂とトゥトゥミィルは普通の熊手《くまで》じゃよ。アサリやそれに似た二枚貝が、表面を掻かれた砂浜へいくつも顔を出すので、それを拾い集める。

木桶に貝を入れるとからんころんと音を立てる。思いの外《ほか》それが楽しいみたいで、トゥトゥミィルは笑顔じゃ。クリムは貝の開けた潮吹《しおふ》き穴を的確に見つけておるから、じゃんじゃか獲れておる。ついでに儂とトゥトゥミィルにもそれを教えてくれとる。

そんな儂らを気にすることもなく、ルージュは広い範囲の砂浜を掻いておった。ぽこぽここそこら中に貝が顔を出しておる。非常に得意気な表情を浮かべて、ルージュはこちらを振り返る。そして監督しているロッツァに叱られておった。ロッツァには、貝を虐《いじ》めて遊んでいるように見えたのかもしれん。

ルージュを気に掛けるでもなく、クリムは次にとりかかる。直径10センチくらいの穴を指さすと、周囲の砂をごっそり掘り上げた。三度もやれば目標の深さに達し、抉《えぐ》られた砂浜の底には蟹《かに》がおった。片方のハサミが大きいシオマネキみたいじゃ。ただ、大きさが一尺はあるぞ。

突然日の光にさらされて驚いたシオマネキは、砂浜を掘って潜《もぐ》ろうとするが遅い。既にクリムに押さえつけられ、捕まえられてしまっとる。

その早業《はやわざ》に拍手《はくしゅ》するトゥトゥミィルに、クリムがシオマネキを掲げて見せた。トゥトゥミィル側に腹を向けられたシオマネキが、ハサミで威嚇《いかく》しとる。

「アサオさん、これって食べられるの？」

「んー、どうじゃろ。《鑑定《エヴァルア》》……美味しいみたいじゃよ。大きなハサミはよく動かしとるから、身が詰まってるんじゃと。なら茹でて食べよう。足もそれなりの太さがあるのぅ。あとは味噌汁にすれば無駄なく食べきれるな」

威嚇されとるのに、食べられるかが気になるとは……トゥトゥミィルもなかなか豪胆じゃな。ただ捕まえられただけでなく、食べられると分かったからかシオマネキが激しく暴れるが、それくらいでクリムからは逃げられんよ。美味しい食材と知ったクリムは、もう次の穴を探しておる。

鮮度が落ちる前に処理したかった儂が、【無限収納《インベントリ》】から寸胴鍋を取り出せば、その中へシオマネキを放り込むクリム。そこからは早かった。穴を探して砂浜を駆け回り、掘ったらシオマネキを捕まえて寸胴鍋へ入れ込む。トゥトゥミィルも一緒に蟹穴を探して、次々捕まえていく。

ものの五分でかなり深い寸胴鍋がいっぱいになったわい。まだまだ獲るみたいじゃから、ひとまず茹で上げるかのぅ。儂は早速別の寸胴鍋に海水を注いで沸《わ》かす。そこにシオマネキを甲羅を下にして入れていくと、すぐさま良い香りが広がりよった。

茹でカニの香りに気付き、クリムの動きを見ていたルージュも、貝集めから蟹獲りに移行したようでな。ロッツァと協力してやり始めた。ただ、見える範囲の蟹穴は掘り尽くされており、近場にはないようじゃ。クリムとトゥトゥミィルは、今は主に波打ち際を攻めておる。なので逆側の岩場近くまで、ルージュたちは進んどる。あっちはこの後で向かう予定なんじゃが……

　クリムたちは蟹獲りに満足したみたいじゃ。トゥトゥミィルと一杯ずつのシオマネキを持って、のんびり帰ってきた。

「アサオ殿ー！」

　岩場付近へ向かったロッツァから、大声で呼ばれた。かつてないほどの緊迫した声色《こわいろ》じゃった。

　慌ててそちらへ向かえば、シオマネキに指を挟まれ、ルージュがじたばた暴れ回っとる。ステータス的に痛みはなさそうじゃが、突然の出来事でパニックを起こしとるんじゃろ。儂を見つけたルージュが駆けてきた。

　ルージュを抱きかかえたら、指を挟んでいるシオマネキをクリムが捕まえる。そのハサミを開いてやれば、ルージュの戒《いまし》めは解かれた。腫《は》れてもおらんし、切れてもおらん。ただ、ルージュは涙目じゃったよ。

「油断したんじゃろ？　ほれ、《治癒《エイド》》」

　治療《ちりょう》を受けたルージュは、クリムが捕まえている、自分の指を挟んだシオマネキを受け取ると、一目散《いちもくさん》に駆け出した。その先には、シオマネキを茹でている寸胴鍋。

　ルージュは、怒りに任せて叩きつけることもなく、そっと甲羅を下にシオマネキを入れていく。そして儂らへ振り返ると、してやったりとばかりに、挟まれ治療された指を立てるのじゃった。

茹であがったシオマネキを一人一杯だけ食べて、おやつ替わりにしておいた。海水の塩味が強く出てしまうかと思ったが、丁度いい塩加減になってくれとる。爪も足もぎっしり肉が詰まっておったから、たった一杯でもそれなりの食べ応えがあったわい。

栄養補給と休憩を終えた儂らは、砂浜をあとにして岩場へ向かう。ロッツァとルージュは海側から、残る儂らが陸側から進んでおる。白波が立つくらい磯《いそ》が荒れておっても、ロッツァには何の影響もないようじゃ。その背に立つルージュも岩場を指さしたまま二足で立っておるしの。

儂とトゥトゥミィルを先導してくれるクリムは、安定した足場を選んでゆっくり進む。岩場に立って周囲を見渡せば、カメノテやフジツボが海面より上に出ておる。しかし、儂の本命はサザエじゃ。あと海苔《のり》やヒジキがあるといいが……こんなに寒くてもあるかのう。

「我はルージュと一緒に潜って貝と海藻を獲る。また大物を獲れるよう期待しててくれ」

波間に浮かぶロッツァは、そう宣言すると早速沈んでいった。ロッツァの背に立っていたルージュは、先に飛び込んでおったが、ロッツァが沈んだ後でひょっこり顔を見せた。

「任せろ」と言わんばかりに、儂へ一つ頷いてから、また海中に消えていく。

「トゥトゥミィルも潜るなら、あっちに行くか？」

ロッツァたちが消えた水面を指し示して聞いてみたが、トゥトゥミィルは儂が話しとる途中で首をぶんぶん振って拒否しよる。

「寒いから嫌です。こっちでクリムちゃんに教わりながら頑張ります」

トゥトゥミィルに話を振られたクリムは、こくりと頷いて軽《かろ》やかに岩場を移動していく。儂らがなんとか追いつけるくらいの速度じゃったが、ふいに岩場の陰《かげ》で立ち止まった。

クリムの後ろから岩の陰を覗いたら、直径1メートルくらいの潮溜《しおだ》まりがあったよ。深さは一尺もなさそうじゃ。水の中には、10センチほどの小魚が数匹、同じくらいの大きさの蟹、小振りな海老《えび》も泳いでおる。儂からは見えんが、岩の裏には貝もおるんじゃろ。

じっと潮溜まりを見ていたクリムが、唐突に右腕を水中へ差し込むと小魚が飛び出す。次に左腕で掻いたら、蟹が宙を舞っておった。目の前に獲物が来るまでじっと待っていたのか……ばしゃばしゃ海水に浸かり、暴れ回って獲るかと思っていたが、なかなかどうして賢いもんじゃ。

潮溜まりから追い出された小魚と蟹は、儂の目の前にぽとりと落ちる。クリムの狙い通りなんじゃろうそれらを、儂は木桶と籠に仕舞い込んだ。

手本を見せたクリムが場所を譲り、次にそこに収まったのはトゥトゥミィル。クリムを真似て微動だにせん。目を見開いたトゥトゥミィルが、狙いを付けた蟹に向け、鋭い一撃を放つ。舞い上がったのは海水だけじゃった。トゥトゥミィルは、自分で巻き上げた海水で濡れてしまっとる。

「へくちっ！」

儂は濡れたトゥトゥミィルを乾いた布で拭《ふ》いてやり、温かい茶を差し出す。何度やってもトゥトゥミィルは蟹を獲れんかった。クリムが仇討《あだう》ちとばかりに張り切り、小魚も蟹も獲り尽くしおったよ。あと貝もじゃ。予想通り岩と岩の隙間や、裏側に貼り付いておってな。そこから引き抜かれたクリムの腕には、拳大《こぶしだい》の貝が握られておった。

「前に獲ってきてくれたサザエはおらんかのぅ……」

獲ってくれた魚介類《ぎょかいるい》を受け取り、頭を撫でてやりながら呟けば、クリムは30メートルほど沖にある岩場を指してくれた。そこはさっきロッツァたちが潜った辺りじゃな。

「あの近辺か。となるとロッツァたちが獲ってくれるかもしれんな」

岩場から砂浜へ戻り、早速獲ったばかりの蟹や小魚を炭火で炙る。貝も一緒に網に載せれば、周囲に香りが広がっていった。焼けるまでの間に、トゥトゥミィルとクリムを再度ごしごし拭いてやる。

「わぷ！　強くない？」

そう言いつつも儂に為されるがままのトゥトゥミィルは、髪がぼさぼさになってしまった。それでも笑っておる。クリムとお揃いで髪と毛が爆発しとるからかのぅ。

「うわぁ！」

笑っていたトゥトゥミィルが声を上げ、クリムも咄嗟《とっさ》に儂の後ろへ隠れた。トゥトゥミィルの視線の先には、大きな貝が浮かんでおる……いや、赤い身体に貝が乗っておった。

「すまぬ。ルージュが挟まれた」

その貝の後ろにいるロッツァが困り顔じゃ。となるとこれがルージュなんじゃな。貝に頭を挟まれた状態で、器用に歩いてきたらしい。

「さっきのシオマネキに続いて、今度は貝か……危ないじゃろ？」

言いながら貝殻を持ち上げると、ルージュが顔を覗かせる。その口はもごもご動いておった。確実に食べておる。貝に挟まれながらも、身をつまみ食いしおったな。

「……美味いか？」

ごくりと口の中の貝を呑み込んだルージュは、こくりと首を縦に振った。小刻みに身体を揺らして、笑みも見せとるから上機嫌じゃよ。

「よもや挟まれるとは思わなんだ」

「じゃろうな。儂も思わん」

ロッツァが感想を述べておるが、その割に動じておらんな。心配そうな素振りを見せながら、持っていった網から貝をいくつも取り出して砂浜に並べておる。柄も大きさもそっくりなので、ルージュを挟んだ貝と同種じゃろ。

しかし、網が重そうじゃ。いったいどれだけ獲ったのやら……思わず齧り付いたルージュと、呑み下した後のその顔を見れば、味は抜群《ばつぐん》だと分かるんじゃがな。それでも獲りすぎじゃないかのぅ。

「貝からの攻撃に、食べることで反撃するとは……」

「まったく驚いたぞ。それにわざと貝を被ったまま戻ってきたんじゃろ？　ということはロッツァも共犯か……」

「人聞きが悪いぞ。危険はないと判断しただけだ」

ロッツァと話しとる間に、ルージュはクリムと前足を合わせておる。なんじゃろ？　ハイタッチでもしとるつもりかの？　ルージュがにやりと笑っとるし、そうみたいじゃな。ルージュの相手をしたクリムも食べたくなったようで、ロッツァの並べた貝を叩き、なんとか口を開かせようとしておる。ところが、てしてし叩いても、鼻先で小突いても、貝はうんともすんとも答えん。

何の反応も起こさない貝に業《ごう》を煮やしたのか、クリムは貝を縦向きに置き、殻《から》の両側から爪を立てて強制的に開きよった。口の開いた貝へそのまま齧り付き、身体を起こせばその姿は先ほどのルージュと瓜二《うりふた》つ。そのまま儂の前に歩いてきた。

「……美味いか？」

貝殻を持ち上げてクリムに聞けば、その後の仕種《しぐさ》もルージュとまったく同じじゃよ。ただ一つ違うのは、ルージュには挟まれた跡《あと》が出来てたくらいじゃな。今も顔が若干きゅっと窄《しぼ》んだ感じになっとるからのぅ。

貝獲りを終えた儂らは、炙った小魚たちで再び休憩とおやつにするのじゃった。

蟹や貝を獲って屋外《おくがい》での食事をしたら、トゥトゥミィルの心と身体は癒されたようじゃ。肉体疲労と違い、心に溜まった疲れは表に出難いからのぅ。そこも綺麗になったんじゃろ。めいっぱい一日遊んで、たらふく食べたから、今は庭で寝ておるよ。ぷかぷか浮かぶ座布団に乗ったまま、カブラと一緒に漂っとるわい。

特に出掛ける予定のなかったカブラは、一日中寝ていたんじゃろか？　寝る子は育つというが……食べて寝てを繰り返すのは、育つを通り越して肥《こ》えるから危険じゃぞ。漂う二人の下では、クリムとルージュが重なり合うように丸まって寝とる。

ロッツァは魚を焼いてくれていた。貝と海藻を集めていたと思ったら、大ぶりな魚を一匹捕まえておってな。それを捌いて切り身にして渡したんじゃ。炭火でじっくり焼いているから、心地好い音と香りが周囲に広がっておる。

晩ごはんの準備をしていれば、ルーチェたちが帰ってきた。今日は時計店だけの営業じゃったから、イェルクとユーリアは来ないと踏んでたんじゃが……ちゃっかり交じっておるよ。レンウとジンザも一緒じゃし、改築中の店を見学していた奥さんたちまで来よったか。

奥さんたちには、トゥトゥミィルたちと獲った貝をおすそ分け。それを土産にこのまま帰るそうじゃ。晩ごはんの一品にできると喜んでおったよ。

「じいじ、お腹空《す》いたよ。今日は何ごはん？」

お腹を押さえながら席に着くルーチェ。ナスティは、イェルクとユーリアと共に手洗いに行っとるが……ルーチェは先に終えたんじゃな。儂に手を見せびらかしとるし。

「ロッツァが仕上げる焼き魚と、カニサラダ、あとはカニ汁か。アサリの炊き込みごはんもあるから、海苔を散らしたら美味いぞ」

「わーい」

ルーチェはにっこにこじゃ。やっと席に着いたイェルクたちは言葉の最後だけ聞こえたんじゃろな。

「アサリごはん！　ヤナガワ？　フカガワ？　とにかく美味しいごはんでしたね」

興奮気味のイェルクは、ユーリアに同意を求めておるが、柳川《やながわ》は違うぞ。ありゃ、ドジョウの鍋じゃからな。そういえばこっちの世界でまだ見とらんのぅ。ゴボウがあったし、ネギも普段使いしとる。何とか見つけて作りたいもんじゃな。ドジョウが見つかれば、ウナギとアナゴにも期待できそうじゃ。

カタシオラの街中や近隣の村でも見かけんから、まずはツーンピルカやクーハクートに聞いてみよう。儂が探していると知れば、美味い食材と勘付《かんづ》く二人じゃからな。あらゆる手段を講じて探し出すかもしれんが……儂にはありがたいことじゃて。双方共に利益があるならその手を使ってもいいじゃろ。

「ヤナガワは知らないから、フカガワじゃない？　でも私が以前食べたのは、味噌汁をかけてたわよ？」

　ユーリアが少しばかり呆れた顔で答え、ついでとばかりに儂へ問いかけた。

「炊き込みごはんのような深川飯もあるし、汁かけ飯のようなものもあるぞ。あとのせのアサリごはんのもあったかのぅ。難しい定義もあるんじゃろうが、儂が作ったのはアサリの炊き込みごはんじゃからな。そんなことは気にせんでいい」

　美味い料理を「美味しい」と言って食べる。それだけが大事なことじゃ。小難しい理屈など儂は知らん。そんなものをわざわざ持ち込まんでも料理はできるからの。

「ヤナガワは何を使うの？」

「儂が作るならドジョウとゴボウじゃな。それをダシ醤油で煮込むんじゃよ。とき卵で綴《と》じても美味いのぅ」

「ドジョウ……小さいウナギみたいな魚ね。あれ美味しいんだ。今度作って」

　ドジョウは知っていたのか。しかし、ドイツでは食べんのか、それともユーリアたちが暮らしていた地域だけ食べる習慣がないのか……分からんが、ドジョウを見つけるところからじゃからな。まだ先になるじゃろ。

「まだまだいっぱいあるんだね。食べきれるかなー」

ルーチェが振り返り、そう告げる。今までロッツァの焼き場に視線を向けていたのに、新たな食材と料理の話はしっかり聞いていたようじゃよ。

話しながらも料理を続けた儂より早く、ロッツァは人数分の魚を焼き上げた。それから遅れること数分で儂のほうも出来上がる。先に伝えていた通りのメニューじゃが、テーブルに所狭しと並ぶ料理は圧巻《あっかん》じゃな。

「「「いただきます」」」

皆で手を合わせてから食べ始めた。

おやつがわりにロッツァたちと食べた茹でシオマネキは、ルーチェたちの分を出してある。レンウとジンザには食べ難いようでな。身だけを解してあるぞ。ルーチェは自分でやるのも楽しいようじゃ。ナスティはなぜかシオマネキに手を出そうとせん。

「カニは苦手じゃったか？」

「短角蟹を思い出しまして～。でも～、美味しそうな湯気です～」

カタシオラに来る途中で、ナスティが教えてくれた魔物じゃったか。生臭くて美味しくないからと、毒を使って仕留めていた蟹だったと思うが……

「無理して食べなくても構わんぞ」

「い～え～。とりあえずひと口くらいは試しませんと～」

ルーチェ、レンウ、ジンザの笑顔に促されたのか、ナスティはシオマネキの爪を持ち上

げてひと口齧る。恐る恐るでなく、がぶりと大きくじゃ。

「どう？　どう？」

ナスティの感想を聞こうとルーチェが顔を近付けた。

「美味しいです～」

頬を押さえ、目を細めたナスティが、更にひと口爪へ齧り付く。

イェルクとユーリアは、無言でカニの身を殻から外しておる。殻を割りながら食べ進めるのでなく、先に全部を剥くようじゃ。一方、ルーチェは剥いたそばから食べとる。食べ方の違いも面白いもんじゃ。

カブラはカニ自体よりカニ汁を気に入っておった。

「えぇダシやなー」

ほふっと息を吐きながら、飲み進めておったわい。

バルバルには拾ってきた流木を与えたんじゃが、食があまり進んでおらん。代わりの切り株を出してやろうかと思ったら、レンウたちにあげたカニの殻を食べ始めよった。樹皮を食べるスライムだと思ったんじゃが……バルバルの好みも変わってきたんじゃろ。健康被害が出るようなら考えるが、問題ないなら食べたい物を食べるのが一番じゃな。

好きなだけ食べた皆は、腹を抱えて横たわったり、椅子にもたれかかったりしておった。

残ったのはカニ汁が少しと、アサリの炊き込みごはんが極々《ごくごく》少量じゃよ。

儂はごはんを軽くむすんで海苔を巻き、小さなおむすびを二個作る。それに漬物とカニ汁をつけたのが儂の晩ごはんじゃ。実はおやつで食べすぎてな。このくらいで足りるほどしか、今の腹には空《あ》きがないわい。

《 23 チュンズメの豪邸《ごうてい》 》

「はわー、でっかいねー」

ルーチェが目の前に立つ、大きな家屋をきらきらした目で見上げる。その頭の上では、バルバルがいつも通りの感じで揺れておる。日の光を浴びた家屋の大きさや、敷地の規模《きぼ》だけならクーハクートの屋敷と変わらん。

ただ、造りが特徴的じゃった。年季を感じさせる木材を組み合わせた壁。屋根は瓦《かわら》で、窓には障子《しょうじ》。玄関は引き戸になっており、ちらりと見える庭には、枯山水《かれさんすい》が描《えが》かれとる。

「これは日本家屋にしか見えんな……」

「にほんかおく?」

儂が呟けば、ルーチェが釣られて首を傾げた。ずり落ちそうなバルバルは上手いこと位置を変えて、天辺《てっぺん》に乗る状態を維持しとる。

「昔住んでた地域の家じゃよ。とはいっても、これほど立派な屋敷はそうそうお目にかかれんかったがの」

「ふーん」

儂らの前にそびえるこの家屋は、チュンズメ一家の住む屋敷なんじゃと。

先日、店にドン・ブランコが客として訪ねてきてな。その時、この前のチュンズメ兄妹とのやりとりを思い出したんじゃ。

で、あれよあれよと日時を決めて、ここへ向かったのは昨日の夜。ブランコの話だと、森の奥に住むチュンズメへの礼儀として、日の出と共に辿り着くのが最良なんじゃと。そう言われたら従うしかないじゃろ？

夜中の出立《しゅったつ》じゃから儂だけで行こうと思ったんじゃ。そうしたらブランコの話を聞いていたルーチェも「一緒に行く」と言い出してな。ついでに、森の奥へ行くと知ったバルバルも身を乗り出しよった。それで儂とルーチェ、バルバルが、ブランコに案内されることになったんじゃよ。挨拶だけならこのくらいの人数で十分じゃて。

夜中に街を出るので、門番さんにも事前に話を通しておいた。出る時はもちろん一言挨拶してからじゃ。

家に残った他の者は、店番や漁などをして過ごすと言っておった。好きなことや、やるべきことがあるなら、そちらを優先すればいいじゃろ。

「早《は》ぇぇよ、やっと追いついた」

チュンズメの屋敷を見ていた儂らに、遅れること数分。ブランコが竹藪《たけやぶ》から顔を出す。

この屋敷に辿り着くには、手順というか道順があるそうでな。それを無視すると入口に戻されたり、罠に嵌められたりするそうじゃ。一応、翼人や鳥系魔族の休息地になるからこその対応らしい。

で、その道順などを一緒にこなしていたんじゃが、儂には正解が分かってしまってな。あと、屋敷に着く手前で、飛んできたチュンズメ兄妹にブランコが捕まっての。話が長くなりそうなもんで、そこに置いてきてしまったんじゃよ。

「なんで分かるんだ？」

訝《いぶか》しむブランコ。

「いや、分岐路《ぶんきろ》や特定の動作をするところには、鳥が木に留まってたじゃろ？『そこを右』とか『両手を大きく広げてね』と教えてくれてたぞ？」

「は？」

「へ？」

ブランコに続いて、ルーチェも素《す》っ頓狂《とんきょう》な声を上げよった。ルーチェは儂と一緒になってやっとったのに……あれは、儂の真似をしてただけなのか？　いや、でもほぼ同時にやっとったぞ？

「ん？　ルーチェには聞こえてたんじゃないのか？」

「違うよ。じいじが面白いことやってたから、一緒にやってただけ。なんか不思議な動きだったんだもん」

ルーチェは、さっきやった動作を思い出し、一つずつ繋げておる。ルーチェの頭の上で、バルバルも身体の一部を伸ばしたり、縮めたり、反らしたりしとるな。

その一連の動作を客観的《きゃっかんてき》に見て分かったわい。これ、盆踊《ぼんおど》りじゃ。

手を叩いてから下方向へ払ったり、手のひらを外に向けて頭の上に翳したり。季節外れな上、少人数でやるもんじゃないぞ。懐かしさより寂しさがこみ上げてきよる。

「アサオさん……あんた何者だ？　鳥の声が聞こえるでなく、分かるって……あぁ、魔物使いのスキルも持ってるのか」

「ま、そんなもんじゃよ」

実際のところはまったく違うんじゃが……とりあえず、表向きはそれを理由にしとこう。

「ようこそいらっしゃいました、チュン」

「歓迎します、チュン」

ブランコの相手をしていたはずのチュンズメ兄妹が、屋敷から飛んで来る。言いながらブランコの両肩にそれぞれが留まると、屋敷の引き戸が開かれた。

兄妹に促されるまま室内へ踏み入ると圧倒される。正面に置かれていたのは木彫《きぼ》りの狸《たぬき》。その左右を番いの雉《きじ》が描かれた屏風《びょうぶ》で挟んでおる。六尾《びび》もある狐の焼き物に、草木で編んだらしい熊もおった。

中でも儂の目を引いたのは、家屋の中なのに水が流れ、竹も生えた庭園が造られておったことじゃ。小さな橋も朱色《しゅいろ》に塗られておる。あれは……擬宝珠《ぎぼし》か？　緻密《ちみつ》で繊細な彫《ほ》り物が施されとるわい。

「いろんな木の香りがするね」

胸いっぱいに空気を吸い込んだルーチェが、そんな言葉を洩らす。美術品などに興味は示さんのじゃな。

「あと、ごはんの匂いだ」

うっすら漂う甘い香りに、ルーチェは満面の笑みじゃ。バルバルは木の香りに反応しとるのか、微妙に震えておる。

「朝餉《あさげ》を共にするのです、チュン」

「お嬢も待っております、チュン」

案内されるまま進んだ先には、ひときわ大きな襖《ふすま》があった。青々とした葉を茂らせる竹と、幾羽もの雀が描かれておる。チュンズメのように大きくなく、儂の知る雀じゃった。

通された大広間は、茣蓙《ござ》が敷き詰められとる。一見したら畳《たたみ》かと思ったんじゃが、縁などが見当たらん。それでもイ草らしきものはこちらに来てから初めて見たのぅ。

薄緑色の茣蓙の上には、重厚《じゅうこう》な朱色の長卓が置かれとる。一枚板で仕上げてあるから重いのか、座布団を四隅《よすみ》に噛ませてあるぞ。その長卓の上に並ぶ料理……ではないな、これは。素材が並べられているようにしか見えん。

川魚や川エビが大きな陶器の器に山盛りになっとる。隣の椀には木の実が満載《まんさい》。その奥にある皿には、山菜がもさっと積まれとる。

「ささ、アサオ殿はこちらへ、チュン」

儂とルーチェ、バルバルが兄チュンズメに通された先は、一段高くなっとった。どん突きの壁は左右に青竹の絵が描かれている銀色じゃ。入口の襖から最奥《さいおう》に当たるので、上座《かみざ》になるんじゃろか？

「ブランコ、おめぇはこっちだ！」

妹チュンズメにどやされながら、ブランコが連れられていく。これは毎度のことなんじゃろな。すっかり慣れた様子で、文句の一つも言わずに、チュンズメの前を歩いておったよ。大広間から離れながらひらひら手を振って去って行くブランコは、ほんの数秒で見えなくなった。

「親分！　お客人です！　チュン！」

案内された席に儂らが座ると、兄チュンズメが大きな声を上げる。背面の壁がガチャリと鳴り、ゴゴゴゴゴと動き出す。これは……どんでん返しか？

ゆっくりゆっくり回転して現れた壁は、眩《まぶ》しい金色じゃ。そこに赤や黒、緑の染料《せんりょう》でチュンズメと樹木が描かれておった。その中央の朱塗《しゅぬ》りの座椅子に腰かけるのは、儂より太いチュンズメじゃよ。厚みのある身体を黒や紺《こん》、茶色で染められた着物で包んでおる。所々に金糸《きんし》を縫《ぬ》いこんであるのがお洒落さんじゃな。

「……大変高価な蜂蜜を忝《かたじけな》い、チュン」

親分さんは、音もなく立ち上がり、少しだけ頭を傾ける。

「このような席しか設《もう》けられなくてすまんな。ぜひ満足いくまで食してほしい、チュン」

顔を戻した親分さんは、儂に鋭い視線を浴びせておるが、何かを計ろうとしてるんじゃろか？　にしても語尾のチュンがシュールじゃ……

「あのね。料理はどこ？」

親分の視線も意に介さんルーチェが、質問を投げかけた。儂から逸れた視線はルーチェを捉《とら》える。

「白飯は今から出すが、これでは足りぬか？」

色とりどりに盛り付けられた果実などを、親分さんが見渡した。目の前の卓にもたんまり並べられとる。それでも足りないと言われたから、豆鉄砲《まめでっぽう》を喰らったように、驚いておるよ。

「これはただ載せただけだよ。料理はこんな風になってるの」

ルーチェは川魚や山菜を指さしてから、普段使いで持ち歩いている鞄に手を入れた。その中から取り出したのは、おにぎりと味噌汁。あとは玉子焼きとお新香《しんこう》じゃ。ついでにかりんとうとポテチまで持ち出し、親分さんに説明し出した。

「ごはんは一緒なんだよね？　同じ匂いがしてるもん」

「うむ。こちらのほうが少し柔《やわ》い気はするがな」

おにぎりを受け取り、親分がひと口つつく。周りに海苔も巻いておらん、ただの塩むびじゃ。それでも米の旨味が十分立っておるから、満足感はあってのぅ。

「美味い……こんな白飯は初めてだ」

親分さんがしみじみ呟き、米の旨味を噛みしめる。身体が大きいからか、チュンズメの身体なのにおにぎりを翼で掴めておるわい。

「おにぎりを食べたら、お味噌汁を飲んで、今度は玉子焼きを食べるの」

ルーチェの言う通りに親分さんは従った。甘めの玉子焼きを口にすると、大きく目を見開く。チュンズメに玉子料理は禁忌《きんき》かと思い焦《あせ》ったが、杞憂《きゆう》に終わった。親分さんの頬が緩んどる。

「ね？　美味しいでしょ？　こんな風にするのが料理だよ」

「……我らは間違っていたか……」

「そもそも食生活が違うんじゃろ。ならば間違いとは言わんよ」

威厳《いげん》に溢れていた親分さんが小さく縮こまるのを見て、思わず助け舟を出したが、強《あなが》ち間違いとは思わん。主食にする物が違うじゃろし、火を通すかどうかも違うはずじゃて。

ただ、米は炊いてるんじゃよな……

「チュンズメの兄者も儂の店で驚いておったしのぅ。食材に火を通したり、味付けしたりはせんのか？」

「左様《さよう》です、チュン……あの肉は美味かったです……」

儂らへ給仕する役目も担ったらしい、すぐそばを飛んでいる兄者に話を振る。素直に答えてくれたが、炙った肉の味を思い出したのか、喉を鳴らしておった。そしてまた語尾を忘れとる。

「しかし、米は炊くんじゃろ？」

「炊く……が分かりませぬ……ここでは、あれを煮えたぎる鍋の上に置いているのです、チュン」

兄者が指した先には、円筒型《えんとうけい》の竹籠が浮いとった。その大きな竹籠の持ち手をチュンズメ四羽が掴み、平衡《へいこう》に保ちながら運んでおる。

「蒸し上げとるなら、確かに儂が炊くごはんより硬くなるのも合点《がてん》がいくわい」

「違うの？」

ルーチェが儂を見上げた。それと同時に親分もこちらを向く。兄者も、運んでいたチュンズメもが儂を見る。

「家で作った時も、蒸した野菜と茹でた野菜では、味も食感も変わってたじゃろ？」

「うん。どっちも美味しかった」

問うたことへの答えとしてはズレとるが、頷くルーチェ。その頭の上のバルバルも、その身を縦に揺らしておる。

「しかし、米に火を通すきっかけは何だったんじゃ？」

「それはちょっとした粗相《そそう》だ」

親分さんが即答する。

「小さな籠いっぱいの米を鍋にぶち込んだのを、ちょ・っ・と・し・た・とは言わないです、チュン」

それを否定するように、兄者が首を振りながら小声で話しとった。

「捨てるのは忍《しの》びなく、試しに口にしたら美味かったのだ。失敗もしてみるものだな」

この話しっぷりだと、やらかしたのは親分さんのようじゃ。

「儂の暮らしていたところでは『失敗は成功のもと』って諺《ことわざ》があるんじゃよ」

儂から出された助け舟に、親分さんが翼を叩いて喜びよる。

「だからって、わざと失敗していいって意味じゃないからの」

「当然だ」

笑いながらも頷いておるから分かってくれたんじゃろ。その間にもルーチェは、エビや魚を観察しておった。そして儂と食材を見比べてから、

「で、このエビとかキノコとかはどうするの？　じいじが作っちゃう？」

と小首を傾げながら提案してくる。

「客人に頼むのは――」

「妙案《みょうあん》です！　チュン！」

親分さんの否定の言葉を遮り、兄者が身を乗り出す。

「経験のない料理番より、絶品の料理にしてくれるアサオ殿に頼みましょう！　チュン！」

儂と親分さんの真ん中で、兄者が大興奮のまま翼と頭を振り乱しとる。その勢いに負け、親分さんが思わずたじろいでおるよ。

「それなら、ここでやってしまおうか。美味しそうな食材をダメにしたんじゃ、勿体《もったい》ないからのぅ。きっと魚やエビが化けて出てくるぞ」

返事を聞いたルーチェと兄者が、手と翼を空で叩きあうのじゃった。

《 24 チュンズメの料理番 》

儂はいつも使っている魔道具コンロを【無限収納《インベントリ》】から取り出し、ちゃっちゃと料理を開始する。見える範囲でも使いきれんくらいの食材があるからのぅ。手間がかかるものや、朝ごはんにそぐわんものは省くとしても、何から作るか悩むほどじゃよ。とりあえず白いごはんはあるから、おかずじゃな。それに朝食でごはんなら、和風に仕立てていくか。

料理した経験もなければ、食べた体験も皆無《かいむ》のようじゃし、刺激の強い調味料や、味の濃い料理は避けたほうが無難じゃろ。しかしそれでも手伝いたいようでな。白いほっかむりに前掛け装備のチュンズメが三羽、儂のそばを飛びまわっておる。ひとまず見ててもらうのが、今の仕事じゃ。

儂が手を伸ばすと、その先を三羽が見つめる。こんもり盛られた山菜やキノコを手に取り、さっと湯がく。それだけでも三羽が感心してのぅ。刻んで次の準備をするだけでも、チュンチュン声を出しとるし……一挙手一投足を観察されてるのは、恥ずかしいもんじゃて……とはいえ邪険にするわけにもいかん。儂にできるのは、努《つと》めて平常心を保って料理することだけじゃ。

下処理したキノコと山菜は、汁物と和え物にするが、その為には調味料が足りん。なので、足りない調理器具と一緒に、不足している食材を【無限収納《インベントリ》】から持ち出す。一応、鞄から出している風に装《よそお》っておるが、チュンズメ兄者まで加わって感嘆の声を上げておるよ。

肉も使おうかと思ったが、炉《ろ》が少ないからのぅ。作り手も足りんし、作ること自体をやめようかとの考えも頭を過《よぎ》ったんじゃが……肉に手を伸ばしただけで、兄者が興奮してしまったんじゃ。その状態で作らんのも可哀そうに思えてのぅ。まぁ、簡素じゃが塩胡椒で炒めるくらいで我慢してもらうとするか。

肉を炒め終えたので、川魚と川エビを処理しようと朱塗りの長卓を見たら、見つからん。

「お孫殿が外へ持っていかれました、チュン」

焼いた肉から視線を外さん兄者にそう言われた。方角は翼で指し示してくれとる。そちらへ移動して顔を出せば、入口脇にあった枯山水におった。そこに焼き場を作り上げ、ルーチェは既に炭火を熾《おこ》しておる。

「焼き場までこさえられるようになったんじゃな」

「うん。ここなら使っていいって親分さんが言ってくれたの。だからバルバルと一緒に作ったんだ」

しゃがんだまま儂を見上げるルーチェの足元で、バルバルが上機嫌で揺れておった。そのそばには拳半分ほどの木製ブロックじゃ。それを着火剤に使って火おこしとは……儂が教えた時より遥かに高効率になっとるよ。

「魚とエビはここで焼くからね」

ルーチェは満面の笑みで言い放つが、川魚も川エビもまるで処理されとらん。なので儂がちゃちゃっと済ます。川魚のハラワタを除いてから塩を振り、背ワタが見当たらん川エビは串打ちしてから塩を塗した。それぞれ二十匹くらいずつあったが、足りるんじゃろか？

儂が準備しとる間に、ルーチェは炭火を安定させた。作業の分担が上手くいき、川魚はすぐに焼きだされる。

「これは全部焼いてくれな」

「はーい」

焼けていく魚をじっと見ながら答えるルーチェにこの場を任せて、儂は屋敷の中へ戻った。

広間では、儂の作ったキノコの酢の物を皆で囲んでおったよ。全員が全員、儂が戻ったことにも気付かんくらいに集中しとる。涎が零れ落ちそうなくらいじゃよ。

「味見してみるか？」

「「「「チュン!!」」」」

親分に兄者、料理番チュンズメ三羽が揃って即答じゃ。

「三杯酢じゃが、一気に食べたらいかんぞ。きっと咽《む》せるからの」

儂の忠告より早く口を付けた五羽は、一様に咽せよった。

親分の背をさすってやる。それを見た四羽は、それぞれ左の翼で自分の口元を隠し、右の翼で前のチュンズメの背をさすってやっとった。四羽で数珠繋《じゅずつな》ぎじゃから、なんとかなっとるようじゃよ。

暫くしてやっと落ち着いた五羽は、ちびちび酢の物を食べ始めた。

そんなチュンズメたちをほほえましく思いながら、儂は残りの料理を仕上げていく。酢の物を気に入ってるようじゃから、あまり複雑《ふくざつ》な味よりも、素材を活《い》かすほうが好みなのかもしれん。ならば味付けは塩、醤油、味噌あたりまでじゃな。同じ素材で味付けを変えてみて、好みの味を探《さぐ》らせるのも一興か。

お浸《ひた》しや炒め物、あとは山菜でも酢の物を作り上げる。

「じいじ出来たよー」

ルーチェが焼き魚を二十匹載せた皿を抱えて戻ってきた。その頭には、これまた川エビを二十尾盛った皿を頭上に掲げたバルバルが乗っておる。二人が入ってきた途端、香ばしさが広間に漂う。それだけじゃないな……焼き場から此処《ここ》まで香りを辿ってきたチュンズメたちが、広間の入口に山盛りじゃ。

「大行列の盛りだくさんじゃな……」

「へ？」

儂が指さすまで気付かんかったのか。振り返ったルーチェは、チュンズメがわさっと集まる姿に、びくりと肩を震わせた。それでも皿は落とさん。

「追加もどんどん作らんと駄目みたいじゃよ」

「だねー」

儂の言葉に振り向いたルーチェは、にへらっと笑っておる。

焼き魚と焼きエビの皿を置いたルーチェとバルバルは、また焼き場へ戻っていった。儂も料理のおかわりを先行して作り始める。

親分さんたちは儂らにばかり作らせるのを気にしておったが、儂が止めないで欲しいと頼んだんじゃ。どうせなら皆で食べたほうが楽しいじゃろ。それにこれだけ期待されたら応えんと、アサオの名が廃《すた》ると思ってな。

しかし、ただの朝ごはんのつもりが、立食パーティーのようになってしまったわい。作り立ての料理を口にしたチュンズメたちが喜んどるから、儂としては満足じゃ。それに作る度に味見をしとるので、儂やルーチェは腹減りのままじゃないしのぅ。

料理を作り続ける儂らは、チュンズメたちの食欲に勝てたようじゃ。減る一方だった料理が余り始めたからのぅ。よくよく見れば、広間の床に、次々とチュンズメたちが転がり出しとるわい。

そんな中でも料理番チュンズメ三羽は、儂のそばで見学を続けとった。いや、これは見取り稽古と言ったほうがいいんじゃろか？　儂の正面や左右で、儂と同じ動きをし出しとる。試しに小ぶりのナイフとまな板、山菜を渡せばしっかり切れとるよ。

どこまでできるかの見極《みきわ》めをしたくて、細かく刻んだり、ナイフで皮を剥いたりなどをさせたらそれは駄目じゃった。しかし、器用にナイフを翼で掴む様は面白いもんじゃ。道具を使えるようにと、何かしらのスキルを使ってるのかもしれん。普通に持てる儂には必要なさそうじゃから、詳しくは聞かんがの。

「じいじ。チュンズメさん、皆寝ちゃってるよ。ぽっこりお腹を抱えて幸せそうだね」

ルーチェは、転がるチュンズメ兄者をつんつん突いておる。いつの間にやら兄者の隣に妹者まで仰向《あおむ》けで倒れており、その顔は満足そのものじゃったよ。

「これだけの食料を集めるのは、大変じゃったろうに……気持ちいい食べっぷりに年甲斐《としがい》もなく張り切りすぎたわい。すまんな」

ころころ転がる親分さんに詫《わ》びると、盛大に笑われた。

「気にするでない。食料庫にはまだまだある。誰か、アサオ殿を案内できるものはおらんか？」

声をかけても、唯《ただ》の一羽も返事をできんらしい。起き上がりこぼしのように、ゆらゆらしとるだけじゃよ。

「お前さんたちは場所を知らんのか？」

ナイフ装備の料理番チュンズメ三羽に聞いてみたら、顔を見合わせてから申し訳なさそうに頷いた。話を聞けば、ごはんの粗相をしたのは、親分さんとこの三羽なんじゃと。食料庫から台所に運び込んだところで、やってしまったらしい。

それ以降は皆に申し訳なく、食料庫に近付かないようにしていたそうじゃ。なので、自分たちでその禁を破《やぶ》るのは……と悩んでいるみたいじゃよ。

「よし、一緒に行けば問題なかろう。あの件からすでに百年は経っているのだ。これを機に、解禁しようではないか。もちろん、二度と失敗しない気持ちは大事だぞ」

なんとか飛び上がり、しゅたっと着地した親分さんは、ほっかむり姿の三羽を諭す。ついでに自分にも言い聞かせとるようじゃ。

三羽は目に涙を浮かべて、こくりと頷く。床を少しばかり濡らしたが、それを咎めるようなことを親分さんはせん。ただ恐れられるだけの親分ではなく、慕われている感じが見受けられたのは、こんな配慮からなんじゃろな。

親分さんと料理番の三羽に連れられ、屋敷の中を右往左往《うおうさおう》、上下と行き来した。さっきも通ったような気がする道順を何度か辿れば、屋敷の裏手へ回ったらしい。

「久しぶりで迷《まよ》ったな。すまぬ」

やはり間違いだったようじゃ。ルーチェと顔を見合わせたが、わざとでないしのぅ……それに図《はか》らずも屋敷の中を探検できたようなもんじゃて。二人して笑うだけじゃよ。バルも震えるだけじゃしな。

屋敷の裏口から出たら、竹藪じゃった。その中には屋敷に負けんくらいの蔵《くら》が二つ立っておる。

右手側の蔵を指し示した親分さんは、

「右の蔵から持ち出して、左の蔵で保管する」

そう説明してくれたが、儂の目は右の蔵にくぎ付けじゃよ。蔵の入口の右側に、『ダンジョン飢《う》え知らズ』と日本語で書かれておった。縦書きな上、ミミズがのたうち回ったような筆さばきじゃがな。ちらりと見た左の蔵には、何も書かれておらん。

「……ダンジョンか」

「おぉ、ひと目で分かるか。さすがアサオ殿。ここからは食料だけが採れるのだ。一層しかないのに、だだっ広くてな。果てがあるのかも分からんぞ」

親分さんが、腹をさすりながら儂に答えてくれる。

「米もここから採れる。あの看板は読めなんだが、一族の誰も空腹に悩まされることはないぞ」

「まぁ、そうじゃろな。『飢え知らズ』と名乗っておるし、それで誰かが飢えるようなら、あの看板を下ろさなくちゃいかんじゃろ」

苦笑いを浮かべた儂に、親分さんが目を見開く。

「読めるのか？　初代様が書き記されたあの絵が」

うむ。漢字に平仮名、カタカナじゃ、文字として認識されんよな。それとも書かれた字が下手すぎるからか……どっちが理由か分からん。

「儂の住んでいた地域の文字じゃよ。随分と達筆で儂にも判別が難しかったがの」

嘘は言っておらんよ。崩して読めんようになっとる文字だって、見識《けんしき》のある者が見れば、芸術として評価されることもあるからの。儂に芸術的感性が足りんから、読み難い文字としか思えんだけじゃよ。

「初代様は小さな身体ながら、誰よりも強かった。そして賢かった。この地を見つけ出してからは、ここを安住の地として平定されたのだ」

親分さんが両の翼で10センチくらいの球体を表わしとる。これ、チュンズメ一族の始祖《しそ》は、地球の雀ってことじゃろ？　チュンズメの名と姿。語尾のチュン……どれをとっても儂にはそうとしか思えんぞ。もしかして昔話の「雀のお宿」もここのことなんじゃろか？　しかし、雀が異世界転移とは……予想だにせんかった事態じゃ。

「初代様の文字が読めるなら、アサオ殿も関係者なのだな。良かったらアサオ殿も蔵に入り、好きなだけ収穫するといい」

「いや、それは悪いじゃろ」

「問題ない。先ほどの料理の礼も兼ねてだ。何より礼をしようと来てもらったのに、今のままでは料理を振る舞われただけになってしまう。このまま帰してはチュンズメの名折《なお》れ。是非とも好きな物を持っていってくれ」

断ろうとしても親分さんは引いてくれん。これはこちらが折れるしかなさそうじゃ。

「それじゃ、一度お邪魔するかの。とはいえ、広間の片付けもせんといかんな。一度戻って、支度《したく》をしてからにさせてもらおう」

「はーい」

儂と親分さんのやり取りを見守っていたルーチェが、元気な返事をする。どうにもダンジョンと口にしたあたりから、しっかり聞いていたようじゃ。なのでにっこにこじゃよ。バルバルも機嫌良く揺れておるのじゃった。

《 25 ダンジョンへ収穫に行く前に 》

広間に戻る時には、親分さんは腹を抱えることもなくなっておった。普通に儂の先をルーチェと共に歩いておる。隣を歩くルーチェが小さいから、親分さんの大きさがより一層際立《きわだ》って見えるわい。

「蔵の中は、狙う作物ごとに場所が分かれていてな。案内と一緒に行けば効率がいいはずだ」

「でも一階だけなんでしょ？」

ルーチェの問いに親分さんが大きく頷く。

「鰹節《かつおぶし》を手に入れたダンジョンと似てるのかもしれんぞ。あそこも一階だけじゃったろ？」

「あ、そうだね。ってことは、いっぱい倒さないと戻れないの？」

ルーチェは儂を振り返り、以前のダンジョンを思い出して聞いてくる。

「戻れないことはないぞ。必要な分を集めたら、すぐに帰ってこられるからな」

「踏破《とうは》する必要がないのは、ありがたいのう。それも初代様がやってくれたのか？」

立ち止まることなく親分さんは儂にも頷く。

「そう伝わっている。『食べる分だけ計画的に』。それが言い伝えだ」

うむ、良い伝承じゃな。普通の野山なら、採り尽くしてしまえば、二度と食べられなくなるからのぅ。ダンジョンだと分からんが、無謀《むぼう》な実験をすることもないじゃろ。初代様の教えを守るチュンズメ一族も、きっと儂と同じ考えだと思うわい。

時代が流れとるから、盲目《もうもく》的に従ってるのかもしれんが……種族として強者に従うのは間違いではないからのぅ。

「さて、当番は……」

広間まで戻り、襖へ手を伸ばした親分さんが、唐突に立ち止まった。広間からは何やら甲高い歌声が聞こえ、合いの手と思《おぼ》しき音がこだましておる。

「宴会でもしとるんじゃろか？」

親分さんの後ろで、儂は首を傾げた。中へ入れないので、ルーチェも儂と同じように首を捻っておる。

儂らの前の親分さんは、全身が震えとる。

「喉が完治したからって、すぐに歌声を披露する馬鹿がいるか！」

襖を一息に開けた親分さんが、一喝《いっかつ》しよった。広間にいた全員がこちらを向き、刮目《かつもく》しとる。そんな中、儂らが最初に通された上座に立つ者だけは、変わらず歌い続けておるよ。

あ、その目の前に座るブランコも、遅れながらこちらを振り返りよった。その顔は憔悴《しょうすい》し切っとる。別れた時は元気じゃったのに……この短時間で何があったんじゃ……

「喉を労《いたわ》り、休めろ！　次に蜂蜜が入手できるのは、いつになるか分からんのだぞ！」

親分さんの更なる怒声《どせい》に、蜘蛛の子を散らすようにチュンズメたちは逃げていく。そこでやっと歌声の主は気付いたらしい。儂らに微笑みかけ、

「おとたん、前より声が通るんよー」

ころころ笑っとる。チュンズメというより、鳥人さんかのぅ。頬や腕などに羽毛が付いてるくらいで、ルーチェと背格好はさして変わらん。目鼻立ちもくっきりしとるし、髪も真《ま》っ直《す》ぐな濃い茶色じゃよ。

親分さんをもっと人寄りにして、痩せさせた感じかのぅ。そんな子に無邪気《むじゃき》に話されたら、親分さんも気勢を削《そ》がれたようで、怒らせていた肩が下りよった。

「蜂蜜様々やでー」

可愛らしく歌うように話すチュンズメは、どうにも西の訛《なま》りを感じる話し方じゃや。

「あー、これがお嬢だよ」

憔悴からなんとか立ち直ったブランコが、教えてくれた。

「〜〜〜〜♪」

お嬢はまた歌い始めとる。上座で歌うその様は、この上なく上機嫌なんじゃろな。もう

全身から滲《にじ》み出ておるよ。

「ここでもアサオさんの料理にありつけたと思ったら、こいつが歌い始めてな。その辺に寝転《ねころ》がってた全員が、観客にされちまったんだ。食べながら聞こうとしたら怒られた……もう食べていいか？」

ブランコは儂に説明しながら、歌うお嬢に許可を取ろうとしとる……んじゃが、ひとにらみで黙らされたようじゃ。ながら鑑賞《かんしょう》は許されんらしい。

「ひとまず歌のお礼にこれを渡そうかのぅ」

儂は【無限収納《インベントリ》】から蜂蜜入りの小瓶を取り出す。それを目ざとく見つけたお嬢が歌うのをやめ、上座から降りてきた。

「蜂蜜様やー。おいちゃんがくれたんやねー。おおきにー」

「綺麗な歌を聞かせてくれたお代じゃよ。喉を酷使《こくし》して声がかれたらもったいない。また今度聞かせてくれるか？」

からからと笑うお嬢に小瓶を渡す。

「そない言うんなら、またなー。ブランコはん、食べてええよ」

お嬢から許可が出て、ブランコは目の前の料理に齧り付く。儂に感謝をしとるみたいなんじゃが、食べるのに忙しくそれどころではないようじゃ。それでも食べる合間に手を合わせ、頭を下げとるよ。

「なんでブランコさんが蜂蜜買ってたの？」

「この娘の喉の薬だな」

親分さんに質問の答えをもらったルーチェは、一応納得したのかそれ以上聞かん。

「うちはブランコはん専属の諜報《ちょうほう》なんよー。名前は堪忍《かんにん》なー。お嬢でも歌う子でも好きに呼んでやー」

「おぉ、それでか。部下を労《いたわ》り、労《ねぎら》うのは上司の義務じゃからの」

「そうやでー。とりあえずうちも食べよー」

お嬢は酢の物を皿に取り、それを食べ始める。

「部下じゃなく、協力者なんだけどな。それに力関係は俺のほうが下に見えるだろ？」

ひと通り食べたらしく、ブランコはやっと落ち着いたようじゃ。影を感じる顔を見せておる。

「そうだとしても、女性を邪険には扱えんじゃろ。それに尻に敷かれているくらいのほうが、何かと上手く回るもんじゃよ」

「分かっちゃいるんだが……なんだ、アサオさんも仲間だったのか」

思わぬところで同志を見つけたと、ブランコは目を輝かせる。そしてがっちり拳を握られた。まぁ、否定はせんが、それは日本《あっち》でのことじゃからな。

お嬢が食べ進めるのに釣られたようで、親分さんも再び食事を始めておる。その間に儂は、空《あ》いた皿やフライパンなどを片付けるのじゃった。

皆の食事が終わったので、儂らは片付けを続行しとる。料理はほんの少しだけ余ったくらいじゃよ。それも料理番チュンズメ三羽が、参考資料にする為と、回収していきよった。全ての食事を三羽で賄《まかな》うわけでもないらしくてな。他の者らにも早速教えるそうじゃ。

《 26 ダンジョン？ 》

親分さんが言っていたダンジョンの案内係は、蒸し米の籠を運んでいた四羽のチュンズメになった。兄妹チュンズメでも良かったんじゃが、あの子らはダンジョンへ入場する許可を持つ役職ではないんじゃと。基本的には食事に絡《から》む者のみらしい……入れる者もある程度絞っているんじゃな。それで今日の担当が運搬役の四羽だったんだそうじゃ。今は、儂の前後左右を囲んどる。

その案内係の後ろをバルバルを頭に乗せたルーチェが追いかけとるよ。四羽は、親分さんや兄妹のように話せんらしく、チュンチュン言うだけじゃ。それでも儂には理解できるから、取り立てて問題になりゃせん。

蔵にたどり着き、儂らはそのまま中へ進んでいく。大きくない建物だったのに、蔵の中を進むこと数分でやっと行き止まりに突き当たった。そこには真っ白い襖が設《しつら》えてあり、チュンズメたちも立ち止まる。どうやらここがダンジョンの入り口のようじゃ。

四羽のチュンズメが、禊の隣にある水晶へ交互に触れた。儂と手を繋ぐルーチェ、バルバルを四方から囲み、禊の中へ進んでいく。暑くもなく寒くもない、薄暗い空間を通っていると、正面にぼんやり光が見えてきた。

かと思えば急激に光が強くなり、儂らを包む。あまりの眩しさに目を閉じてしまったんじゃが、歩みは止めん。周囲を飛ぶチュンズメが止まる気配も感じなくてな。案内されるままついていく。

もうどのくらい進んだか見当が付かん。目を閉じたままだと、時間の感覚がこうも分からなくなるものなんじゃな。それに歩きながら考えていたんじゃが、あの光が本来の門だったんじゃないかのぅ。今もまた薄い膜《まく》を通り抜けた感じがしたし、それと共に瞼《まぶた》を焼く明かりも消えたようじゃから。

ゆっくり瞼を開けると、むせ返るような緑の野山が目に入ってきた。これ、日本の原風景とか言われるような景色じゃろ……

景色に圧倒されている儂の袖《そで》が、くいくいと引っ張られた。そちらを見れば、ルーチェが不思議そうな顔で儂を見上げておる。

「じいじ、どうかしたの？」

何やら心配をかけたようじゃ。

「なんとも懐かしい景色でな。儂の田舎とよく似てるんじゃよ。それで、呆けてしまったわい」

ルーチェの頭を撫でようと手を伸ばしたら、バルバルが避けてくれた。厚意に感謝しつつ、ルーチェの頭を撫でると、その上からバルバルが揺れよるよ。その動きに思わず笑ってしまう儂とルーチェじゃった。ふいに笑い出した儂らに、チュンズメたちは首を傾げる。

「なに、大丈夫じゃよ。このくらい肩の力が抜けてたほうが、妙に緊張するよりいいじゃろ?」

理解してくれたのか分からんが、チュンズメは何事もなかったかのように、また儂らの周囲を飛び始める。そのまま一緒に懐かしい風景の中を歩くと、茅葺《かやぶ》き屋根の古民家にたどり着いた。

どうやらここが目的地のようでな。チュンズメたちは引き戸の前で離れ、儂を中へと促しとる。反抗する理由もないし、古民家へ立ち入ると、これまた嗅《か》ぎ慣れた匂いが充満しとったよ。

土壁《つちかべ》の匂いと、板や柱に使われた古い木の香り。あとは竈に燻《くすぶ》る炭の焦げ臭さ……誰もいないのに、なんで燃えとるんじゃ? 分からんが、すぐ使える竈はありがたいもんじゃ。ひとまず休憩とするかの。

茶と軽く摘まめる菓子を【無限収納《インベントリ》】から取り出す。外で待つチュンズメたちも誘って、共に一服じゃ。

チュンズメたちは茶を飲まんから、かりんとうとポテチに水じゃった。一服の最中、いろいろ聞いたんじゃが、この四羽は、それぞれ担当する場所が違うんじゃと。親分さんから「一緒に採るように」と言われてるから、順繰りに行くのが良さそうじゃよ。

収穫した食材を運ぶ都合を考慮して、遠い場所からと四羽が提案してくれた。荷物は【無限収納《インベントリ》】に仕舞うから心配いらんのじゃ、と教えたら、ハトが豆鉄砲喰らったような顔になっとった。雀……チュンズメでもなるんじゃな。

どこまで行くか、何を採れるか分からんしのぅ……チュンズメの話によれば、ボスのような魔物もおらんし、チュンズメに頼めばすぐにこの古民家まで戻れるらしい。無理や無茶をするつもりもないから、疲れたり、満足したら帰ることにしよう。だもんで、手前側から、行けるところまで行くってことに決まったわい。

「まずは山菜だね」

ルーチェが元気良く宣言すると、一羽のチュンズメが颯爽《さっそう》と躍《おど》り出る。山菜採りの担当さんなんじゃろ。『キリッ』て文字が見えるようじゃ。

「よろしくお願いします」

ぺこりとお辞儀するルーチェ。その頭にしがみつくバルバルは、ずり落ちないよう必死になって貼り付いておった。儂もルーチェに遅れること数秒、チュンズメに頭を下げるのじゃった。

一服した古民家から歩くこと数分。微かな水音が聞こえた先には小川が流れとる。丸太が四本並べられただけの橋を渡り、向こう岸へ行けば、その先は腰高まで伸びた藪じゃった。山菜を採れる場所はこの藪の先なんじゃと。

藪の上を飛ぶチュンズメには必要なくても、儂らには重要じゃからな。死角や藪の根本から攻撃される危険性を考えて、《結界《バリア》》をかけてみた。《結界《バリア》》自体が珍しいのか、案内するチュンズメが大興奮じゃよ。自分にもとお願いされたから、かけてやったら藪の上で小躍《こおど》りしとる。飛びながら器用なもんじゃ。

藪をかき分けて進むこと十数分。やっと藪を抜けたら、日当たりの良い斜面《しゃめん》に出た。そこにはワラビやゼンマイがびっしりじゃ。ダンジョンってやつは、季節も無視しとるんじゃな……いや、一応関係ある形で並んでおるか。

ある程度季節ごとに分かれているみたいで、春先から初夏の山菜の群れ。その奥に夏頃の山菜。秋口に採れる山菜、と順番に儂から離れとるよ。

「魔物はいないんだね」

山菜を採るルーチェは、少しばかり残念そうじゃった。しょんぼりしつつも、美味しい山菜ばかりじゃからな。そのことを知ってるルーチェが、手を抜くなんてことはないんじゃよ。

バルバルは採取ができんから、枯れ木の樹皮を食んでおる。

手分けして山菜を集めていたら、《結界《バリア》》の下半分には小さな虫が無数に貼り付いておったよ。ふと顔を上げたらそんな光景でな。思わず、手加減を忘れて《駆除《リドベスト》》を放ってしまったわい。

儂だけでなく、チュンズメやルーチェにも集《たか》っていたらしく、そちらもばたばたと落ちとった。

見れば、マダニやヒルなど野山に自生するやつらじゃった。魔物でなくても害はあるからのう。これがあったから、チュンズメも《結界《バリア》》を強請《ねだ》ったのかもしれんな。

「このくらいでいいじゃろ」

なんだかんだと一時間ほど採り続けた儂らの鞄には、たくさんの山菜が収まっとる。

チュンズメも必要なだけは確保できたみたいじゃし、そろそろ帰ろう……そう思ったんじゃが、ルーチェの頭に陣取るバルバルの様子がどうにもおかしくてな。普段は琥珀《こはく》色の身体が、少しばかり濁《にご》っておる。鑑定してみたら、弱い毒を浴びておった。

「枯れ木を食べてただけなのに……何か他の物も食べたのか？　《解毒《デト》》」

バルバルに魔法をかければそれだけで治りよった。しかし、いつの間に毒物を食べたんじゃ？

「《治癒《エイド》》」

「あ、じいじ。これ食べたっぽいよ」

バルバルを抱えて治療を続ける儂の代わりに、ルーチェが原因を見つけてくれた。その指さす先には、明らかに食事の痕跡が見て取れる。食べ残しを見るとセリのようじゃ。となるとドクセリを間違って食べたんじゃろな。鑑定してみれば、案《あん》の定《じょう》ドクセリじゃったよ。

「食料以外もあるのか……」

思わず呟いた儂にチュンズメが理由を教えてくれた。初代の意向で残していて、これらを集めて薬師に売って金品を得てるんじゃと。

「となると、毒キノコもあるんじゃろな」

儂の言葉にチュンズメが頷く。そっちも金子《きんす》を手に入れる大事な商品になるそうじゃよ。

「もー、何でも食べちゃダメなんだよ。お腹壊しちゃうからね」

儂とチュンズメが会話しとる間に、ルーチェは自分の正面にバルバルを抱えて注意しとった。口調は柔らかいが、目は真剣そのもの。ただ、指摘がちょいとずれとる。

「お腹壊すだけならまだいいほうじゃ。最悪、死ぬこともあるからの。変だと思ったら、すぐに言うんじゃぞ」

バルバルはルーチェの身体をよじ登り、頭の上でその身を揺らしとる。全身を波立たせてるのは、怖かったとの訴えかのぅ？

「ちゃんと分かった？」

問いかけられたバルバルは、ルーチェの頭の上で弾んだ。

「分かったって」

にぱっと笑うルーチェは、バルバルを優しく撫でておった。

チュンズメのそばに集まり頼んでみれば、どういった理屈か分からんが一瞬で古民家の前に戻れた。目の前に帰ってきた儂らを、待っていた三羽が踊りで迎えてくれる。無事の帰還《きかん》を祝っているそうじゃ。

山菜採りを終えたチュンズメも、三羽に混ざって盛大に鳴き踊る。その際、他の三羽と微妙な距離があったのぅ。どうしたものかと首を捻っていたら、思い出したわい。《結界《バリア》》の解除《かいじょ》をし忘れとる。

山菜チュンズメは、気付いていてそのまま輪に混ざったようじゃ。他の三羽に《結界《バリア》》のことを自慢したかったらしい。その後四羽でチュンチュン鳴き合い、採取の目的地で儂にかけて欲しいと頼んできよったよ。

「皆の安全の足しになるなら、文句なぞありゃせん。喜んでかけるから安心せぇ」

どうやら儂の言葉でやる気が張ったようじゃ。次に向かう魚担当のチュンズメも、その先の肉担当のチュンズメも激しく踊っておる。

最後に同行する米チュンズメだけが落ち着いておった……のではなく、順番が来るか気がかりみたいじゃよ。通い慣れた自分らならまだしも、何度も行き来すると儂らが疲れてしまうのではないかと心配してくれとるそうじゃ。

「持ち込んだ料理もあるし、体力はかなりあるほうじゃからな。それに帰り道を気にしなくていいのは、とても楽なんじゃよ。あと、米は是非とも手に入れたいんじゃ。だから無理せず頑張るぞ」

そう説《と》いてやったら、安心したのか誰よりも機敏に動き、キレッキレの踊りを披露する米チュンズメじゃった。

しかし、ただただ待つだけなチュンズメは暇そうでな。飲み水と茶請《ちゃう》けを置いていくことにした。パン耳ラスクにかりんとう、あとは煎餅と小ぶりなホットケーキじゃ。待ち時間に楽しみが加わったおかげで、チュンズメたちは更にやる気が上がったようじゃよ。

それとは反対に、これから同行するチュンズメは残念そうな顔をしとる。儂らの前を飛んどるが、寂しそうな背中で周囲の空気が沈んどるわい。さすがに可哀そうでな。行きがてらにおやつの時間にしてみたんじゃ。

飛びながら食べるのは難しいと思い、儂の肩にチュンズメを止まらせた。【無限収納《インベントリ》】から出したかりんとうを摘まみつつ、チュンズメにも与えたら、忙しなく食べよってな。そちらにかかりきりになってしまうくらいじゃったよ。ルーチェとバルバルにも、皿ごと同じ物を渡してある。なので、全員で食べながら目的地に向かっておるんじゃ。

歩きだけではどうにも遅くなりそうで、途中からは《加速《クイック》》をかけて走ったわい。というのも、チュンズメが飛べないくらいかりんとうを食べてしまってな。今も肩に乗っておるが、ずしりとした重さじゃよ。

上から見る景色と違うので、チュンズメが案内に迷うかと思ったが、そんな心配は杞憂に終わった。山菜採りへ行く時に渡った小川を、ずっと下っていくだけじゃったからの。目的地に着いた今、目の前に広がるのは湖じゃった。

「広いねー」

小川と湖の境目辺りに儂らは立っておる。湖底まで見えるくらいの澄んだ水じゃ。視線の先で泳ぐ魚は一尺前後が主じゃが、時折その倍以上ある魚影も見て取れた。

「これは釣るのか？」

左肩に止まったままのチュンズメに聞いてみたら、首を横に振りよった。そして右の翼を持ち上げる。すっと伸ばした羽根先には、丸太が浮かんでおった。目を凝らして水中を覗くと、何やら黒いものが沈んどる。チュンズメを肩に乗せたまま、儂は自分に《浮遊《フロート》》をかけた。

一緒に行くかとルーチェに確認したんじゃが、バルバルと共に、足元の砂地で貝や蟹を探すそうじゃ。

湖上をゆっくり歩いていけば、すぐに丸太までたどり着く。儂と同じくらいの大きさでぷかぷかと浮かんでおり、そこには紐《ひも》が括《くく》られておった。その先を辿ると水中の籠らしきものに行き着いた。これが黒い何かに見えたんじゃな。

上から見るに仕掛け籠じゃろ。となると、チュンズメは罠で漁をするのか。賢いもんじゃ。

儂の肩から降りたチュンズメが、爪とクチバシを上手に使って籠を引き上げる。特に魔法もかけていないいんじゃが……チュンズメは難なく持ち上げておるよ。

籠を足で掴んでそのまま飛ぶと、宙吊りのまま岸まで運びよった。いや、一羽でこれを持てるのなら、なんで蒸し米の籠は四羽で持ってたんじゃろか……疑問に思いつつ追いかけるが、儂が手伝うことは何もなかったわい。

岸を過ぎて草地まで来たチュンズメが、やっと止まる。そこで籠の縛りを解くと、バラバラと魚が落ちていく。体長一尺前後もあるイワナっぽい魚じゃ。川や沢でなく湖におるのか……これもダンジョンだからかのぅ。

仕掛けが気になり、籠の中を見せてもらったら、餌となる虫が括りつけてあった。匂いなのか、脂なのか分からんが、この虫で誘《おび》き寄せておるようじゃよ。

貝拾いをしていたルーチェも、飛んでるチュンズメの姿を見つけてこちらに来たみたいじゃ。頭にはバルバルをちゃんと乗せておる。

「大きいの？　美味しいの？」

ルーチェは一匹の魚を持ち上げると、儂の前まで持ってきた。イワナっぽいものばかりと思っていたが、ヤマメらしき個体も交ざっていたようじゃ。尾を掴んでおったが、体長はルーチェの顔より大きいぞ。軽く一尺を超えておるな。

「どちらも美味い魚じゃよ。儂は塩焼きが一番好きじゃな」

ぴちぴちと暴れるヤマメらしき魚を、デコピンで大人しくさせる。余計な運動で身が焼けたら、味が落ちるでな。チュンズメに断り、獲れた魚全部を〆《しめ》ることにした。〆てしまえば【無限収納《インベントリ》】に仕舞えるからの。

念の為、《鑑定《エヴァルア》》をかけたら、内臓を食べてはいかんと出とる。《駆除《リドベスト》》を使ってもダメと書かれとるからのぅ。無理して食べる箇所《かしょ》でもないから、内臓の処理も済ませてしまおう。

儂が下処理しとるのを、チュンズメが興味深そうに眺めておる。全部にデコピンをしとるから、包丁で腹を裂いても抵抗せん。多少ビクビクするのは、神経の反応じゃからな。手早く済ませればそれも気にならん。どんどん処理を終えて、【無限収納《インベントリ》】へ仕舞う。ルーチェもナイフを使って手伝ってくれたから、ほんの数分で終わったわい。

穴を掘ってそこにまとめておいた内臓は、処理が終わった頃にはほとんど無くなっておった。僅かに残っていた内臓も、真っ白な光の粒になりながら消えていく。この辺りはダンジョン特有の、よく分からん仕様《しよう》みたいじゃな。チュンズメに聞いても首を傾げるだけじゃった。

「そういえば、貝や蟹は獲れたのか？」

「んーん。貝殻だけだったよ。でも綺麗だったから持ってきたの」

そう言いながらルーチェが鞄から取り出したのは、ハマグリくらいの貝殻じゃ。中は真っ白で、外は年輪《ねんりん》のような縞模様。その縞も茶色や黒などの儂の知る模様じゃなくてな。濃淡の付いた黄色や朱色じゃ。しかし、魚の内臓は消えてしまったのに、貝殻が残るとは……使い道があるかどうかでダンジョンが判断しとるのかのぅ。

獲るものも獲ったので、儂らは古民家まで戻る。これまた一瞬で帰れたんじゃが、儂らの帰還に、残ったチュンズメたちが今回は慌てておった。原因はあれじゃ。出しておいた茶請けが全滅しとる。かなりの量を置いていったんじゃがのぅ……仕掛け籠を持ち上げる前の魚チュンズメと同じで、皆全体的にぽっこりした身体付きになってしまっとるよ。

魚チュンズメは怒りに震えとるようじゃが、お前さんもたっぷり食べたじゃろ。儂の肩から飛び掛かろうとしたのを、素早く腕を伸ばして捕まえるのじゃった。

古民家で小休憩を挟んだら、今度は肉を獲りに向かう。山菜と魚は違ったが、今回ばかりはきっと狩りになると思うんじゃよ。ただ、以前に入ったことのあるダンジョンとだいぶ違うからのぅ。想像していたものとも違うし、肉も狩らずに済んだりするんじゃろうか……

先ほどとは別の道を進んでいく。山……というより小高い丘に向かっているようじゃ。

野原を進んでそろそろ丘に着くかという頃、やっと魔物らしき何かを見かけた。ここまで動物すら見かけておらんからな。《索敵《レコナ》》とマップで確認すると、味方を示す青点表示なんじゃよ。ただ、見た目はカマキリっぽいんじゃが……

更に近付いたら、そのカマキリから声がかかった。

「あんれまぁ、ヒトだべ。いづぶりだがなぁ」

野太い声で訛《なま》っとる。若干なんてものでなく、純度《じゅんど》１００％の訛りじゃよ。カマを振り回しつつ、何やら準備を始めるカマキリ。岩陰《いわかげ》に移動したと思ったら現れ、木陰《こかげ》に隠れたと思えば木の天辺《てっぺん》へ飛んでいた。

黙って待つこと数分。小高い丘には、風船っぽい何かがたくさん浮かんでおった。田んぼでよく見る目玉のようなアレじゃよ。黄色地に白、黒、赤の円が描かれ、的《まと》みたいになっとる。それが辺り一面びっしりじゃ。数は分からん。

「そんじゃま、いづもどおりだ。やっちまうべ」

それだけ言われたら、チュンズメがカマキリの隣に並んだ。すると地中からぬっと柱が迫《せ》り出してくる。そこには三個の穴があり、赤、黄、青と順番に《照明《ライト》》が点《つ》いていった。全部点灯したところで、カマキリがプアーッと笛《ふえ》を鳴らす。いつの間に持っていたんじゃ……そしてカマキリに笛が吹けるんじゃな。

儂が驚いている間にチュンズメは飛び出しておる。次々に目標を破壊していき、どんどん儂から離れていった。カマキリはチュンズメを見ることもせず、柱を凝視しておるよ。儂から見えん裏側が気になって覗いたら、時計が付いとった。

「あと少しだやー」

カマキリの声が聞こえたんじゃろ。チュンズメの飛ぶ速度が上がったわい。より鋭く素早く、舞うように的を射抜《いぬ》いておる。最初に浮かんでいた風船の数から思えば、半分くらいが消えとるぞ。

「終いだー」

最後の一刺しにいったチュンズメのクチバシは、風船に刺さらずはじき返されておった。墜落《ついらく》の危険が頭を過《よぎ》り、チュンズメの落下点に入ろうとしたが、チュンズメは体勢を立て直し、儂の肩にシュタッと着地しよる。

「六十八点だやな」

そう言いながらカマキリは笊《ざる》を取り出した。その上には、部位ごとに切り分けられた肉が盛ってある。様子を見ていたら、笊が次々出てくるんじゃよ。鶏肉、牛肉、豚肉に、熊肉、鹿肉まで出てきたわい。取り出される笊は五枚で打ち止めらしい。

受け取った笊を抱えるチュンズメは、やり切った顔をしておった。次は儂の番と、鼻息荒く促された。

「じいじ、なんか面白そうだから、私がやってもいい?」

儂に聞きながら、ルーチェはバルバルを渡してくる。受け取ったバルバルは、腕から肩を上がって頭に落ち着いた。

「ちんまいな。やんべか？」

「うん。何か決まりはあるの？」

ルーチェに顔を寄せるカマキリ。素直に頷いたルーチェが聞き返しとる。

「何でもありだー。時間いっぺー使って、いっぺー割れば、いっぺーの肉になんだよー」

「はーい。頑張るよー」

軽い屈伸《くっしん》運動をしとるルーチェは、やる気十分のようじゃ。しかし、どうするつもりじゃろ？　宙に浮く風船を割る手段は、ルーチェじゃ限られとるぞ？

カマキリが柱をぽんと叩くと、点いていた明かりが全て消える。もう一度叩いたら、赤から順に点いていった。また笛が吹かれ、今度はルーチェがカマキリの隣から飛び出していく。

近くの風船を突いて割り、少しでも離れた的は素通りじゃ。全体の中央、丘の真ん中辺りにまで駆けたルーチェは、鞄から何かを取り出しとる。取り出したのは、鞄よりもだいぶ大きな石じゃった。それをいくつも取り出しては投げ飛ばしておる。

数個の風船をまとめて割っとるようじゃが……風船の割れる音より、石が落ちる音のほうが断然《だんぜん》大きくてな。それに夥《おびただ》しい量の石がルーチェから放射されとる絵面《えづら》も相まって、頭が状況を理解しようとせん。

「あと少しだやー」

おかしな風景なのにカマキリは一切動じとらん。そして声が聞こえたルーチェは、小さな石に切り替えてばらまき始めた。散弾銃《さんだんじゅう》のように面を打ち抜く石は、見えない壁に当たり、儂らにまでは届かんかった。

「終いだー」

カマキリの宣言でルーチェが止まる。

「むー。全然ダメだった」

ルーチェはそう口を尖《とが》らせておった。

「三十三点だやな」

カマキリが取り出した笊は二枚だけじゃ。量もチュンズメの物より少ない。とはいえ、笊自体の直径が三尺はあるからのぅ。普通なら十分すぎる量じゃよ。

「……足りないよ、じいじ」

口をへの字に曲げて、儂の袖を摘まむルーチェ。儂の頭から移動したバルバルが、ルーチェの頭で優しく弾む。きっと慰《なぐさ》めておるんじゃろ。

「足りないことはないじゃろが……儂もやってみたいからの。いいか？」

「それじゃ、やんべ」

また柱を叩いたカマキリの隣に儂が立つ。《照明《ライト》》と笛を合図に、儂の肉集めが始まるのじゃった。

儂はカマキリの隣を飛び出し、ルーチェと同じ要領で中央を目指す。

「《風刃《ウインドエッジ》》」

ルーチェと違うのは、的に近付く必要がないことじゃな。走りながら狙える的は全て魔法で打ち抜いておく。ほんの数秒で目的の場所についた儂は、足元から石柱を生やす。およそ3メートルくらいかのぅ。その上で全方位に向けて、

「《石弾《ストーンバレット》》」

石礫《いしつぶて》を放つ。ほとんどの風船がおよそ同じくらいの高さに並んでおるんじゃ。ならば自分の高さも揃えれば、水平に投げるだけで良くなって当たりやすかろう？　現に今打ち出した《石弾《ストーンバレット》》は全弾命中してくれたわい。これだけで三分の一は消えたぞ。

残る三分の一が上空に漂っておる。それもこの石柱の上からなら、十分狙撃《そげき》可能じゃよ。

ただ、ルーチェが投げた大石を見ていたら、儂も一つ試してみたくなってな。それをここで実験といこう。

「《石弾《ストーンバレット》》、《拡大《グロウス》》」

岩と呼んでも過言でないくらいの大きさになった《石弾《ストーンバレット》》を的へ投げると、複数個をまとめて消し飛ばせた。

「《火球《ファイアーボール》》、《拡大《グロウス》》」

ついでに球の軌道を曲げられるのかの実験もしてみるが……イメージだけでは直球になって上手くいかん。なので、フォームを変えて投げてみたんじゃ。そうしたら上手いこと曲がってくれた。《火球《ファイアーボール》》で野球をしている気分じゃな。危険極《きわ》まりないが、これは実用性が十分見込めるわい。これからも何度か試してみようかの。

そうこうしとるうちに、上空に散っていた風船がゼロになる。残るは見えない壁際《かべぎわ》の地面すれすれの風船を残すのみ。石柱から降りて狙うことも可能じゃが、チュンズメとルーチェのを見学していた時間から鑑《かんが》みて、余裕はあまりないじゃろ。

「あと少しだでー」

カマキリもそう言っておるし、あとはここから撃つのみじゃ。

「《氷針《アイスニードル》》、《加速《クイック》》」

儂は頭の上に無数の《氷針《アイスニードル》》を浮かべる。ただでさえ弾速が速いこやつを更に加速じゃ。一斉に壁際へ向けて放てば、破裂音が鳴り響く。的を貫通した《氷針《アイスニードル》》は、地面と見えない壁に貼り付いて、《氷壁《アイスウォール》》を作り出したかのようじゃった。

「終いだー」

カマキリの言葉を合図に、破裂音がやんだ。小さな氷の粒が舞っていた壁際が落ち着くと、黄色い風船が三個だけ残っておった。どれにも《氷針《アイスニードル》》が刺さっておったが割れておらん。

「九十七点だー。ほれ」

最初の位置まで戻ったら、カマキリから点数を告げられ、肉の盛られた笊を渡された。チュンズメの持つ笊より随分と盛られとる。そして種類も増えとるよ。分からん肉を鑑定すれば、ワニ、ウサギ、ウマと出た。あとは希少部位じゃな。

しかし、精力剤に使えそうな食材は求めていないんじゃが……料理の仕方も知らんし、どうしろって言うんじゃ？　体力的な衰《おとろ》えも儂は感じとらんぞ。クーハクートあたりに渡してしまうか……

「最高得点だで。また来てくんろ」

両のカマをぶんぶん振って儂らを見送るカマキリに頭を下げてから、チュンズメに頼んで古民家へ戻る。

古民家の前に出た儂らが見たのは、一段と腹を大きくした二羽のチュンズメじゃった。山菜チュンズメと魚チュンズメが丸々とした身体で、コロコロ転がっとる。もう自力で飛べずに転がるだけか……それはもう鳥と呼べんじゃろ。

米チュンズメだけは我慢したようで、少しばかり小振りに見える。転がる二羽を横目に、戻ってきた肉チュンズメと何やら話しとる。驚いた顔をしたと思ったら、翼を広げて平伏《へいふく》し出す。

どうやら先ほどの肉集めの報告を受けたようじゃ。力量のある者に恭順《きょうじゅん》の意志を見せておるつもりらしい。

「爺さん、マジパナイ！　親分が認めるだけあって、マジパナイ！」

語彙力は乏《とぼ》しいんじゃな……その後もチュンチュン言い続けたが、肉チュンズメは同じ褒め言葉を繰り返すだけじゃった。

すぐさま米採りに向かうのもなんじゃからな。まずは一服じゃ。

【無限収納《インベントリ》】を漁る儂を見て、ルーチェは期待の籠った視線を向けておる。が、その期待には応えられん。今は軽いものを摘まむくらいで、食事ほどの重いものは出さんからの。

儂が取り出した湯呑みとおやつに、ルーチェは少しばかり残念そうな顔を見せたが、気を取り直したらしい。今はおやきときんつばを頬張っておる。中身はカボチャの煮物と、サツマ餡《あん》じゃな。

のんびりした時間なのに、コロコロチュンズメ二羽は、砂まみれになってしまっとる。どうやら腹ごなしに忙しいようじゃ。儂から見えなくなるくらいまで転がり続け、また戻ってきとる。飛ぶより少しばかり遅いほどで、かなりの速さを出しとるわい。

ざっと数えて十往復《おうふく》もすれば、白っ茶けた姿になりよった。しかし、カロリー消費は劇《げき》的《てき》なんじゃな。肉集めに向かう前くらいの身体に戻っとる。

腹を減らしたのは、おやきときんつばの為なんじゃと。埃まみれのまま食べようとするので、《清浄《クリーン》》をかけてやる。チュンズメは感謝の言葉と共に食べ出すと、一瞬のうちに完食したのじゃった。

休憩も済ませたので、一番遠い場所にあると教えられた米を採りにこれから向かうんじゃが、チュンズメたちはおやつに夢中でな。居残り組は問題ないにしても、案内役の米チュンズメは駄目じゃろ。かりんとうやきんつばで、はち切れんばかりの腹になってしまっとるわい。

儂らが立ち上がったのが見えたようでな。米チュンズメはなんとか飛び上がり、儂の肩に止まってくれた。そのまま案内を頼んだが、満腹感《まんぷくかん》から舟を漕ぎ始める。

「お腹いっぱいで、安全なじいじの肩だから分かるんだけどね」

ルーチェが苦笑《くしょう》しとるよ。ただ、居眠《いねむ》りしながらも案内は正確だったようで、ものの数分で着いてしまった……一番遠いと言っていたのは嘘でないんじゃよ。マップで見れば、古民家も肉集めの場所すら遥か遠くにあるからの。

だが、短縮《たんしゅく》できる裏技があるとは思わんかったぞ。それをいくつも使ったからこそ、こんなに時間を短縮できたんじゃがな……辻《つじ》を曲がったら、わざと罠を踏んで転移したり、強風で煽られて川を飛び越えたり。そんなことを繰り返せば、早いのも納得じゃ。

罠の使い方を学べたのはありがたいことじゃな。なんとか罠の効果を見極められれば儂にもできそうじゃし……

今まで踏んできた罠を思い返して考えを巡らせていたら、ルーチェから歓声が上がる。

「じいじ、黄金色《こがね》だよ！　バルバルより少し薄い？」

頭から下ろしたバルバルを顔の高さで抱えるルーチェ。田んぼで風に揺れる稲穂《いなほ》と見比べておった。琥珀色《こはく》をしたバルバルと、黄金色の稲穂じゃ色味が違うぞ。それはそうと目新しい植物にバルバルも気が逸《はや》るらしく、激しく震えとるよ。バルバルに負けじと興奮状態なルーチェは、

「これがごはんになるんだね！」

そう言っておる。目の前の稲穂が、すでにごはんに見えとるようじゃ。

「刈《か》り取った後も、まだまだ乾燥《かんそう》、脱穀《だっこく》、精米《せいまい》とあるんじゃぞ？」

「え？　すぐ食べられないの？」

なんとルーチェは驚きに目を見開いとる。肉や魚のように、すぐにでも料理に化けると思っていたのか。その辺りも教えてやらんといかんな。

そう思って口を開こうとしたら、チュンズメに遮られた。

……なんとも不思議なことじゃよ。稲刈りをして、田んぼの端に置いたら、精米まで済んだものが俵《たわら》に入って現れるんじゃと。面倒なことは全てダンジョンがやってくれるとは……ありがたいのぅ。家の近くにできてくれんかな、このダンジョン。

チュンズメの説明に目を丸くした儂を、ルーチェが見上げとる。今聞いたことをそのま

ま伝えてやれば、

「分かった！　頑張っていっぱい採ればいいんだ！」

途中の思考を全部すっ飛ばして、そう結論付けたらしい。チュンズメも頷いておるし、まぁいいじゃろ。白米がたくさん欲しいのは事実じゃからな。

それにこの米集めが最後の予定なら、時間いっぱいまでやっても問題あるまいて。

やる気漲るルーチェは、手に持つナイフで稲を刈る。最初は根こそぎ引っこ抜こうとしたからな、慌てて止めて鎌を渡したが、危なっかしくてのぅ。使い慣れた《風刃《ウィンドエッジ》》が付与されたナイフにしたんじゃよ。バルバルはルーチェを手伝い、稲を一杷《は》ごとに束《たば》ねておるよ。

チュンズメは手慣れておるから、ルーチェに指導までしてくれておった。儂はチュンズメの稲刈りが気になったんじゃが、早すぎて見えん。いや、片足で掴んで、もう片足で刈ってるらしいことは分かったんじゃ。だが、それ以上の詳細は不明じゃよ。魔力が動いている感じはせんし、何かしらのスキルかのぅ。

そんなルーチェたちに稲刈りを任せて、儂は田んぼ周りの食材集めじゃ。田んぼの周囲に畦《あぜ》や用水路があってな。米の他にもいろんな食材がありそうなんじゃよ。なので、ちょいと散策《さんさく》することにした。

「てりゃ、てりゃ！」

掛け声に合わせて稲が切れる音が続いておる。田んぼから出た儂は、畦を歩き、用水路を覗く。非常にゆったりとした流れで、水深も浅い用水路は底がきれいに見て取れた。草陰《くさかげ》や岩陰に隠れるでもなく、ドジョウが何匹も泳いでおる。広げた手のひらくらいの大きさじゃから、食べごろじゃな。

網を【無限収納《インベントリ》】から取り出し、一網打尽《いちもうだじん》でドジョウを掬《すく》う。捕らえられたドジョウたち以外は、危険を察したようで姿を隠してしまった。それでも一食分には十分じゃ。

畦を歩けば、ヨモギやツクシが大量に生えておる。ヨモギを採れば草餅が作れるのぅ。ツクシはおひたしか佃煮《つくだに》にするくらいしか思いつかん。ま、とりあえず集めておこうか。更に離れていけば、桑《くわ》の実や木苺《きいちご》が鈴生《すずな》りじゃった。これはジャムにも菓子にも使えるわい。あとは酒に漬けて果実酒か。『飢え知らズ』の名に恥じん豊富な食材は、羨ましい限りじゃ。

「じいじー、失敗しちゃったー」

田んぼから声がかかったので戻ってみれば、ルーチェの姿が見えん。その代わり山積みの俵から声が聞こえる。

「いっぱい採れたんだけどね……」

積まれた俵をぐるりと迂回《うかい》して裏へ回ったら、やっとルーチェを見つけられた。恥ずかしそうにしとるが、何を失敗したんじゃろ？　ルーチェの足元に小さい宝石や翅《はね》っぽいものが落ちとるが、これに関係しとるのか？

「バッタに盗《と》られそうだったから、倒しちゃった。そしたらね、おっきなバッタが出てきたの。それも倒したんだけど、バルバルの上に落ちちゃって……」

言いながら、背中に隠していたバルバルを前に出し、儂に見せてきた。

「バルバル、食べちゃったみたい」

てへっと可愛らしい笑顔を見せるルーチェ。バルバルはひと回り大きくなっておった。

「また食べたのか。変なものを吸収したら危ないじゃろ？　ダメならぺってするんじゃぞ……しないのか？　大丈夫なんじゃな？」

そのバッタを消化している最中なのか、バルバルの身体は琥珀《こはく》色と薄緑、黒に白と縞模様になっておる。苦しそうには見えんし、鑑定しても気になることは書かれとらん。

「ん？　バルバルの種族が変わっとる。マタギスライムって……鉄砲撃って、猟《りょう》でもするのか？」

「おぉー、強くなったんだね」

首を傾げる儂と違い、ルーチェは嬉しそうにバルバルを掲げとる。変身か進化か分からんが、バルバルは落ち着いたようじゃ。縞模様が消えたバルバルの身体は、琥珀《こはく》色が濃くなっとるのに、透明感《とうめいかん》が上がっておるわい。なんとも不思議な見た目じゃよ。

バルバルのことでひと悶着《もんちゃく》あった間に、チュンズメが忙しなく動いておった。どうやらルーチェの足元に落ちていた宝石などを集めてくれたらしい。感謝の言葉と引き換えに受け取ると、嬉しかったのか小躍りし始めた。

その後、古民家へ戻り、皆で一休みしてからダンジョンをあとにしたのじゃった。

ダンジョンから屋敷へ帰れば、裏門の辺りで親分さんに出迎えられる。ついでに料理番チュンズメ三羽も、親分さんの後ろの止まり木で待っておるわい。両翼を広げた親分さんは、

「たんまり採れたか?」

にやりと不敵《ふてき》に笑いながら問いかける。

「ほっくほくじゃよ。こんなにもらってってていいのか?」

儂も笑顔で答えたが、本当に気が引けるくらいの量を集めたからのぅ。

「構わん。返し切れんくらいの恩があるのは我らのほうだ。また欲しくなったら訪れるといい」

「はーい」

親分さんの言葉に元気良くルーチェが返事する。その頭上で揺れるバルバルも答えておるんじゃろな。伝わっているようには見えんが、一応親分さんも頷いてくれとるよ。

「さて、日も暮れた。これから夜の宴なのだが、こやつらに指導を頼めるか?」

シュバッと音が聞こえるほどの速さで翼を持ち上げる三羽。

「じいじの料理♪　じいじの料理♪」

儂が答えるより先に、バルバルを抱えたルーチェが小躍りを始めた。それに釣られて食料調達チュンズメの四羽も一緒になって踊っておる。ただし、まだ腹が膨れておるからキレが足りん。

そんな状況を見過ごす親分さんではなかったようでな。四羽はいっぺんに摘まれて連れ去られてしまったわい。

残された儂らは、顔を見合わせてから厨房へ移動した。

ダンジョンから獲ってきたばかりの食材を厨房で並べてみたが、色とりどりで種類も豊富じゃ。米に魚、肉に野菜……いや、山菜じゃな。下処理を済ませんと使えん食材が多いのぅ。まずはそこから始めるか。

山菜に儂が手をかけると、バルバルが身体に取り込みよってな。何をするかと思えば、皮剥《かわむ》きやゴミ取りを済ませてくれた。さすがにアク抜きまではできんかったようじゃが、それでも大助かりじゃよ。ただ、チュンズメたちに教える必要があるからの。全部を任せず、一部だけは手作業用に残してもらった。バルバルを優しく撫でたら、ぷるぷる震えよる。嬉しいみたいじゃよ。

視線を感じてそちらを向けば、ルーチェがじっと儂を見ておった。小さく「よし」と口にしたらいそいそと厨房から出ていく。方向的に中庭じゃろな。すると料理番チュンズメの一羽があとを追う。

ルーチェは鞄に肉をたんまり仕舞ってあるから、きっと焼き物をやってくれるんじゃろうて。この前までは「ずるいな」とか「いいな」と言って、儂の手伝いをするクリムたちを羨ましがってたのに……成長と喜べばいいのか、爺離《じいばな》れと悲しめばいいのか、難しいもんじゃな。

少しばかりの寂しさを振り払うべく、儂は料理を再開する。

米研《と》ぎは普段からチュンズメたちもやっているから問題ない。魚の捌きに苦戦するかと思ったが、切れ味鋭いナイフを持っておってな、上手いことやっとるよ。ただ、魚を押さえるのに苦労しとったので、目打ちのようにする手法と二羽で協力してやる方法を教えてみた。どちらがいいかは自分たちで判断してもらおう。

「必ずどちらかでやれと言ってるんじゃないからの。やりやすく安全な方法を見つけるには、試行錯誤《しこうさくご》を繰り返すしかないぞ」

そう忠告しておいたら、チュンズメたちは頷いとる。きっと分かってくれたはずじゃ。

下処理を終えたら次は料理なんじゃが、宴に向いてるような見た目が派手《はで》なものを儂は知らん。なので、量を作って大皿に盛る方向にしたんじゃよ。煮物、焼き物、揚げ物と数を作れば、見栄《みば》えもするじゃろ。

「串焼きいっぱいできたよー」

ルーチェから声がかかる。

中庭に顔を出せば、食欲をそそる匂いの串焼きが仮置きのハランに山盛りになっとった。焼き上がっているのは、豚串に牛串、あと鶏串じゃな。焦げ目も上手いこと付いておるし、美味そうじゃ。

「ありがとな」

「えへへへへー」

手伝っていたチュンズメと共にルーチェの頭を撫でてやると、照れたように笑っておる。気を良くしたのか、更に焼き出してしまったわい。ついでなので、野菜やキノコの串も頼んでおいた。手伝いをしとるチュンズメも、機敏な動きで串を返しとる。

「あ、じいじ。ヌイソンバも焼いちゃダメ？」

「豪華になるから構わんぞ。串打ちもできるじゃろ？」

言いながら儂は、【無限収納《インベントリ》】からヌイソンバのハラミ肉を取り出す。そういえばタレを渡し忘れてたのぅ……味付けの幅を知ってもらう為にもなるわい。

それからも儂らは料理を仕上げ、次々広間へ運んでいく。さして時間もかからずに、広間の朱塗り長卓の上は料理で溢れるくらいになりよった。肉、魚、野菜に山菜。あとは蒸し上げたごはんじゃ。そちらにも少しばかり手を入れさせてもらってな。もち米を混ぜ込んでみたんじゃよ。それに下味を付けたかやくを混ぜた。白いごはんばかり食べているチュンズメは、目から鱗《うろこ》が落ちたみたいでの。蒸籠の蓋が開いた途端に大歓声じゃったわい。

手が空《あ》いていて広間に入れる者は全員揃ったらしい。すし詰《づ》めというほどではないが、結構な密集《みっしゅう》具合になっとるぞ。その中、親分さんと儂が簡単な挨拶をしたら、宴会が始まった。

気になった料理を好きなだけ盛り、次々食べ進めるチュンズメたち。食事にこれほどの興味を示すことがなかったようでな、親分さんも喜んでおったよ。興味を持てば、自《おの》ずと探究していくからの。そのきっかけになれたのなら万々歳《ばんばんざい》じゃ。

そういえば、お嬢に連れていかれたブランコも、宴に参加しとった。お嬢の指示に従い、様々な料理を盛り付けておったよ。仲睦《なかむつ》まじい……というか尻に敷かれている雰囲気じゃし、そっとしておいてやろう。

日暮れとともに始まった宴会は、日付が変わる頃になっても大盛況じゃった。昼夜の見張りが交代したり、出先から戻ったりした者が参加しおってのぅ。チュンズメが入れ替わり立ち替わりで食べ続けとるよ。料理を追加しまくったから、足りなくなることはなさそうで、儂らは休ませてもらった。親分さんに、

「主賓《しゅひん》がいないのは……」

とも言われたんじゃが、楽しんでるチュンズメたちを解散させるのは忍びなくての。楽

しんでもらうのが儂らとしても本望《ほんもう》じゃて。好きなようにしてもらった。

《 27　チュンズメの舞い 》

儂らは案内された寝室で一夜を過ごした。こっちの世界に来てからは何度も経験しとるが、見慣れた天井以外で目を覚ますのには慣れん。その後、身だしなみを整えている最中に、ルーチェとバルバルが起きてくる。皆で揃って庭に出て、朝の体操じゃ。

背伸びの運動や手足の曲げ伸ばし。あとは上体を反らしたり、弾んだりとしていた。そんな儂らを、親分さんが不思議そうに見とったよ。

朝食の支度で忙しなく働くチュンズメたちがわんさかおったし、それらが儂らを見ていたりもした。幾人かは、親分さんと同じように興味深そうでな。何でかと思って聞いてみたら判明した。どうやらチュンズメに代々伝わる動きに似ておるそうじゃ。宿までの間にも確かにそんな動きをしたのぅ。儂には盆踊りだと感じられたが、元を知らなければさして差はないじゃろな。

「皆でやろうではないか。楽しいのだぞ」

親分さんは、そんなことを言いながら、屋敷の中へと戻っていった。ごはんの炊ける匂いや、魚の焼ける香り……いや、これは焦げる匂いか？　まだ調理を始めたばかりじゃから、そういった失敗もあるじゃろて。何度もやってればコツを掴むはずじゃ。

しかし、寝ぼけ眼《まなこ》で体操していたルーチェを起こすには、一番効果的じゃな。もう目がぱっちりしとるわい。

「じいじ、朝ごはんだね」

言っている最中に身支度《みじたく》を整え終えたルーチェは、バルバルを頭に乗せて儂へ振り返る。その後、チュンズメ兄妹が揃って儂らに、朝ごはんの支度ができたと知らせてくれた。なので共に昨日の宴会場へ足を運んだのじゃった。

昨夜開かれた宴会の際も思ったんじゃが、儂ら以外の客がおらん。ブランコもお嬢の相手に忙しいのか、あれ以来姿を見せんしのぅ。

「……だだっ広いここで、儂らだけ食事をとるのも寂しいもんじゃな。皆で食べんか？」

儂が親分さんとチュンズメ兄妹に、そう提案するのも仕方ないことと思うぞ。宴会場にいるのは、儂とルーチェにバルバル。あとは親分さんとチュンズメ兄妹だけじゃ。

食事を運ぶ中居さんのような者もおるが、あれは会場にずっといるわけじゃないしのぅ。親分さんだけは少しばかりの食事をしとるが、これは別の意味があるそうでな。

「怪しい物は使っていないと客人に伝える為だ」

と言っておったよ。だもんで、それの範囲を広げて、手すきの者たちと一緒に、朝食をとれるようにお願いした次第じゃ。とりあえず実験的にやってみようと、親分さんが賛同してくれてな。

まずは五羽……五人か？　が儂らと食事しとる。その後も順次、参加するように伝えてくれたらしい。まぁ、これまでの習慣があるから、無理にとは言わん。やれる者や、やりたいと思う者がやってみてからじゃて。

儂らの朝ごはんがなくなりかけた頃、チュンズメ兄妹は既に食べ終えておった。儂より遅く食べ始めたのにのぅ……早食いは身体に悪いんじゃよ。食べる絶対量が違うから、一概《いちがい》に早食いとは言えんかもしれんが、あの兄妹の食べ方は、確実に早食いかつ大食いのそれじゃったからな。それでも食べ散らかしたりせんのは、感心じゃよ。

「そうだ、朝食を終えたら、先ほど言っていたことをやろう」

親分さんはそう言いつつ、儂の出した茶で食後の一服を楽しんでおる。兄妹には渋みが強かったらしいから、蜂蜜たっぷりの紅茶にしておいた。

「ズズズ……先ほどのとは何ですか？　チュン」

「真似踊りだ。アサオ殿がやっていてな」

「おぉ！　森の中でも上手にしていました、チュン！」

クチバシの周りを蜂蜜まみれにしながら、兄弟が騒いどる。親分さんと違い、湯呑みに慣れとらんらしくてな。儂の選択ミスじゃったよ。

それからは、あれよあれよという間にチュンズメが集められ、宴会場は埋め尽くされた。チュンズメは背格好の差があまりないからのぅ。数がいると誰が誰だかよく分からんくなるぞ。

「さぁさぁやるぞ」

親分さんの掛け声で笛や太鼓《たいこ》の音が鳴り始める。音楽というより、拍子《ひょうし》をとっていると
いった感じじゃった。それに合わせてチュンズメたちが身体を揺らす。

「あ、よよいのよい」

両足を広げ、両翼で頭上に大きな丸を描くチュンズメたち。

「ほほいのほい」

今度は、両足が開いたままじゃが、腰から捻り、翼も捻り上げて、チュンズメの柱のよ
うになった。

「ちょちょいのちょい」

捻りを直したチュンズメたちが、一斉に儂へ向き直り、そのまま両の翼を儂に見せる。

内羽根を見せる感じじゃから、手のひらを見せてくれとる感じかのぅ。

「とまぁ、こんなものだ」

「準備運動終わりです、チュン」

「皆、いい出来チュン」

掛け声と共に自《みずか》らも動いた親分と、誰よりもキレッキレで舞っていた兄妹。準備運動で
息が上がるのは大丈夫なんじゃろか……

広間はまだ朝だというのに大盛り上がりじゃ。そんな状況に呑まれたのかもしれん。ルーチェとバルバルが二人して上機嫌じゃよ。

親分さんの説明によれば、ここからは二人が皆の前に立ち、一対一で観客に見せるらしい。他にも三対三の団体戦もあるそうじゃ。ただしここからは同じ動きをするわけでもないから、観客たちの審査《しんさ》する目も厳《きび》しいんじゃと。

何を審査するのかと思えば、動きのキレと翼と足の先まで神経の行き届いた鮮麗《せんれい》さと言っておった。他にも所作《しょさ》の美しさに、自身の身体を最大限に生かせているかなどの審査基準を教えてくれた。ダンスバトルとかって名前のやつに近いのかもしれんが、儂には正直分からん。

チュンズメたちのを見学したら、分からんなりに儂は楽しかったぞ。普段の仕事の時より数段良い動きをする者もおるほどと、親分さんが笑いながら言っておった。その代表格がチュンズメ兄妹らしいがの。とりあえず演者も観客も楽しいならいいんじゃないかのぅ。

アサオ一家も参加してチュンズメ一家と対決したんじゃが……まぁ惨敗《ざんぱい》じゃったよ。兄妹から言われた、

「得意不得意があるのは仕方ないことです、チュン」

「素晴らしい魔法が使えるではないですか、チュン」

という言葉が心に刺さったわい。他の皆も、慰めるのは儂だけじゃったからな。儂は見

学に徹《てっ》することに決めたのじゃった。

それからは、昨日に続いての宴会の様相になってしまった。これだけ騒げるなら、当然なんじゃろな。だから儂は料理を頑張った。

踊り疲れたり、食べ疲れたりした者が死屍累々《ししるいるい》になる惨状《さんじょう》が今日も広がりよったよ。

《 28 我が家へ帰ろう 》

翌朝、ごはんの蒸し上がる匂いで意識が浮かび上がる。耳を澄ませばチュンズメたちの会話も聞こえた。どうやら朝から元気に料理番チュンズメたちがお役目を果たしとるようじゃ。

「じいじ、おはよう。ごはん食べたら帰ろっか」

「そうじゃな。お土産もたくさんもらっとるし、そろそろお暇《いとま》してもいい頃じゃろ」

布団の中でもぞもぞ動くルーチェは、顔だけ出して儂に言ってくる。普段はあまり寝起きが良くないのにのぅ……あぁ、儂と同じで朝ごはんの匂いに反応して起きたのか。

顔を洗ったり、衣服を整えたりして広間へ顔を出すと、チュンズメが何羽も集まって朝食をとっておった。その中に儂らも混ぜてもらい、朝ごはんにする。

昨日たっぷりこなしたからか、おかずは串打ちされた焼き魚じゃったよ。少しばかり塩味が足りん。まぁ、あとから塩をふるか、醤油で自分好みに調整すれば問題ない。それよりたった一日でこれだけできることに驚きじゃ。

朝食をとりながらこの後帰ることを伝えれば、兄妹チュンズメが残念がっとる。カタシオラまでの案内を買って出ようとしてくれたんじゃが、それぞれに仕事を抱えておってな。それも含めて悔しがっておるよ。

「そういえばブランコは一緒に帰らんのか？」

ふと気になって聞いてみたら、

「お嬢がまだ離しません、チュン」

「ご機嫌取りも大事な仕事です、チュン」

と兄妹で言っておった。それもあって帰り道の案内の件を口にしたのか。とはいえ、迷うことはないじゃろ。きっと森に住む鳥たちが教えてくれるからの。

残りのごはんを平らげ、食器を片付けたら身支度を整え、親分さんへ挨拶じゃ。広間にいたチュンズメが先に伝えておいてくれたらしく、玄関口で待っててくれたわい。

「また、来るといい」

「ありがとの。そのうち来るかもしれんから、その際はよろしく頼む」

軽めの挨拶を済ませ、屋敷をあとにする。背後から声がかかって振り返ると、屋根や窓からチュンズメたちが顔を出しておった。

「ばいばーい」

ルーチェが元気良く手を振り答えよる。儂の肩に乗るバルバルも、その身を揺らして返事をしとるようじゃ。

森の中へ足を踏み入れ、鳥たちの声に耳を傾ければ、『道案内は任せて』と言われたわい。ただ、一つだけ頼みたいことがあるらしくてな。そちらの用事を済ませてからの帰宅になりそうじゃよ。

横に五つ並んだ石や、真っ赤な果実の生る木、あとはあまり見かけん珍しい植物を目印に右へ左へ曲がっていく。その都度《つど》、鳥たちの案内をもらっとるから、心配はないんじゃがな……どこを目指しているのか分からんので、それだけが若干不安じゃて。そんな儂の心情をルーチェも感じたらしく、ぎゅっと服の裾を握っておる。

チュンズメの屋敷を出てから一時間くらい経ったかのぅ。さっきから案内役が変わらず、ずっと真っ白い鳩《はと》が担当してくれとるよ。なので何をしてほしくて、どこへ向かってるのかを教えてもらった。

聞けば、森の奥の湿地《しっち》にやんちゃをする者が住み着き、腕っぷしに物を言わせとるみたいでな。他の子らを力ずくで従えとるそうじゃ。なので、そやつを儂に何とかしてもらいたいんじゃと。

「どんな見た目なの？」

「全体的に茶色くて、身体の表面がぬるぬるしとるそうじゃ。足は四本で、跳べるし木にも登れる。舌はとても長く、しかも伸びる。それに、鋭い爪まで持ってるんじゃと。クルルとか、グルルとか鳴くらしい」

鳩の説明をルーチェにそのまま伝える。

「んー、カエルじゃないか……トカゲ？」

「かもしれん。聞いただけだと魔物なのか動物なのか判断できんが……とりあえずあと少しで着くみたいじゃから、見るのが手っ取り早いじゃろ」

「それもそうだね」

ルーチェは顎に指を当て、考える素振りを見せておった。ただ、それも一瞬のこと。儂の言葉ですぐにやめてしまったわい。

「でも、何でじいじに頼むんだろね？」

「それも教えてくれたぞ」

チュンズメたちが『魔法に長《た》けた強い客人』と噂していたのを耳にしたんじゃと。それで頼んできたらしい。

獣道の藪草《やぶくさ》を掻き分けて進む儂の後ろを歩くルーチェは、そのことが気になってたようじゃ。まぁ、藪草の半分はバルバルに食べられとるんじゃがな。進化した直後で腹が減っとるのか、それとも儂の手伝いをしてくれとるのか判別つかん。

ある程度食べたら、いつものごとくブロック材を吐き出しとるから、きっとバルバル的な手助けなんじゃろ。実際、大助かりじゃよ。藪草を掻き分け踏み締め、道を作るのはなかなか骨が折れるからのぅ。

「そういえば、ルーチェはバルバルみたいに草を食べんのか？」

何気《なにげ》なく背後へ問いかけたら、何故か負ぶさってきよった。

「おいしくないからね」

背に乗るルーチェは上機嫌じゃ。何だか普段と感じが違うが……あぁ、いつもはルージュたちがおるからか。あの子らの『お姉さん』をしとる手前、そうそう表立って甘えられんか。そんなこと気にせんでいいくらいの子供なんじゃがな……

「ルーチェがそこに乗るなら、下草は払わんでも良さそうじゃな」

そんなことを言ってみたが、ルーチェに負ぶさる理由を付けてやろうと思っただけなんじゃよ。それが分かって更にルーチェは機嫌が良くなった。

「バルバルが食べる分だけ――」

儂が言い終わる前に、バルバルは食べるのをやめ、頭上へ戻りよる。

「お手伝いありがとね」

ルーチェに撫でられ、バルバルも嬉しそうに震えとった。

それから暫くすると、周囲に生えている草が変化する。あまり丈《たけ》の高くない葦《あし》や蒲《がま》が、視界のほとんどを埋めておるよ。道案内の白鳩に聞こうと見上げれば、いつの間にやら白《しろ》烏《がらす》まで加わっとった。

「ここが目的地か？」

鳩と烏が鳴いて答える。

「湿地と聞いていた割には、足下もぬかるんどらんな」

頭にバルバルを乗せ、ルーチェを背負う儂は軽く足踏《あしぶ》みをしてみた。特に沈む感覚もありゃせん。周囲を見回していたら、唐突に左足を引かれた。

引かれた左足を見れば、何かが巻き付いておる。

「蔓《つる》……いや、舌か？」

葦をなぎ倒して儂の足を狙ったようじゃが、効果はありゃせん。今も引っ張っとるが、儂がびくともせんからの。更に力がかかったのを感じたので、儂はそちらへ跳んでみる。舌が引いた分より多めに寄ってるんじゃ。きっと舌の持ち主は、体勢を崩しとるじゃろ。現に巻き付いた舌は外れてしまい、儂は自由の身になったぞ。

「今のがやんちゃする輩みたいじゃな」

「カエル？」

儂の背から舌を見たルーチェも、確証《かくしょう》は得られなかったようじゃよ。白鳩と白烏に聞いたが、舌は見えんかったようでな。ただ、儂らの十数メートル先の草が大きく揺れていたそうじゃ。その揺れから、たぶんそうだと言っとる。

葦と蒲が倒されたその場所へ行けば、直径1メートルほどかのぅ。ぽっかり穴が開いたようになっとった。慌てて逃げたからか、通り道が出来ておる。その痕跡を追いかけ、湿地をまた奥へと進む。

これまでいくらか生えていた樹木が、もうほとんど見当たらん。葦や蒲ばかりになっとるから、生き物や食材が見つけにくいわい。魔物ならマップと《索敵《レコナ》》で分かるが、ヒルや蛇などは魔物ではないので、効果がなくてな。じゃから念の為、《堅牢《スタウト》》をかけとる。

押し倒され、踏みつけられた草の上を歩いておるが、若干滑りよる。どうやら粘液《ねんえき》が漏れているのか、わざと塗りたくっているかしとるようじゃよ。ルーチェも試しに歩いてみたんじゃが、何度も滑って転んでしまったわい。なので、今はまた儂の背中におる。

儂らを案内していた白鳩と白鳥は、止まり木がないので必死にホバリングして先導を続けとる。ただ飛ぶよりきついんじゃろな。高度が下がり、段々と儂に近くなってきとる。となれば儂の肩を目指すのは必然か……案の定、二羽とも止まりよった。

一息ついた二羽たちも乗せ、儂は獣道とも言えん道を歩く。十分ほどで、周囲にセリや三つ葉、クレソンが生える綺麗な沼へたどり着けた。ここが目的地なようじゃよ。

「ふむ。美味そうなセリじゃのぅ」

セリを摘もうとした儂に、再び舌が巻き付く。今度は左腕じゃ。左肩に止まっていた白鳩が飛び立ち、次《つ》いで白鳥が右肩から退いていった。背に乗っていたルーチェも降りたが、頭上のバルバルはそのままじゃよ。

ルーチェが儂から数歩下がってくれたので、そちらへ鳩たちが止まる。ここまで確認できればもう安全じゃろ。

儂は沼の中から伸びる舌を力任せに引くも、根掛《ねが》かりした釣り針のように動かん。それでも力を込めれば、舌は拘束《こうそく》を解いて離れていった。が、それを許すと今後が面倒でな。儂は沼に戻っていく舌を掴み、本意気の力を込めて引き上げる。まさかの反抗に面喰らったのかもしれん。盛大な水しぶきを上げて舌の持ち主が沼から飛び出してきた。

全体的に茶色と聞いていたが、今見える腹は真っ白じゃ。仰向けに打ち上げられ、のたうつそれは、全長1メートルに満たないサンショウウオかのぅ。短い四本足では、うつ伏《ぶ》せに戻ることができんようで、じたばたしとる。

「じいじ、トカゲじゃないよ」

「儂の知る限りはサンショウウオって名前なんじゃが、《鑑定《エヴァルア》》」

じっくり鑑定しとる時間はないと思うが、舌を掴んでおるから、ある程度は動きを制限できるじゃろし、一応やってみよう。

「ヌマノサンって名前じゃな」

「変な名前。トカゲとカエルが混ざってる？　でも大っきいね」

距離を保ちつつ様子見しとるルーチェは、儂より上を見ながら両手をめいっぱい広げてヌマノサンを表わしとる。しかし、そんなに大きくないはずじゃが……あぁ、これのせいじゃな。

「ルーチェと同じくらいの大きさじゃよ。たぶん〈偽装《ぎそう》〉ってスキルのせいで、大きく見えとるんじゃろ」

「そうなの？　ロッツァと同じくらいあるよ？」

まだのたうち回るヌマノサンの少し上を見て、不思議そうに首を傾げるルーチェ。以前会ったくすんだ虎の偽装は見破れたのに、こやつは駄目か。こやつのほうが虎より上なのかのぅ。

そんなことを考えていたら、ヌマノサンが動きを止めた。

様子を窺っていると、舌を支点にして横回転を始める。ただし、痛みもあるんじゃろ。先ほどより大きく身を捩っておった。

「うわ、気持ち悪い」

ぐるりと回ってうつ伏せになったところで、即座に儂がまた舌を捩じって仰向けに戻す。それを幾度も繰り返したら、諦めてしまったんじゃな。全身を小刻みに震わすだけになっとるわい。若干、啜り泣きの音が聞こえる気がするぞ。

「……じいじ、ヌマノサン泣いちゃってるよ？」

儂の後ろから動いて、顔が見える辺りまで近付いたルーチェが、憐《あわ》れみを込めた目をし

とる。白鳩と白烏まで、寂しそうな顔じゃ。

「いや、虐めるつもりはなかったんじゃよ？　ただ、暴れるから大人しくさせようと思ってな……」

言いながら掴んでいた舌を離しても、ヌマノサンの口内に舌が戻らん。だらりと舌を垂らしたまま、仰向けで五体を放り出して泣き続けるのじゃった。

ヌマノサンは、どうやら心が折れてしまったようじゃ。儂が自分でやったことじゃが、じんわり地面の色を変えるほど、涙や粘液を流すヌマノサンを見ると、少しばかりやりすぎた気がするわい。なので一応、痛いかもしれん舌の付け根に、《快癒《ヒールオール》》をかけてやったが、反応してくれんかった。

儂が近付いても逃げ出さんヌマノサンの背中に手を当てて、そっとひっくり返す。それを見ていたルーチェは、やっと本当の大きさが分かったようで驚いておった。ヌマノサンに儂がめり込んでいくように見えたんじゃと。

うつ伏せになっても泣き続けるヌマノサンをどうしたものか……悩んでいたら白鳩と白烏が、真っ黒な木の実を四つ持ってきた。それをヌマノサンの前へ差し出すと、やっと泣きやんで食べ始める。

食事で落ち着いたんじゃろな。初めて儂と目が合った。じっと見つめ合ったが、やんちゃをするようには見えん、つぶらな瞳じゃったよ。

「お前さん、話せるか？」

問うてみたが、首を横に振られる。

「念話はできるか？」

また同じ動きじゃった。

「とりあえず儂の言葉は分かるようじゃから、それに反応してくれればいい。いくつか聞くから答えてくれな」

こくりと頷いてくれる。

問答無用《もんどうむよう》で舌を絡めてきたとは思えんくらい、従順《じゅうじゅん》な応対じゃよ。これ、本当にやんちゃしてたんかのぅ。

疑問を頭に浮かべつつ質問を繰り返してみた。バルバルのみ儂の頭の上におり、白鳩と白烏は離れたままのルーチェの肩で様子窺いじゃ。

ヌマノサンは頭を振って答えるだけじゃが、ある程度状況が分かった。どうやら川つたいに泳いできて森に入り込んだらしい。そこで湿地にまで足を踏み入れ、右往左往してたら、自分がどこにいてどう帰ればいいか分からなくなってしまったんじゃと。

湿地を動き回った理由は、先ほど食べた木の実のせいみたいでな。川や湿地に落ちてる木の実を食べて歩き回った結果だと言っとる。

で、ふと気付いた時にはもう迷子《まいご》。いや、木の実に夢中になりすぎじゃろ。それでも、まだ木の実を食べたいと探していたら、この沼地まで来てしまったそうじゃ。仕方なくここに住み着いたが、自分では木の実が採れん。まぁ木の実は細い枝に生っとるからのぅ。聞けば、舌はあまり上に伸ばせん構造みたいじゃし、木に登った状態では、怖くて舌を使えんと訴えておったからな。

自分で採れんなら誰かに採ってもらうしかないのに、頼める相手はおらん。そりゃ、そうじゃろうな。いきなり来たよそ者……それも自分たちより遥かに大きな者へ話しかけるなんて、そうそうできんて。なので誰とも話せんかったそうじゃよ。

それでもヌマノサンなりに熟考《じゅっこう》して、なんとか絞り出した結果が、力で脅して従わせるってことなんじゃと。言うことを聞かせさえすれば、木の実が食べられると思ったのか……

「いや、生き物としては間違ってないが、もう少し上手く立ち回れんか？　今、儂と話せてるんじゃやから」

「じいじが変なんだと思うよ？　だって普通は話せないもん」

遠目《とおめ》に見ていたルーチェの言葉に、ヌマノサンが頷く。そうか……言葉が違えば交流が難しく、そこからの交渉も不可能になってしまうんじゃな。そういえば、地球《あっち》でも同じようなことが起きてたし、昔話でもあったのぅ。なら、こっちでもそれは変わらんか。

「今までのことをちゃんと詫びて、自分が何をできるか伝えれば、協力してくれるか？」

ルーチェの両肩に止まる白鳩と白鳥は、少しだけ間を空《あ》けてから「許可」と鳴いた。仲間の鳥たちも怪我はしたが、飛べなくなったり命に関わったりはしとらんそうじゃからな。一線を越えてなかったのが、不幸中の幸いじゃったよ。

「お前さんのやることは、その腕っぷしで湿地の周辺を守ることじゃ。あとは粘液を使って癒してやるといい」

ヌマノサンは一つ頷いてから首を捻る。前者は理解したんじゃろうが、後者の意味が分からんか。

「お前さんの身体を覆う粘液は、傷や病《やまい》を癒せるらしいからの。なんでもかんでも治せるとは思わんが、鑑定結果にそう書かれておるからな。現に今まで怪我や病気をしたことあるか？」

ふるふると首を横に振るヌマノサン。

「な？　なら皆の治療もしてやるのがいいじゃろ。それにこの湿地に辿り着ける外敵は、ほとんどおらんと思うしのぅ」

白鳥が「正解」と鳴き、白鳩は「まず無理」と言っておる。

「まぁ、儂らみたいなのは来るかもしれんが、それは案内された結果じゃて。無体《むたい》を働くような者は通されんよな？」

儂の問いに二羽が揃って、「大正解」と鳴いて羽ばたいた。飛び立った二羽が大きな声で森中にヌマノサンのことを伝えとる。それを聞いたまた別の鳥が、飛び立ち伝えておった。これならあっと言う間に広まるじゃろ。

白鳥たちを見送る儂の左腕を、ヌマノサンがまた舌で絡めとる。振り向けば、弱いながらも引いており、どこかへ連れて行こうとしとるみたいじゃ。

促されるまま一緒に行くと、ヌマノサンは水の中へ潜ってしまう。なのに左腕は離してくれん。儂の膝下くらいの深さなので、倒れたりしなければ溺《おぼ》れんが……もう敵意もないじゃろし、素直についていくか。後を追うルーチェも滑らないよう慎重に歩いておる。

儂らが案内された先には、大きな岩がそびえ立っておった。その脇には隙間があり、そこから水がチョロチョロと流れ出ておるようじゃ。ヌマノサンは足を止めずに、岩の隙間から中へと消えていく。まだ舌を巻かれたままじゃから儂も追ったが、隙間は狭くてな。儂がなんとか通れるくらいじゃよ。入った先はなぜか薄《うっす》ら明るかった。どうやら壁面《へきめん》に生えた苔《こけ》がじんわり光っとるらしい。

奥へ向かってだんだんと光が強くなり、一番明るい場所には丸い石が置かれていた。そこから水が湧き出しておる。どうやらヌマノサンは、ここに連れて来たかったみたいじゃな。儂の左腕から舌を離して、じっと石を見とる。その後、儂を見てから、また石に視線を戻した。

「その石を見ればいいのか？　《鑑定《エヴァルア》》」

石の鑑定結果に書かれていたのは、ほんの短い言葉だけじゃった。

『清めの祠石《ほこらいし》……悪い子は触れません』

少し遅れてここまで入ってきたルーチェが、感嘆の声を上げた。

「ジャミの森で寝た所みたいだねー」

たぶん同じなんじゃろな。となると、ここにも儂はすぐに来れるのか？　試してみたいが、ルーチェとバルバルを残すわけにもいかんな。街に戻ってから実験してみよう。もし往復を短縮できるなら御《おん》の字《じ》くらいに思っていれば、がっかりもせんしのぅ。

セリや三つ葉を採り、ついでに蒲を集めておく。魔法があれば大丈夫だと思うが、種火に使えるからのぅ。あと葦も一緒に採っておくか。

儂とルーチェがそんなことをしている間に、ヌマノサンのことは森中に広まったようじゃ。ひっきりなしに誰かしらが来て、ヌマノサンが謝罪しとる。

言葉は分からんでも、態度と雰囲気でなんとなく伝わるもんじゃよ。逆に、心から謝ろうと思っていなければ、どんなに演じてもすぐにばれるわい。

沼の周りをぐるりと回って収穫し終えると、ルーチェが儂の袖を引く。

「じいじ、あそこ試してきていいよ。帰ってからやらなくても、今行って、戻ってってすればいいじゃん」

岩の隙間を指さし、そう言ってくれた。気になって仕方ないって、ルーチェの顔に書いてあるわい。

水浴びしてるバルバルを任せ、儂は催促されるまま岩の裏へ入っていく。普段、神殿を通る要領でやってみれば、イスリールたちのいる場所へたどり着いた。念の為、カタシオラの神殿へ向かえば、そちらへも問題なく通れた。

思い通りの結果が得られたので、儂は足早に来た道を戻る。帰り際に、儂がいるのを火の男神に見られてな。通行料として煎餅を山盛り一皿渡しておいた。ちゃんと「皆で食べるように」と言っておいたが、果たして聞いてくれるかのぅ……

岩の裏から沼へ戻れば、

「あ、じいじ、おかえり。どうだった？」

と、ルーチェが手を振りながら声をかけてくる。バルバルはまだ水浴びをしとる……いや、これは水飲みじゃな。若干沼の水が減っとるじゃろ。これも進化した影響なのか？

「通れたぞ。なので煎餅を支払ってきたわい」

「やったね。じゃあ、私もお煎餅食べる」

そんなことを言いながら、ルーチェは自分の鞄から煎餅を取り出して食べ出した。ぱりっと小気味《こきみ》好い音が響いて、ヌマノサンを含めた全員がルーチェを見る。その視線に感付いたルーチェは、また煎餅を取り出しとる。どうやら皆の分のようじゃ。ヌマノサンに一枚渡し、他の子らには体の大きさに合わせて、半分や四分の一にした煎餅をあげとるわい。

その様を見て、バルバルも欲しくなったんじゃろ。ルーチェでなく、儂にすり寄り強請《ねだ》っておる。儂は【無限収納《インベントリ》】から自分の分と一緒に出してやる。進化したので、こんなおやつも食べられるようになったんじゃな。

となると、これからはいろいろ味見をし出すか……味覚が育って、ルーチェのような大食らいになったら大変じゃ。そうは言っても、これだって成長じゃから、喜ばしいはずなんじゃよ。ただ、食費がまた嵩《かさ》むのぅ。沼の水の減り具合を見るに、バルバルの食事量も数倍に膨れたようじゃから……この子らが腹を空《す》かせて、ひもじい思いをしないで済むように頑張らんといかんな。

儂らが沼を離れて湿地に向かうと、ヌマノサンも追いかけてきた。チュンズメ一家にも挨拶に行くそうじゃ。その案内を鳥たちが買って出とる。もう険悪《けんあく》な関係でないようじゃから、きっと大丈夫じゃろ。そういえばヌマノサンは菜食《さいしょく》……というより、木の実が主食なんじゃと。図体の割に一日に必要な量は非常に少なくてな。儂が普段使いしとる茶碗一杯程度じゃったよ。あと煎餅を気に入ったらしい。同じ物は出んじゃろが、似た味の料理はチュンズメのところで出るからのぅ。それもあって挨拶に向かうそうじゃ。

森の中でヌマノサンとはお別れになった。そこからはカタシオラへの帰り道になり、儂らアサオ家の三人だけじゃよ。

森から出るまでの間、ルーチェは儂に負ぶさり、バルバルは儂の両肩と頭を行ったり来たりと跳ねておった。重くもないし、辛くもないぞ。どうやらルーチェとバルバルも、儂に『甘える』ことができるようになったみたいじゃ。それが今回のお出掛けでの最大の収穫かもしれん。もちろん、いろんな食材もじゃがな。そっちはお土産の意味もあるからの。
往《い》きに半日以上かかった森の中も、帰りは沼から二時間かかっとらん。帰り道では『盆踊り』も辿る順序もないらしくてな。鳥たちが教えてくれたのは、危なくない道ってだけで、案内も簡単なものじゃったよ。

「出たー」

儂の背で喜ぶルーチェは、カタシオラへの道に出ただけで嬉しそうじゃ。ここからはもう一本道じゃからのぅ。のんびり歩いて一時間くらいか。そう思って儂が一歩踏み出せば、ルーチェとバルバルは揃って儂から飛び降りた。

「ここからは歩くよ。ね？」

ルーチェに問われたバルバルが弾んどる。この揺れは肯定の意志表示なんじゃろ、きっと。

のんびり歩く儂の前を元気良く進む一人と一匹……バルバルは一匹なのか？　帰ってナスティに聞いてみんと分からんな。

道中、競《きそ》い合うように、野生のウルフやラビがルーチェへ襲い掛かる。それらを難なく蹴り倒し、儂へ投げ渡すルーチェ。解体するのも、鞄に仕舞うのも面倒らしい。なので儂が【無限収納《インベントリ》】へ回収じゃ。

バルバルも蜂の巣に擬態《ぎたい》したハニープラントを相手しておった。その形状で蜂や熊などを呼び込むと鑑定結果に書かれとる。蜂蜜に似た樹液を出すようじゃから、新たな甘味料に使えるかもしれん。そんなハニープラントをトレントの時と同様、表皮を剝ぎ取り、中身を剝き出しにしとる。

皮がない身体じゃ、風が吹くだけでも痛いんじゃろ。見ていたら痙攣《けいれん》を繰り返し、終いには動かなくなりよった。樹木ごと儂に持ち帰ってくるバルバルは、随分と力持ちになっておったわい。

狩りと前進を繰り返した儂らは、一時間とかからずカタシオラの大門へ着いた。門番さんに軽く挨拶を済ませて街中へ入ると、

「たっだいまー」

ルーチェが満面の笑みで宣言するのじゃった。

《 29　ただいまとともに 》

ルーチェと手を繋ぎ、バルバルを頭に乗せて帰宅した。儂を見つけた途端に、ルージュが飛び掛かってきよったわい。まぁ、ルーチェに空中で捕まえられておるがの。しかし、

空中胴締め落としなんて、いつの間に覚えたんじゃろか？　じたばた抵抗するルージュじゃったが、抜け出せとらん。

暫くしたら諦めたらしく、じっとルーチェを見ておった。

「まだまだ負けないよー」

へにゃりと笑いながらルージュを押さえつける力を緩めるルーチェ。まだ甘いのぅ。今その状態で弱めたら――

「あっ‼」

「まぁ、こうなるじゃろな」

儂の正面にルージュが抱き付いておる。

ルージュは、身体を起こす勢いを利用してルーチェを転がし、その上で踏みつけて一足飛びをしよった。

「なんだかずる賢《がしこ》くなりましたね～」

困ったように言いながらも、ナスティはいつも通りの笑顔じゃ。ルージュのこれも進歩じゃからな。隙を見逃さない観察眼を褒めてやるべきじゃろ。

そして、笑顔のナスティと悔しがるルーチェの脇を素通りしてから、クリムが儂の背によじ登る。無駄な争いをせず利を得るクリム……こちらも随分と賢くなりよって……

「あら～？　バルバル変わりましたか～？」

二匹に意識を寄せていた儂の頭を見るナスティは、首を傾げておった。じっくり観察しようと頭上から持ち上げ、抱えて観察しとる。

「出先で進化したんじゃよ。マタギスライムって種族みたいじゃ」

「聞いたことない種族ですね～」

ひっくり返したり、引き伸ばしたりして観察を続けるナスティは、儂が伝えた種族名に首を捻るだけじゃ。あまり名の知れた種族ではないのかもしれん。ただ、ルーチェは強くなったと喜んでおったしのぅ……

「そういえば、ルーチェはマタギスライムを知っとるのか？」

「知らないよー。でもね、イスリールから教えてもらったことの中に、なんかあったよ」

儂の問いに答えるルーチェは、儂に必死でしがみついてるルージュを引っぺがそうとしとるが……無理のようじゃな。

「……服が伸びるから、そろそろやめてくれ」

儂に言われたルーチェは仕方なく、ルージュを掴む手を離した。それを見てルージュが得意げな顔をしとる。

「まったく、意地悪するんじゃないぞ」

ルージュのおでこを軽く突いてから、ルーチェの頭を撫でてやると、

「えへへー」

嬉しそうに笑っとる。

「アサオさ〜ん。バルバルが強くなったと思うんですけど〜、大きく変わったところありますか〜？」

バルバルをぎゅっと抱えたナスティは、その反発力から強さを判断したんじゃろか？　なんだかバルバルが小刻みに震えとるぞ。その割に苦しそうにはしとらんし、構ってもらえて良い気分なのかのぅ。

「食べられる物が増えたはずじゃ。儂の作った料理を食べておったからの」

「うん。美味しそうに食べてたよ」

手を挙げてから、ナスティに教えてくれるルーチェ。その手にはかりんとうがひと欠片あり、ささっとバルバルに与えよった。バルバルは身体の表面を波立たせ、しゅわっとかりんとうを消化する。

「そうですか〜。でしたら〜、味覚を刺激してみましょう〜」

ぽんとバルバルを上空へ放り投げてから受け止め、ナスティは上機嫌で家の中へ入っていってしまった。入れ替わりでカブラが歩いて現れる。最近は座布団に乗って浮くばかりじゃから、とてとて歩くカブラは珍しい気がするわい。

「おとん、おかえりやでー。何か美味しいの見つかった？」

「ただいま。いろいろ見つけたぞ。カブラが気に入るかは、試してみんと分からんな」

カブラは腕をゴムのように伸ばしてルージュの背を掴み、そして今度はその腕を縮めてピタッと儂の身体に張り付く。そのままルージュの肩に立って、今度は儂の頭の上に乗りよった。儂の首が若干短くなりそうじゃ……ん？

「カブラ、少し痩せたか？」

「おとん、分かるか！　頑張ったんやで！　誰も気付いてくれんけど！」

儂の頭上で、カブラが跳ねて喜ぶ。さすがにこの衝撃は首にくるぞ。

「移動するんも自分の足にしたんや。だからこんだけ細《ほそ》うなったんよ」

下にいるルーチェに見せつけるように、カブラはまた腕を伸ばす。儂の目の前を通る腕は確かに細い……いや、普段からこのくらいの太さじゃなかったかのぅ。ルーチェも儂と同じ感想みたいで、苦笑いしとる。大体、得意げな空気を出しとるカブラじゃが、自分の足で動くのは普通のことじゃろ。

とはいえ努力を否定するのも良くないからな。無難な返事にしておこう。

「身体を壊すような無理はしちゃいかんからな。太すぎるのも良くないが、健康を目指して不健康じゃ、本末転倒になるからの」

「大丈夫やって。ちゃんと食べて、適度に動いとるんや。ささ、おとん。調理場に行くで」

てしてし儂の頭を叩き、カブラは家を指さす。儂が動かないとみるや、また叩きよった。

どうやら一歩踏み出すまで続ける気じゃな。

「じいじ、私も食べたいから早く行こー」

腕を引かれ、頭をてしてし叩かれ、胴体の前後は子熊に挟まれる儂は、子供らに促されるまま家へと足を向けるのじゃった。家に入る手前におるロッツァには、すれ違いざまに笑われたわい。

「相変わらず、アサオ殿は子供たちに甘いな」

そう言うロッツァの両脇では、レンウとジンザが寝ており、その背には翼人の子供のワイエレがうつ伏せになってむにゃむにゃ言っておる。庇護《ひご》するべき相手に甘いのは、儂もロッツァも同じようじゃよ。

「銀座編」大好評発売中!
累計660万部突破!
(電子含む)
ゲートSEASON1～2
大好評発売中!
コミックス
最新22巻
大好評発売中!
SEASON1 陸自編
単行本
●本編1～5／外伝1～4／外伝+
●各定価:本体1,870円(10%税込)
文庫
●本編1～5〈各上・下〉／
外伝1～4〈各上・下〉／外伝+〈上・下〉
●各定価:本体660円(10%税込)
漫画
漫画:竿尾悟
●1～22(以下、続刊)
●各定価:本体770円(10%税込)
SEASON2 海自編
単行本
●本編1～5
●各定価:本体1,870円(10%税込)
文庫
最新5巻
〈上・下〉
大好評発売中!
●本編1～5〈各上・下〉
●各定価:本体660円(10%税込)

大ヒット
異世界×自衛隊ファンタジー
ゲート0《ゼロ》
GATE:ZERO
自衛隊
銀座にて、
斯く戦えり
〈前編〉
〈後編〉
Yanai Takumi
柳内たくみ
ゲート始まりの物語
「銀座事件」が小説化!
20XX年、8月某日――東京銀座に突如『門（ゲート）』が現れた。中からなだれ込んできたのは、醜悪な怪異と謎の軍勢。彼らは奇声と雄叫びを上げながら、人々を殺戮しはじめる。この事態に、政府も警察もマスコミも、誰もがなすすべもなく混乱するばかりだった。ただ、一人を除いて――これは、たまたま現場に居合わせたオタク自衛官が、たまたま人々を救い出し、たまたま英雄になっちゃうまでを描いた、7日間の壮絶な物語――
650万部!
自衛隊、
ついに状況開始!!
●各定価：1,870円（10%税込）　●Illustration：Daisuke Izuka

ネットで人気爆発作品が続々文庫化!

アルファライト文庫 大好評発売中!!

余りもの「最弱スキル」のおまけに
最強レアスキルがついてきた!?

ギフト争奪戦に乗り遅れたら、ラストワン賞で最強スキルを手に入れた 1

みももも *Mimomomo* illustration 寝巻ネルゾ

勇者大量召喚でスキル争奪戦勃発――。
ラストワン賞は超レアな「聖剣／魔剣召喚」!?

高校生の明《あけ》野《の》樹《いつき》は、ある日突然、たくさんの人々とともに見知らぬ空間にいた。イツキたちはこれから勇者として異世界に召喚されるらしい。この空間では、そのためにギフトと呼ばれるスキルが配られるという。当然勃発するギフト争奪戦。元来積極的な性格ではないイツキは、その戦いから距離を置いていたのだが……。異世界集団勇者ファンタジー、待望の文庫化!

文庫判　定価：671円（10%税込）　ISBN：978-4-434-31320-2

ネットで人気爆発作品が続々文庫化!

アルファライト文庫 大好評発売中!!

女神様から貰った神具は
名産品もフシギ植物も創造可能!?
コップひとつで
自由に町作り!

水しか出ない神具【コップ】を授かった僕は、不毛の領地で好きに生きる事にしました1～3

1～3巻 好評発売中!

長尾隆生 *Nagao Takao* illustration もきゅ

ダメ神具の【コップ】が聖杯として覚醒――!?
枯れたオアシスを蘇らせ、領民に笑顔を取り戻せ!

大貴族家に生まれた少年、シアン。彼は順風満帆な人生を送るはずだったが、魔法の力を授かる成人の儀で、水しか出ない役立たずの神具【コップ】を授かってしまう。落ちこぼれの烙印を押されたシアンは、名ばかり領主として辺境の砂漠に追放されたのだった。どん底に落ちたものの、シアンはめげずに不毛の領地の復興を目指す――。辺境領主の領地再生ファンタジー、待望の文庫化!

文庫判　各定価：671円(10%税込)

ネットで人気爆発作品が続々文庫化！

アルファライト文庫 大好評発売中!!

身寄りのない少年が【神眼】を授かって世直し旅に出る！

匠の技も竜のブレスも
見れば完コピ&LVカンスト!!

スキルは見るだけ簡単入手！ 1〜3
〜ローグの冒険譚〜

1〜3巻 好評発売中!

夜夢 Yorumu　illustration 天之有

激レアスキルの大量入手で
魔物討伐に人命救助、竜退治まで——!?

幼い頃、盗賊団に両親を攫われて以来一人で生きてきた少年、ローグ。ある日彼は、狩りの最中に自称神様という不思議な男の子を助ける。そのお礼に授かったのは、なんと相手のスキルを見るだけで、自分のものに出来てしまうという優れた能力だった！ そんな規格外の力を頼りに、ローグは行方不明の両親捜しの旅に出る——。スキルを集めて楽々最強ファンタジー、待望の文庫化！

文庫判　各定価：671円（10%税込）

アルファライト文庫

この作品に対する皆様のご意見・ご感想をお待ちしております。

おハガキ・お手紙は以下の宛先にお送りください。

【宛先】

〒150-6008 東京都渋谷区恵比寿 4-20-3 恵比寿ｶﾞｰﾃﾞﾝﾌﾟﾚｲｽﾀﾜｰ 8F
（株）アルファポリス　書籍感想係

メールフォームでのご意見・ご感想は右のＱＲコードから、
あるいは以下のワードで検索をかけてください。

アルファポリス　書籍の感想　検索

ご感想はこちらから

本書は、2019 年 12 月当社より単行本として
刊行されたものを文庫化したものです。

じい様《さま》が行《い》く 7 『いのちだいじに』異《い》世《せ》界《かい》ゆるり旅《たび》

蛍石（ほたるいし）

2023年 1月 31日初版発行

文庫編集－中野大樹
編集長－太田鉄平
発行者－梶本雄介
発行所－株式会社アルファポリス
〒150-6008東京都渋谷区恵比寿4-20-3恵比寿ガーデンプレイスタワー8F
TEL 03-6277-1601（営業） 03-6277-1602（編集）
URL https://www.alphapolis.co.jp/
発売元－株式会社星雲社（共同出版社・流通責任出版社）
〒112-0005東京都文京区水道1-3-30
TEL 03-3868-3275
装丁・本文イラスト－NAJI柳田
装丁デザイン－ansyyqdesign
印刷－中央精版印刷株式会社

価格はカバーに表示されてあります。

落丁乱丁の場合はアルファポリスまでご連絡ください。

送料は小社負担でお取り替えします。


ISBN978-4-434-31481-0 C0193